Kraus & Riel
「鳴けない小鳥と贖いの王 ～再逢編～」

鳴けない小鳥と贖いの王

～再逢編～

六青みつみ

キャラ文庫

目次

口絵・本文イラスト／稲荷家房之介

むかしむかし。この世は楽園だったという。

空には翼神たちが住まう美しい浮島があり、地には心やさしい人々が翼神の庇護《ひご》を受けて幸せに暮らしていたという。けれどあるとき怖《おそ》ろしい魔物がやってきて翼神たちに襲いかかり、美しい翼をもぎとって地に投げ捨ててしまった。大地に落ちた翼神の翼の半分は、清らかな大樹に姿を変え、残りの半分は散り散りになって地上の人々の胸に溶け込んだ。

翼を失った翼神たちも魔物に投げ落とされて神の姿を失い、人の肉体《からだ》に転生した。

翼神たちが姿を消すと、世界に満ちていた滋味《エナジア》も隠れてしまった。魔物が翼神を駆逐したのは、自分たちの食糧となる滋味《エナジア》を独占するためだったのに。

予想外の結果に驚いた魔物は一計を案じ、自分たちも地上に降りて人になることにした――魔物の姿では、地上にあるものに何ひとつ触れることも動かすこともできなかったから。

人に寄生した魔物たちは、翼神が転生した人間を捕らえて一箇所に集め、飼育をはじめた。転生者たちの血に融《と》け込み隠れている豊富な滋味《エナジア》を、しぼり取って摂取するためだ。

そうして数千年の時が過ぎると、翼神の末裔《まつえい》たちはかつての記憶を失い、翼の欠片《かけら》を胸に宿した人々も楽園で暮らしていた記憶と記録を失った。

今も残っているのは、わずかな伝説とお伽《とぎばなし》話だけ……――。

聖歴三五九七年十二ノ月。

無くした片腕を探して地面を這《は》いつくばり、必死に探す夢を見る。汚泥にまみれて這い進むうちに今度は片脚が溶け崩れて叫び声を上げる。やがて眼球も腐り落ちて何も見えなくなった。

大切にしていたものを落としてしまった。どんなに探しても見つからない。

二度と取り戻せない。

絶望のあまり我が身を掻《か》きむしり、闇に向かって吼《ほ》え立てた。

どうして見捨てたんだ！

なぜ信じてやらなかった！

もう手遅れだ――…！

「――…ッ」

真夜中の闇の底、ヒュッと鋭く吸い込んだ自分の息の音で男は目を覚ました。心臓が痛いほど脈打っている。暑くもないのに汗が噴き出て、額に張りついた前髪を無造作にかき上げた。

そのまま両手で顔を覆って洩《も》れそうになるうめき声をこらえる。

こんなふうに、悪夢に追われて夜中に目覚めるようになったのはいつからか。

深く追及すると悪夢より残酷な現実に行き当たる。

だから思い出しそうになるたび意思の力で蓋をして、深く埋《うず》めて封印しなおす。

どうせ考えても答えは出ないのだから。


クラウスは蟻《あり》地獄のような寝台から起き上がると、格子戸が影を落とす窓辺に立った。

夜明けはまだ遠く、足元から寒さが深々と忍び寄る。

雲間から覗《のぞ》く冴《さ》え冴《ざ》えとした青い鎌月を見上げながら、小さくつぶやく。

「叶《かな》うことなら時間を巻き戻して、もう一度やり直したい…――」

いつから？

「――最初から。……と、出会う前から」

間違いを認めるのか？　自分が下した判断が間違っていたと。

「違う…、そうじゃない。俺は、間違ってはいない」

自問に首をふり、両手に顔を埋める。

間違ってはいないはずなのに、あの日の出来事を思い出す度に心臓を剃刀《かみそり》で削《そ》ぎ落とされるような心地になる。鳩尾《みぞおち》のあたりが固く重く凝《こご》って、心から安らげる時がない。どこにいても、何をしていても、自ら望んで妃《きさき》にした女性と一緒にいても、寛《くつろ》ぐことができない。

世界は灰色の紗《しゃ》がかかったようにのっぺりと平坦《へいたん》で、子どもの頃『王になったらこうしよう、ああしよう』と抱いていた希望や夢も、今は思い出せない。

「どうしてこんなに苦しいんだ…」

望みは全て叶えたはずなのに。

なぜ、一番側《そば》にいて欲しい存在を永遠に失ったような心地になるのか。

「……ッ」

くるくると弧を描いて跳ねる黒髪と月長石《ルーナ》や蛋白石《オパール》のように輝く瞳が脳裏に閃《ひらめ》いたとたん、火に触れたようにビクリと身体《からだ》が震える。その名を口にした瞬間、必死に抑え込んできた感情が胸を喰《く》い破って暴れ出しそうで、クラウスは歯が砕けるほど強く食いしばって呑《の》み込んだ。

そうして足元ではなく前を向き、小さくつぶやく。

俺は間違っていないはず。

無理やり自分にそう言い聞かせなければ、立っていられないほどの喪失感を誤魔化すために。

十二ノ月下旬。

王妃とその腹に宿った御子の無事が確認され、ルルの処刑——国外追放——も済んで、城内がようやく落ちつきを取り戻した頃。

国王クラウスに依頼されてルルの後見人となり、衣食住の世話と教育を任されていたアルベルト・パッカスは、王の執務室に馳《は》せ参じ、半月前に起きた王妃殺害未遂事件の責任をとって、城代の役目を退くことを自ら申し出た。

犯人がルルではなくパッカス家の家従や縁者、純粋な食客であったなら、こんな程度の償いでは済まされない。軽くても無期限の蟄居《ちっきょ》謹慎および財産の没収、そして官職の返上。重ければ身分剝奪の上、無一文の罪人として鉱山か塩山の労役を負わされる。その累は一族郎党にまでおよぶ大失態だ。

しかし今回は事情が異なる。ルルの後見人は王《クラウス》の代理として任された。代理のパッカスがあまりに重い罰を受けると、頼んだ王にも相応の責任が求められる。当然、周囲の風当たりも強くなる。それらを未然に防ぐため、あえて軽い罰に留《とど》めたのだ。

パッカスが頭を垂れて引責を申し出ると、妻と腹の御子を殺されかけたクラウスは奇妙に平坦な声で「そなたに罪を問うつもりはない」と答えた。

「いいえ。それでは皆に示しがつきませぬ」

「責任を追及するなら、そなたではなく俺の――」

そういって痛みを堪《こら》えるように口をつぐんだクラウスに、アルベルトは『誰かが目に見える形で罰を受けた方が、クラウスの評判を落とそうとしている輩《やから》の蠢《しゅん》動《どう》を未然に防ぐことになる』と重ねて説得した。

クラウスは沈鬱な表情で目を伏せ、酷《ひど》い頭痛をこらえるように指先で額を押さえた。

母を亡くしても、自身が暗殺されかけても、従兄弟《いとこ》と王位を争って旅に出る羽目になっても、決して失われることのなかった快活さと明朗さがすっかり消え失《う》せたその姿は、父である先王の晩年によく似ている。

「陛下」

「城代を退くことは許さない。代わりに、三年間の俸給返上を申しつける」

そう言ったきり、クラウスは黙り込んだ。目は開いているが、何かを見ているわけではない。退出をうながす気配もないまま、心ここにあらずの様子で虚空を見つめている。

心配になったパッカスが「陛下」と声をかけると「なんだ」と力の無い答えが返る。

「ルルのことは」

パッカスがそう言いかけた瞬間、クラウスはきっぱりと背を向けた。

「その名を俺の前で口にするな」

「——…はい」

「もう仕事に戻れ」

抑揚のない声音が却《かえ》ってクラウスの受けた傷の大きさを示している。パッカスが無言で頭を下げて踵《きびす》を返し、扉を開けようとした瞬間、クラウスは彼を引き留めた。

「あの者の荷物はすべて処分するように。痕跡はひとつも残すな」

アルベルトは思わずふり返ってみたが、クラウスは相変わらず背を向けたまま。表情は分からない。声から滲《にじ》みでる消しがたい憤怒《ふんぬ》と、信じた者に裏切られた痛みが部屋を満たしていく。

「……仰せの通りに致します」

パッカスは主《あるじ》の背中に一礼すると、今度こそ扉を開けて部屋を出た。


パッカス邸でルルの身のまわりの世話を任されていた家従のフォニカは、ルルが使用していた生活用品、文具、衣装などをすべて処分せよと主人《アルベルト》に命じられて困惑を隠せなかった。

「ルルさんが王妃様を階段から突き落としたなんて、未《いま》だに信じられません…。まさか、そんな…ルルさんはそういうことをする人ではありません」

「私も陛下にそう申し上げたのだがね。当の陛下が現場を目の当たりにしたそうだ」

「――――…そんな…」

「陛下が当家においでになったとき、万が一にもあの子がいた痕跡が目に入らないように」

荷物を処分しておけと念を押されたフォニカは、涙を堪えるように目元をくしゃりとゆがめた。ルルがパッカス邸で過ごしたのはわずか三月ほどだが、その間フォニカは毎日ルルの世話を焼き、かなり仲良くなっていたからだ。

フォニカはやりきれない表情で、ルルが文字の練習に使っていた書字板や文具、身のまわりの細々としたものを集めて処分用の籠に詰めていった。

最後に鍵付きの櫃《ひつ》を開けると、きれいな布に包まれた旅装一式が現れて手が止まる。ルルがこの屋敷にやってきた最初の日に、泣きながら湯桶《ゆおけ》に持ち込んで離さなかった旅服だ。

「ルルさん…」

どうして…とつぶやいて、フォニカは少年が大切にしていた宝物を抱きしめた。

✧　曇天

聖歴三五九八年二ノ月。

クラウス・ファルド＝アルシェラタンは、五ヵ月前に〝王の証《あかし》〟として城に連れ帰り、妃に迎えた妻《ハダル》を見舞ったその足で自室にもどる途中、ふいに進路を変えて塔の上にある哨戒台《しょうかいだい》に向かった。

「王妃様のご体調はいかがでございましたか？」

部屋の外で控えていた側近のイアル・シャルキンが、音もなく素早く歩み寄って会話の火口《ほくち》を差し出してくる。主君《クラウス》の表情を見て、声をかけた方がいいと判断したのだろう。

イアル・シャルキンはクラウスより五つ年上の三十二歳。身長はクラウスより拳ひとつ分ほど低く細身だが、体術も剣術もかなりの使い手で、参謀役としてだけでなく護衛役も務まるほどの腕前だ。癖のない淡い金色の髪をきっちり後ろに撫《な》でつけ、黒っぽい官衣を隙なく着込んだ禁欲的な出で立《い》ちと、冴え冴えとした濃い青色の瞳が、相対する者の緊張感を強いる。己に厳しく他人にも厳しい性格なので、友人が少ないと自ら嘯《うそぶ》いているが、部下や周囲の人々が寄せる信頼は篤い。

クラウスは目立たないように小さく溜息《ためいき》を吐《つ》き、小さく頭を横にふって、赤子の頃からの付き合いの側近に答えた。

「芳しくない」

ハダルは二ヵ月前に起きた階段転落事件以来、臥《ふ》せりがちな日が続いている。

――あんなことさえ起きなければ…。今頃ハダルも健康で、あれもまだパッカスの屋敷で暮らしていて、何も憂えることなく未来は希望に満ちていたはずなのに。現実は、毎日が日蝕《にっしょく》のように薄暗く、出口のない迷路に入り込んでしまったような閉塞感に満ちている。

あれがあんな馬鹿なことさえしなければ、俺は今も……と――。

色とりどりの淡い光に包まれた幸せだった頃の情景がよみがえりかけて、クラウスは強く首をひとふりした。今さら過去を懐かしんでどうする。あれは卑劣な裏切り者だ。同情の余地もない。もう何度くり返したか分からない繰り言を、ぐっと呑み下してクラウスは淡々と告げた。

「体調が優れないだけでなく、なにやら心に憂いがあるようだ」

「それは」

どのような？　と問われる前に「わからない」と返す。

「俺が訊《き》いても教えてくれない。なんでもないと儚《はかな》く笑って誤魔化すだけだ」

城の内外に流布している噂《うわさ》のせいかと確認したが、ハダルは違うと首をふる。逆に『どんな噂が流れているのですか?』と問われて答えにつまり、今度はクラウスが誤魔化す番だった。

「なんと水くさい」

やりとりを聞いたイアルの感想に、クラウスもうなずく。

「まったくだ。俺もそう言ったのだが。――夫婦でも、言えぬことがあるのだな」

クラウスの父と母は何でも話し合い、互いの心に隙が生まれぬよう、その隙に乗じていらぬ疑心が芽生えぬよう、周囲の悪意ある噂や注進に惑わされぬようにと、相互理解の努力を惜しまなかった。ハダルとの間にはまだ、父母がまとっていた親密な空気が築けていない。

「婚姻の儀から、まだ日が浅うございますから」

イアルはそう慰めてくれるが、クラウスはそれだけが理由だとは思えなかった。再会した日から今日までずっと、ハダルとの間には目に見えない膜のようなものがあり、たとえ肌を重ねても心までぴたりと重なり合ったという実感は、未だに一度も持てないでいる。

黙り込んだクラウスの内心を慮《おもんぱか》ってか、イアルが再び助け船を出す。

「初めての出産前の女性というのは、とかく心配したり憂鬱になったりしやすいものだと聞きおよんでおります」

「ああ。だから侍女には出産経験のある練達者を加えているし、腕利きの助産師も手配してある。不安があれば相談相手もいるし、身辺はなに不自由ないよう整えてある。そうしたことへの不満は、遠慮なく申し出てくれるから分かりやすいのだが…」

転落事件より少し前にも、侍女が自死するという出来事があったのだが、関係者からの直訴によってクラウスが気づくまで、その件に関してハダルは秘密にしていた。さすがに見過ごすことができず詳しく調べた結果、件《くだん》の侍女は堕胎薬を所持した上で不穏な行動をしていたため、詮議を受けて投獄され、獄中で我が身を儚んで自死したことが判明した。

クラウスはもやをふりはらうように小さく手をふって、歩を進めた。もちろんイアルもついてくる。わざわざ行き先を訊いたりしないのは、予想がついているからだ。

古代の遺構を利用して造られた王城は、現代の技術では到底作り得ないつるりとした素材と、建国時から修復および増築されてきた部分がまだらに存在している。遺構部分に派手な装飾はないが、直線と曲線の交叉《こうさ》や柱の配置、何らかの意図を持ってくり返される建築様式自体が美しく、曇ることも傷つくこともない玻璃《はり》製の窓や芯燈《ランプ》傘などは芸術の域に達している。

クラウスは等間隔に配置された衛士たちが隙なく警備を続ける廊下を進み、番士が守る扉を抜けて昇降機に乗り込んだ。昇降機の動力も古代の遺構を利用したもので、王城内でしか作動しない。五層まで上がって昇降機を下り、短い通路を進んで階段をのぼる。それから再び番士が守る扉を抜けると、ようやく見晴らしの良い哨戒台にたどりつく。

〝百弁《ひゃくべん》の大陸〟と呼び称されるこの世界で、アルシェラタン王国は西端に位置している。広い国土の気候に統一感はない。ほとんど雨も雪も降らず、冬の終わりになっても底冷えがして乾風の吹きすさぶ地域もあれば、水気を含んだ雪が積もって人の往来を阻んでいる地域もある。

国王の御座所である王都キーフォスの気候は、例年に比べてやや荒れ気味だ。気温が低く曇りの日が続き、雪も多く降り積もった。あと半月もすればアルシェラタンにとって新しい一年の幕開け――三ノ月朔日《しんしゅん》を迎えるのに、暖かい風が吹く気配も、雨が降って雪解けがはじまる気配も感じられない。

ハダルの体調がこのところすぐれず、寝付きがちなのはそのせいもあるのだろう。懐妊中ということもあり、王妃としての公務はすべて返上して構わない、自身の体調と腹の子の健康を最優先するようにと心を配っているものの、ハダルの表情は日に日に憂いを帯びつつある。

『王妃様は病気や怪我《けが》を治せる〝聖なる癒しの民〟なのに、どうしてご自分の不調は癒せないのでしょう？』

『本当に王妃様は〝聖なる癒しの民〟なのですか？　クラウス様がイエリオ様を押し退《の》けて玉座に座りたいがために連れてきた偽者では？』

などといった無責任な噂話に興じ、悪意のあるなしに拘《かかわ》らず、新しい王と王妃の落ち度探しに余念がない連中についても、早いうちに釘《くぎ》を刺さねばいつハダルの耳に入るか分からない。クラウスが王位についたことで、競争相手だった従兄弟のイエリオを擁する前王《ルキウス》弟派はだいぶ勢力を弱めたものの、城内には未だあちこちに彼らの気配が色濃く残っている。表向きはクラウス支持にまわっても、裏では未だに前王弟派と通じている者も多い。

前王弟派の多くは財務局と法務局を基盤に権力を掌握していたため、王といえどクラウスの一存でそう簡単に一掃することも、人員を入れ替えることもできないでいる。今はまだ。

罷免するには相応の理由が必要なのだ。たとえ前王弟派だったとはいえ、臣民のために真面目に働く者を無闇に罰することもできない。

全員がそうだというわけではないが、前王弟派《ルキウス》の中には根強く『イエリオも〝王の証〟である〝聖なる癒しの民〟を連れて戻り、クラウスを廃位に追い込んで即位してくれる』と信じている、もしくは願い続けている者がいる。だからクラウスや、クラウスが娶《めと》った王妃《ハダル》の評判を落とせることならなんでも拾い集め、金を糞のごとく吹聴してまわるのを止《や》めない。

「イエリオが帰還する気配は？」

「相変わらず、微塵《みじん》もありません」

斜め後ろからついてくるイアルの答えに、クラウスは「そうか」と小さくうなずいて前を見据えた。従兄弟のイエリオが本当はどんな性格なのか、何を考えていたのか、クラウスは知らない。まだ母が生きていた幼い頃に何度か一緒に遊んだ記憶はあるが、成長するにつれ次期王位を争う敵同士として遠ざけられ、親しく接する機会はほとんどなかった。

「このまま出奔しても驚かないし、地方で挙兵しても驚かないな」

イエリオはそれくらいつかみどころの無い、内心を窺《うかが》わせない人間だった。

「出奔はともかく、挙兵の可能性について織り込み済みで準備しております」

「ああ。頼りにしてる」

王になったからといって、命令すれば何でも魔法のように叶うわけではない。特に、相手も武力と財力という権力基盤を持っている場合は。『言うことを聞かなければ牢屋《ろうや》に入れるぞ！首をちょん切るぞ！』と脅して命令に従ってくれるなら、こんなに簡単なことはないのだが、現実は違う。王権を盾に横暴にふる舞えば、必ず恨みを買う。恨みは憎悪となって王たるクラウス自身に返ってくる。それだけならまだしも、王と臣下の諍《いさか》いや衝突、混乱は、そのまま民に波及して平穏な暮らしを壊しかねない。

「前王弟派が流していた根も葉もない誹謗《ひぼう》中傷を信じて目が曇っていた人々も、陛下と直《じか》に接して本当のお姿を知れば、やがて目が覚めて心を入れ替えるようになるでしょう」

「――そうだな」

そのためにもクラウスは人一倍己を律して、道理を重んじる必要がある。間違っても私情で法を無視したり、好悪で人事を決めるといった暴君のようなふる舞いはできない。

「それは分かっている」

重々承知している。だが――。

遮るもののない曇天から吹きつけてきた寒風に、クラウスは眉根をきつく寄せて歯を食いしばった。

――だが、ときどき思うのだ。いっそ暴君になって心のままにふる舞えたら、どれほど楽だったかと。

城の屋上近くにある哨戒台は露台と言っても差し支えのない広さがあり、分厚く頑丈な手すりの近くには有事を知らせるための打鐘が備えつけられている。最近ここに何度も王が足を運んでいることに気づいた誰かが、気を利かせて磨いたのか、以前は灰色にくすんでいた鐘が曇天の下で鈍い光を放っている。

「しばらくひとりにしてくれ」

クラウスは手を軽くふってイアルと護衛たちを出入り口に留め置くと、ひとりで打鐘に近づき、そこに映り込んだ己の姿に気づいて我知らず顔を歪《ゆが》ませた。

五ヵ月前に新王として即位すると同時に、万民が待望していた〝聖なる癒しの民〟を妃に迎え、その二月後には妃が懐妊という、端から見れば慶事に恵まれた幸福な人生を歩んでいる男の顔には到底見えない。

鋼鉄のように固く鎧《よろ》って内心を窺わせない表情の下には、苦悩と後悔と疑問が渦巻いている。若緑に囲まれた泉に映り込む夏空のようだと称賛されたこともある瞳に、以前の明るさはない。灰色がかった金髪も、曇天のせいだけではない憂いで輝きが失せている。

ハダルに出会ってから不快な皹割《ひびわ》れや引き攣《つ》れが減り、目に見えて傷痕が薄れつつあった左顔面は、最近——いや…、正確にはここ二ヵ月ほどパタリと変化がなくなった。

——二ヵ月…。

ちょうどルルがいなくなった頃からだ。

無意識に指先で左頬をなぞりながらそう思い至った瞬間、口中に苦味と酸味が混じり合った不快感がこみ上げて、思わず強く目を閉じた。そのまま手すりを両手でにぎりしめ、石床に向けて吐き捨てる。

――ハッ！　なにを偽善めいた言い方をしてる。『いなくなった』ではなく、おまえが自分で追放したんだろうが…ッ！

自分にしか聞こえない罵倒を口の中だけで咬《か》み砕くと、言葉の欠片が鋭い切っ先になって、喉奥や胸を切り裂いてゆくようだ。だから胸が痛い。喉奥に凝《しこ》りができて息がしづらい。

そんな日々がもう二ヵ月も続いている。

ビュウッ…と冷たい風が吹いて、艶のないクラウスの灰金色の髪を巻きあげて去ってゆく。曇天から落ちてきた小さな雹《ひょう》の粒が、ピシピシと音を立てて頬を、肩を、胸を叩《たた》いて地に落ちる。クラウスは手庇《てびさし》で目元を庇《かば》いながら重く垂れ込めた曇天を見上げ、それから荒天にかすむ王都の彼方《かなた》を見つめて独りごちた。

「そうだ。俺が自分で刑を下した。二度とアルシェラタンの地を踏んではならぬと命じて、国外追放刑に処した…」

それ以外に方法はなかったのかと、今でも折あるごとに考えるが、答えは出ない。

二ヵ月前に起きた忌まわしいあの事件のことを思い出すと、今でも臓腑《ぞうふ》が煮えくり返り叫び出したくなる。同時に、冷えて凝った泥土のように鳩尾が固く重苦しくなる。自分は、何か取り返しのつかない過ちを犯したのではないか。そんな恐怖にも似た痺《しび》れで足元が覚束《おぼつか》なくなる。

「――……ッ」

その名を唇に乗せることができないまま、クラウスは天を仰いで両手を広げ、虚空をかき抱いて目を閉じた。

永遠に失った温《ぬく》もりの残滓《ざんし》を噛《か》みしめるように。


クラウスは生来、人を信じることに喜びを見出《みいだ》す人間だった。しかし子どもから大人になる段階で人を疑うことを覚え、用心深くならざるを得なかった。

そんなクラウスが唯一、言葉の裏の意味を読む必要もなく、腹底の真意を探る必要もなく、相手の感情や表情をそのまま素直に受けとめても大丈夫だった相手が、ルルだった。

出会ったときの姿が鳥の雛《ひな》のようだったからか。人の姿に変じてからも警戒する必要はなく、素直に正直に己の気持ちを表すことができた。弱音も吐けた。

ルルだけが唯一、警戒せずに本音をさらけ出せる存在だった。

一緒にいても安心できた。

側にいると、心の底からほっとして寛げた。

嘘《うそ》は言わないと――喋《しゃべ》れないからという意味ではなく――信じられた。そして努力する必要など微塵もなく、自然に愛《いと》しさがあふれるほどこみ上げて、護《まも》りたい、側にいたいと思えた。

そういう存在だった。だからこそ。

ルルがハダルを傷つけたと分かった瞬間、激烈な怒りが湧いた。赦せないと感じた。

信じて心を開いていたからこそ、赦《ゆる》せなかった。

「――……くそっ」

クラウスは砕けんばかりに拳をにぎりしめ、叫び出さないために歯を食いしばった。

二ヵ月前、ルルが王妃《ハダル》と階段の途中で向かい合い、次の瞬間ハダルが落ちたのを多くの人間が目撃していた。

クラウスもそのひとりだ。遠目ではあったが段上にいた人影――ルルの腕が、落ちてゆくハダルに向かって伸びていたのを我が目で目撃していなければ、決して信じはしなかった。

あのルルが、妊婦を階段から突き落とすことなどあり得ないと。

だが、現実にそれは起きた。クラウスの目の前で。

あの日、階段から突き飛ばされて地面に崩れ落ちたハダルに駆け寄り、彼女に覆いかぶさっているルルを押し退けた瞬間まで、自分はまだどこかでルルを信じていた。

まさかそんなはずはない。見間違いだと。しかし、ルルの手からこぼれて地面に落ちたあの指環――ルルがずっと執着してハダルから奪おうとしていた、あの〝約束の指環〟を見た瞬間、全身の血が炎に変じて燃え上がったかと思うほど激昂《げきこう》した。

すべての謎が解け、ルルに対する評価が白から黒へと反転した瞬間だった。

――そうか。俺はまた騙《だま》されたのだな……！

違う。見誤ったのだ。そして対応を間違えた。

無邪気で天真爛漫《らんまん》な愛情を向けられるのが嬉《うれ》しくて、心地好《よ》くて、警戒を怠った。可愛《かわい》さと愛しさに目が眩《くら》んで心を開きすぎた。信じすぎた。どんなに誠実で愛情深そうに見えても、人は裏切ることがあるのだと、身に沁《し》みて知っていたのに。

「俺が悪かったんだ。すべて――」

身から出た錆《さび》だ。信じた者《ルル》に裏切られたのも、大切な人《ハダル》を奪われかけたのも。

俺がまた対応を間違えたのだ！

そう理解したとたん、ルルを突き飛ばしていた。ハダルから少しでも遠ざけたくて。

『ハダルは俺の命の恩人で〝運命の片翼〟だ……！』

ハダルに覆いかぶさっていたルルを、胸に渦巻く激情に任せて突き飛ばしたのは、そうしなければ彼女を殺されると思ったからだ。何度追い払っても、ルルは執念深くハダルに這い寄ろうとした。おそらく止《とど》めを刺そうとしたのだろう。

腹を立てたクラウスは強くふりはらってそれを阻止した。相手がルルでなければ、その場で叩き斬っていただろう。剣を抜かなかったのは、それでもまだルルを信じたい気持ちが残っていたからだ。

何か理由があるはずだと。煮えたぎる憤怒の底で、信じたがりで性善説を信じるもうひとりの自分が必死にそう訴えていた。

だが、理由を解明する術《すべ》も時間もないまま事態はクラウスの手を離れて転がり出していた。

王妃《ハダル》が階段から何者かに突き落とされたという話は、箝口令《かんこうれい》を敷いたにも拘らず瞬く間に城内にも城下にも広まって、犯人に対する怨嗟《えんさ》が湧き上がった。

犯人は、王《クラウス》の忠臣パッカスが後見人となり客食させているルルという人物だという噂も、枯れ野に放たれた野火よりも早く広まった。

噂の出所はハダルの侍女のそのまた下働きで『主人《ハダル》を死なせかけた憎い犯人だったから、つい激情に任せて周囲に洩らしてしまった』という。理由には矛盾がなく、共感した者が同じような理由で他人に耳打ちするのも無理のない話だ。人の口に戸は立てられない。とはいえおそらくそこには、クラウスを貶《おとし》めようと手ぐすねひいていた前王弟派の扇動もあっただろう。

吹聴した下働きは、王宮内で見聞きしたことは決して他言してはならぬという誓いを破った咎《とが》で解雇となったが、それもまた、王妃殺害未遂犯であるルルに向けられる憎悪の糧となった。

事件から丸一日経《た》つか経たないうちに、ルルは極悪非道で残虐な殺人者に仕立て上げられ、彼に対する非難と怨嗟は後見人を務めていたパッカスにまで及んだ。

さらには、そもそもルルをアルシェラタンに連れ帰り、パッカスに世話を任せたクラウスにも非難が向かいはじめた。中には『犯人は王が連れ帰った稚児上がりの愛人で、王妃と寵《ちょう》を争って殺人を企てたのだ』などというふざけた噂まで、まことしやかに城内からあふれ出して巷《こう》間《かん》に広まる始末だった。

クラウス個人に対する誹謗中傷なら「勝手に囀《さえず》ってろ」と切り捨てられるが、王に対する侮辱を見過ごせば、玉座の威光も軽んぜられて統治の根幹が揺らぎ、それに乗じて前王弟派がまた騒ぎ出す。それだけは避けなければならない。何よりも民のために。

そんな状況の中、誰もがルルの極刑を望んだ。

ハダルの意識が戻る前は焚刑《ふんけい》。意識が戻り、腹の子の無事が確認されたあとも変わらず焚刑。それが城中および事件を知ったすべての民が望む処遇だった。

そしてクラウスはルルに裏切られた怒りで目も眩まんばかりに煮えたぎり、激しい自己嫌悪で身が削れるほど疲弊していた。そんな状態で妃《ハダル》を見舞い、医師の話を聞き、城中の警備に気を配り、隙あらば余計な騒ぎを起こしたり、根も葉もない噂を流して人々を疑心暗鬼に陥れようと蠢動する前王弟派を抑え、城下に群れ集い『王妃様とお腹の御子を殺しかけた極悪犯に極刑を！』と叫ぶ民心をなだめてそれ以上騒ぎを起こさないよう腐心しながら、秘かに法務官を呼び寄せて過去の法例を繙《ひもと》かせ、死刑以外で皆を納得させる方法はないのか探らせていた。

自らを含めて目撃証言が複数ある。さらに意識を取り戻したハダル自身の口から『ルルさんに突き飛ばされた』という証言があった時点で、運命は決していたのに。

ルルには極刑、すなわち火炙りが妥当だと決が下された。法務官、そして聖導士たち――ハダル付きの聖導士ラドゥラと、ハダルとの婚姻に合わせて中央大聖導院から派遣されてきた聖導士ウガリト――による犯人《ルル》不在の欠席裁判によって。

クラウスはその判決を聞いた瞬間、反射的に『死なせるわけにはいかない』と反論した。

頭では判決に納得した。裏切られた憤怒と落胆でどす黒く淀《よど》んだ心の大半も、当然の処遇だとうなずいている。しかし感情――になる前のもっと原始的な衝動――が駄目だと断じた。

死なせてはいけない、絶対に、と。

それはすぐさま『楽に死なせてなるものか』という言葉に上書きされた。自身が気づく間も無い素早さで。

クラウスは誰に説得されても、糾弾されても、責められても、その考えを曲げなかった。

それは理性的な判断や常識、倫理、臣民たちの納得といった次元を超えた部分で生まれた、固く抗《あらが》い難い確信だった。まるで天から突き立てられた刀剣のように、

『あの者《ルル》を死なせてはならない』

その考えはクラウスを貫いて微動だにしなかった。

なぜなら、王妃と王の御子殺害未遂という大罪を償わせるなら、焚刑や斬首刑よりも国外追放のほうがあの者にとって打撃と苦痛が大きいから。

『王妃の夫として、殺《あや》めかけられた腹の子の父として、予はあの者に潔い死ではなく、悔恨と苦しみに満ちた余生を望む』

そう宣言して皆を納得させ、それでもぐずぐずと文句を言い立てる者には、最終的に強権を

発動して死刑の判決を覆した。さらに、秘《ひそ》かにパッカスに命じて冬越えに充分な旅装を整えさせ、贅沢《ぜいたく》をしなければ一、二年は暮らせる資金を用意させたのも『楽に死なせてなるものか』という一念ゆえだ。万が一、他人に露見しても、すべては『すぐに死なれては罪滅ぼしにならない』という理由で説明がつく。

クラウス自身も、それで納得している。

心の底で疼《うず》く何かは無視して、無理やり納得させている。

それなのに。ふとした拍子にあの子のことを思い出すと、瘡蓋《かさぶた》すらできない膿《う》んだ傷口をかきまわされたような痛みと息苦しさがこみ上げる。自分が下した判断が正しかったのかわからなくなり、最初からやり直したくなる。どうにかしてあの子を救う道はなかったのかと、油断すると何度でも、繰り返し思いあぐねる自分に気づいて困惑する。

俺は、間違っていないはずだ——。

そう言い聞かせる端から、足元が崩れていくような心地になる。

それを後悔と呼びたくはない——。

「陛下。そろそろお戻りになられては」

御前会議の刻限が迫っていると遠慮がちに伝える側近《イアル》の声に、クラウスは悪夢から醒《さ》めた心地でふり返った。気がつけば雹《ひょう》は雪に変わり、あたりは灰色に吹雪きはじめている。

「今、行く」

寒々とした空の下から、クラウスは陰《かげ》に沈む城内へと戻っていった。


聖歴三五九八年二ノ月中旬。

王都郊外にある品種改良用の農園を視察した帰り道。

さほど離れていない場所で荷車か馬車が横転したと思《おぼ》しき騒音が響きわたり、続いて多くの通行人が上げる悲鳴や野次、怒号が聞こえてきてクラウスは騎馬の足を止めた。

「ひとつ向こうの通りのようですね」

同行していた護衛たちがすぐさま警戒態勢を取って周囲を取り囲むのを素早く確認したあと、護衛隊長が「どういたしますか？」と問うてくる。怪我人が出ているようなら護衛騎士のひとりかふたりを救援にまわす余裕はある。クラウスならそうするだろうと予測しての問いだ。

「ああ…、そうだな」

これが王を襲撃するための陽動作戦なら、現場には近づかず迂回《うかい》して城に戻るのが正しい。頭では冷静にそう考えながら、クラウスは馬首をすでに騒ぎの元に向けていた。

現場に到着すると、予想に反してあたりは気の抜けた騒乱状態に陥っていた。馬車や荷車があちこちに止まって渋滞を起こし、人々がわぁわぁと騒ぎ立てているわりに緊張感がない理由は、石畳み一面を白や黄色、茶色に染めているヒヨコの群のせいだ。丸々とした毛玉のような大羽根《オオバネ》の雛が、コロコロと流れるように走りまわっている。

横転した荷馬車のまわりに無数の壊れた籠が散乱しており、雛はそこからあふれ出てくる。

「おやまあ、これは…」

護衛隊長が苦笑いしながら、自分たちの手には余ると言いたげに嘆息した横で、クラウスは静かに馬を降り、コロコロと近づいてきた雛のなかから黒い毛玉を選んで拾い上げた。

その瞬間、ざぁ…っと風が吹いて意識が空高く舞い上がり、今となっては百年も前のように思える旅の記憶がよみがえった。不安を上まわる希望に満ちていた日々。心から寛いで笑えた日々。夏の陽射《ひざ》しにきらめく飛沫としなやかな裸体の残像。甘く高鳴る鼓動。ぬくもりを分け合って眠った夜の豊潤な幸福感。永遠に失われた煌《きら》めきの破片。

「陛下？」

視察に同行していたイアル・シャルキンの怪訝《けげん》そうな声に、クラウスは意識を引き戻された。冷たく吹き寄せる風に目を眇《すが》めながら、手のなかの黒い毛玉をじっと見つめる。

この子をこのまま懐に入れて連れ帰れば、正しい道に戻れるだろうか？

今度は間違わないように、誰よりも大切にして。今度は泣かせないように。

ハダルには近づけず、城にも入れず、俺だけしか知らない秘密の邸宅に囲って…――。

花が咲き乱れ、果実がたわわに実る庭園付きの秘密の隠れ処《が》だ。池には色とりどりの彩魚が泳ぎ、孔雀《くじゃく》や羽衣鳥が優雅に闊歩《かっぽ》している夢のように美しい邸宅に住まわせ、俺以外には誰にも会わせなければ、間違いは起きず、今も…これからも…——。

「陛下」

間近で聞こえたイアルの声に夢想を破られて、クラウスは埒《らち》もない妄想から我に返った。

「あ…、なんだ…？」

「その大羽根の雛が気に入ったのでしたら、持ち主に言って購入して参りますが？」

クラウスは手のなかでちょこんと腰を下ろし、温もりを求めるように身体を押しつけてくる黒い毛玉をそっと地面に離して「いや」と首を横にふり、冷たく言い添えた。

「必要ない。黒い雛を養うのは、もうこりごりだ」

✧ナディン・ナトゥーフ

正しい道を選んだはずなのに、気づけば薄暗く寒々しい場所に迷い込み、途方に暮れた心地で日々を過ごしていたクラウスの人生に、一条の光というべき転機が訪れたのは聖暦三五九八年二ノ月下旬のことだった。

転機はナディン・ナトゥーフという名の青年としてクラウスの前に現れた。

ナディンは、ハダルの輿入《こしい》れに合わせて中央大聖導院から派遣されてきた聖導士ウガリトの従者——下位聖導士のひとりだ。いつもウガリトの後ろについて歩き、こまごまと用を言いつけられて走りまわり、些細《ささい》なことで叱責されては謝っている姿をよく見かける。

クラウスが彼を初めて見たのは、ウガリト聖導士の着任挨拶のとき。「陛下や重臣の皆様との連絡役でございます」と紹介されて、おずおずと進み出て一瞬だけクラウスをまっすぐ見つめたあと、非礼に気づいたようにあわててぺこりと頭を下げたときの、収まりの悪い麦藁《むぎわら》色のくせ毛が印象に残っている。

それ以後は、間近に接したことも言葉を交わしたこともなかったが、遠目にもわかる痩せて青白い顔をした青年だ。歳《とし》は確か二十三。見かけるたびについ一瞬目で追ってしまうのは、寝起きのまま飛び出してきたような癖だらけの髪が気になるせいだろうか。

二度目に見たのは、たまたま通りがかった人気《ひとけ》のない庭園の片隅。

茂みの陰にまぎれるようにうずくまっていたので、具合でも悪いのかと気になって声をかけた。驚いて身を起こしたナディンの顔には鞭《むち》か棒で叩かれたと思しき痣《あざ》があり、切れた唇からは血が出ていた。クラウスは止めようとする護衛を制してナディンに近づき、常に持ち歩いている携帯袋のなかから傷によく効く膏薬《こうやく》を取り出して塗ってやった。

三度目は、主翼棟と北翼棟をつなぐ廻廊の下。東の馬場から北翼棟に向かう際、時間を節約するため――という建前だが、正規の道順を使うのが面倒くさかっただけ――近道をしようとして通りがかった廊下で、柱の陰にうずくまっているナディンを見つけた。

その顔にはまたしても傷があり、殴られた痕らしい痣もあった。クラウスは『またか…』と嘆息しつつ、おどおどしながら逃げだそうとして痛みに顔を歪めるナディンをなだめ、前回と同じように傷薬を塗ってやった。

ナディンは人慣れしていない野生の獣のように警戒しながら、終始注意深くクラウスを観察していたが、手当てが終わると伏し目がちに『あ、ありがとう…ございます』と礼を言い、ヨタヨタと背中を丸めて去って行った。

そして四度目にして、ついに怪我の原因――折檻《せっかん》――の現場に行き当たった。書斎から執務室に向かう途中、庭園に面した吹き抜けの回廊の階下から罵声が聞こえてきたのだ。

「ナディン・ナトゥーフ！　おまえはどうしてそう愚図なんだ！」

「申し訳ありません…ウガリト様、申し訳ありません…！」

ウガリトの苛立《いらだ》った怒声に、弱々しく答えるナディンの声が階下から聞こえてきて、クラウスは足を止めて聞き耳を立てた。

「そなたが愚かなせいで、儂《わし》がラドゥラの奴《やつ》めに馬鹿にされるのだぞ！　ラドゥラの奴め、今回のことで昇進して儂と肩を並べた気でいよる！　本来なら儂の足元に平伏して顔を上げることもできぬほど、下位の木っ端導士であったのに！」

「ラドゥラ様は木っ端導士ではありませぬ。出自はトラキア本家嫡流、齢《よわい》十八で位階二ノ四ノ七ノ七伯を、二十三で二ノ七ノ一侯位を授けられた、中央聖堂院でも注目の出世株ではございませんか。本物の木っ端導士とはわたくしのような者のことを言う——…あっ、お止めくださ…ッ痛いっ！」

「余計なことを申すな！　それが間抜けだと言うのだ！　この阿呆《あほう》めッ！」

ナディンの、弱々しいのにどこか飄々《ひょうひょう》とした言葉が途切れたかと思うとバシッバシッと打擲《ちょうちゃく》の音と罵倒がはじまり、そこに小さく制止の哀願と悲鳴が重なる。

クラウスは胸糞の悪さを溜息で吐き出して折檻の現場に向かった。しかし到着したときにはすでにウガリトの姿はなく、ナディン・ナトゥーフの姿も見当たらない。念のため庭園に足を踏み入れて、ぐったりと灌木《かんぼく》の幹に身を寄りかからせてしゃがみこんでいる青年を見つけると、二層にある自分の書斎に運び込んだ。そこまでしたのは、これが好機だと思ったからだ。

クラウスはナディンの服を脱がせて手当てをしてやった。幸い骨に至るほどの怪我はなく、膏薬を塗り包帯を巻いてやる程度で済んだ。手当てが済むと星煌灯《エステルランプ》で煮出した薬湯を飲ませてやる。星煌鉱《エステル》はアルシェラタンの特産だ。油脂や炭のように煙や臭いが出ず、扱いが容易《たやす》い燃料ということで人気が高い。ただし希少品なので大陸のどこでも高値で取り引きされている。

ナディンが興味津々な瞳で星煌灯《エステルランプ》を見つめていたので「気に入ったのなら、君が帰還する際の土産に少し多めに持たせよう」と提案すると、ナディンは嬉しそうな表情を浮かべたものの、すぐに喜色を収めて首を横に振った。まるで、祭の最中に明日の重労働を思い出した人のように。

その反応から、クラウスはこの青年が中央大聖堂院に帰還したくない理由、もしくは上位の聖導士に対する何らかのわだかまりがあると推測し、さらに確証を得るために水を向けた。

「ウガリト聖導士殿には内密にしておくが？」

ナディンはそれにも首を横にふった。隠してもどうせバレて全部没収されてしまうからと。

「聖堂院では『横取り』が横行しているのか？」

ナディンを協力者――とまではいかなくとも、取り引きに応じる情報提供者にできないか探りながら、クラウスはわざと離反を誘う言葉を重ねた。

「神の愛と慈悲、そして献身と奉仕を説いてまわる組織にしては矛盾しているようだが」

「だからこそ、です。聖堂院では下位になればなるほど、自分より上位の者に献身と奉仕を捧《ささ》げるのが当たり前なんです。当然、個人の持ち物という概念も忌避されます。上位の者が欲しいと言えば、下位の者は自分の下着だって差し出すのが立派な行いとされてますから」

ナディンの口調からは、どこの組織にもいる末端の愚痴以上のものは読み取れない。同時に、自身の所属している組織にケチをつけられたのに、特に気を悪くした様子もない。むしろクラウスの指摘に同意する気配がある。内通者として自陣に引き込む良い方法はないかと、攻め入る隙を探していると、ナディンがふいに視線を逸《そ》らしてクラウスの背後に注意を向けた。

「ああ、やはり。翼神降臨序説に海神黙示録、それにヴェノム文書。よくこれほどの稀書《きしょ》を揃《そろ》えられましたね。あ、金鱗篇《きんりんへん》もある。あちらには錬金ノ書と聖痕物語。陰陽魚回転図と七世界曼荼羅《まんだら》も！　陛下はもしやルキアノス古代史推進派ですか？　それともエシュヌンナ神代伝記擁護派？　いや、キリキアの書が多いから新・創世記派？　ああでもエリドゥやサルディスも揃っている。ということは旧・創世記についても理解があるのですね」

古代の伝説や言い伝え、遺構に関する記録や民話お伽話などを寄せ集めた蒐集本《しゅうしゅうぼん》の他に、農業や土木関係の書物でぎっしりの書棚を見つめてナディンは瞳を輝かせた。

「ヴェノム文書を知っているのか？」

驚いた。古文書についてはラドゥラやウガリトにもちらりと話題をふってみたが、ふたりとも興味がなさそうだったし書物の名にも覚えがないようだったのに。

「もちろんです。その基書となったカトナ文書と落空《おちるそら》ノ書もとても興味深く読みました」

「落空《おちるそら》ノ書を読んだことがあるのか！」

「ええ。中央大聖堂にあるマラキア古代図書館で。残念ながら現物は触れると崩れ落ちる危険があったので、写本をですが」

「写本でも構わない、ぜひ内容を知りたい」

こんなところで同好の士に出逢《であ》えるとは。クラウスは真の目的を忘れて、思わず前のめり気味に申し出た。

それからしばらく古文書談義に花を咲かせたあと、クラウスはしみじみと本音を洩らした。

「君はなんとなくほかの聖導士たちとは違って見える。――正確に言うと、違うと『感じる』。俺がこれまで見たり接したりした聖導士の誰とも。あくまで俺の主観だが」

心を開くよう仕向けて、最終的には利用しようとしていることにうしろめたさを感じつつそう言うと、それまで楽しそうに会話に応じていたナディンは、口を開きかけたまま二の句を継げずに絶句した。動きを止めた身体の中で、瞳だけがわずかに揺らめいている。迷うように。何かを見定めるように。

自分の言葉が及ぼした予想以上の効果に、クラウスは目を細めた。ナディンがほかの聖導士とはどこか『違う』というのは、でまかせでもはったりでもなく事実だ。証拠はない。ただの勘だが、危険を冒す価値はあると思っている。

「〝聖なる癒しの民〟が側に居ると、海に対する忌避感が減るというのは本当か？」

以前ラドゥラがうっかり口を滑らせた情報を確認すると、ナディンは再びじっとクラウスを見つめた。そして、あろうことか質問に質問で返した。

「陛下は、もしかして僕の力を必要としているのですか？　――…力といっても腕力の方ではなく、情報、頭脳、知略といった類いですが」

クラウスは、ナディンの聡明《そうめい》さに驚いた。

いや。あまり期待せずに放った釣り糸に獲物が食らいついたことに驚いたというべきか。

飄々と会話に応じている態で、正確にクラウスの真意を読み取っていたのだ。

「そうだ」と即答したあと、ふいと視線を逸らして窓の外を見つめ、小声で言い足す。

「だが、一番に欲しいのは――忠誠だ」

「忠誠…ですか。では見返りに、陛下は僕に何をくださるのですか？」

クラウスは視線を痩せた青年聖導士に戻して、目を細めた。

「君の欲しいものはなんだ？」

ピンと張った銀線の上を歩きながら剣を交えるような緊張感が漂う。ただ、クラウスもナディンもそれを表に出さない。

ナディンはコクリ…と小さく喉を鳴らしてから、ゆっくりと口を開いた。

「——僕が欲しいものは…、中央大聖堂院の支配から脱するための保護と協力、そして…いくばくかの自由…です」

予想外の要求にクラウスは目を瞠《みは》り、ナディンを凝視した。そしてナディンの指先が小さく震えていることに初めて気づいた。自分が、敵か味方か定かでない相手《ナディン》をいきなり自室に連れ込むという危険を冒したように、ナディンもまた、たった今危険な橋を渡ろうとしている。

そう理解した瞬間、ふ…っと緊張が解けた。駆け引きの一番危険な難所は過ぎたのだ。

「いいだろう」

クラウスは窓辺を離れてナディンの正面に立つと、心臓に右手を置いて厳かに唱えた。

「我、クラウス・ファルド＝アルシェラタンは王として、汝《なんじ》ナディン・ナトゥーフを保護し、その忠誠と引き替えに心身の自由を与えると約束する」

ナディンは信じがたいと言いたげな、呆然《ぼうぜん》とした表情でクラウスの宣誓を聞いたあと、ハッと我に返った。それから痛みに顔をしかめつつ姿勢を正し、粛々と応じた。

「陛下のご厚情に感謝申し上げます。我、イレルキア家の養い子、ドリアスとナンシェの息子ナディン・イレルキア＝ナトゥーフは、保護といくばくかの自由と引き替えにクラウス・ファルド＝アルシェラタン国王陛下への忠誠を誓います。願わくば、この誓約が終生のものとならんことを」

ひと言ごとに右手で額、左肩、左脇腹、右脇腹、右肩に触れて五角形を描きながら宣誓を終えると、ナディンはクラウスに向かって「小刀か針をお貸しください」と言った。

クラウスが内心の警戒をおくびにも出さず、書机の引き出しから小刀を取りだして渡すと、ナディンは切っ先で自分の腕を小さく刺し、流れ出た血を手巾《ハンカチ》で拭き取った。

「これを」

丁寧に畳み直された手巾を差し出されて、クラウスはわずかに眉根をはね上げた。

不審がられたことに気づいたナディンが言い添える。

「誓いの証です。我々…聖導士…にとって、自ら差し出した血はある種の効力を持ちます」

「ある種の、とは？」

「形代として使える、と言えばご理解いただけますか？」

「――なるほど」

アルシェラタンにも古来、形代の術がいくつか残っている。有名なのは病や怪我を移し替える身代わりや、型共鳴を利用した呪《まじな》いなど。ナディンが自ら血を差し出したということは、要するに、命を差し出したに等しいということか。

「わかった。これは誓いの証として受け取ろう」

クラウスは自分の手巾を取りだしてナディンのそれを丁寧に包むと、内懐にしっかりと収めた。それから自分も何か誓いの品を与えるべきか…と考え、身に帯びていた指環のひとつに目を留める。その瞬間、過去から続く一連の記憶が疼いて息が止まった。

「……ッ」

一瞬の動揺を瞑目《めいもく》で押し潰し、表情を消して指環を抜きとる。それは王家の紋章が刻まれた一品で、何らかの業績があった者への褒美や急使などを送り出すとき、身分証代わりに与えるために身に着けている装身具のひとつだ。

そう。これといって特別な意味は無い。ただ稀少で高価な指環にすぎない。

表情を消して差し出そうとすると、ナディンは首を横にふった。

「それには及びません。陛下の〝宣誓〟に勝るものはございませんので」

「そうか？　人の言葉など、あとでどうとでも撤回できるぞ。……裏切ることも」

自嘲を込めてそう嘯くと、ナディンは少し驚いた表情で小首を傾《かし》げた。

「陛下はそういったことはなさらない方だとお見受けしました。かれこれ五ヵ月の間、僭越《せんえつ》ながら陛下の為人《ひととなり》を観察させていただき、今回こうして直に接する機会を得て出した、それが僕の結論です。だからこそ僕はこうして危ない橋を渡り、自ら血を差し出すことまでした。――おそらく陛下はまだ、僕が今この瞬間、どれだけ危険な賭けに出ているか理解しておられない。まあ、それは当然なんですが」

「君が危険を冒したことは理解している。だから取り引きに応じた」

「ああ、やはり。陛下は僕が見込んだ通りの方だ」

安堵《あんど》と期待に満ちた声と一緒に、にこりと、聖導士にあるまじき邪気のない笑みを向けられて、クラウスは不思議な感覚に包まれた。それがなんなのか上手《うま》く言葉にできないうちに、扉の外から入室の許可を求めるイアル・シャルキンの声が聞こえてきた。

「陛下。ここにおられましたか。お邪魔であることは重々承知しておりますが、謁見の予定時刻が過ぎております。請願者は首を長くして陛下の臨席を待ちわびております」

イアルの、事情はすべて承知しているという鉄面皮に向かって、クラウスは「わかった」とうなずき、扉外の護衛隊長を呼び寄せた。

「この者の名はナディン・ナトゥーフだ。先程、君臣の誓いを済ませた。今後、俺の私室に出入りすることもあるだろうから覚えておいてくれ」

「聖導士と君臣の…？」

目を剝《む》いて絶句するイアルと護衛隊長に、クラウスは言い足した。

「もちろんこのことはほかの聖導士たちには秘密だ。ラドゥラとウガリトがいる場では、これまで通りの態度を崩さぬこと。彼らには決してこの関係を悟られぬよう細心の注意を払うこと。ただしナディンに命の危険が迫ったときは、最優先で助けること。いいか」

「はっ」

クラウスの言葉で意味を察したふたりは、静かに了解した。

昇降機で一層に降り、護衛のひとりをナディンにつけて人気のない場所に送り出してから、クラウスはイアルを伴って謁見の間に向かった。

「トニオ殿から事情を聞いたときは心臓が止まるかと思いました」

トニオとは護衛隊長のことだ。護衛隊長トニオ・ル＝シュタインはパッカスの遠縁で、代々王族警護の任についている一族の生まれ。根元が赤く毛先は明るい砂色の髪と、榛色《ヘイゼル》の瞳の持ち主で、クラウスより九歳年上。寡黙で忍耐強く、厳《いか》めしい容姿に反して心やさしい男だ。当然イアルとも長い付き合いがある。

「いくら間諜《スパイ》を得るためとはいえ、御身を危険にさらすような真似《まね》はお止めください。昔からあなたは向こう見ずで、危険を顧みず、――他人を無闇に信用しすぎます」

イアルは昔から何度もくり返してきた小言を口にした。彼がそう言うのも無理はない。そして心配する理由も今となっては嫌というほど、骨身に沁みて理解している。だが、

「相手の信を得るには、まず自分が胸襟を開いて相手を信じなければはじまらないだろう」

それは、クラウスが母から受け継いだ信条だった。

「あなたは…！」

イアルがくわっと口を開けて何か言いかけたので、手を上げて言い添える。

「もちろん、今回気を許したふりでナディンを自室に運び入れたのも、怪我の手当てを手ずから施したのも、情報提供者を得るためだ」

聖堂院の内部事情や聖導士に関する機密は滅多に手に入らない。

国内で〝贄《にえ》の儀〟復活を目論《もくろ》む勢力は、ラドゥラやウガリトを通して聖堂院と誼《よしみ》を結ぼうとするだろう。それを阻止するためにも、彼らの弱点や組織構成などの情報は入手しておきたい。

「気を許した、ふり？」

「そうだ。さすがに俺もそこまでお人好しじゃない」

クラウスは自嘲気味に唇を歪めながら、ナディンと交わした君臣の誓いの内容を簡単に説明した。イアルはそれを聞いて愁眉を開く。

「それなら、よろしいのですが――」

「ナディンには本人に分からぬよう秘かに監視をつけた。もちろん表向きは護衛として」

古文書の好みで意気投合したり、君臣の誓いを交わしたりしたからといって、全幅の信頼を置いたわけではない。少なくとも、今はまだ。

「さすがに、人を見る目についてはいささか自信喪失気味でな。警戒は怠らない」

「そうですか。それならよろしいのですが…」

イアルがこれまで口を酸っぱくして言い続けたことを実践したにもかかわらず、彼はなぜか残念そうな、何かを惜しむような、奇妙な表情を浮かべた。

そこから視線を外して、クラウスはまっすぐ前に向き直ると、王の出御を待ちわびる謁見の間へと足を踏み入れた。

✧ 疑念の芽生え

二ノ月下旬。

例年なら日ごとに暖かさが増し、夜香蘭《ヒヤシンス》や融雪花、銀鱗花、山桜桃《イスラ》の花が咲きこぼれて目を潤し、芳しい香りで冬に疲れた人々の心を癒す季節だが、今年は南北の砂漠地帯で頻繁に砂嵐が起き、その余波で空は灰色に霞《かす》んで空気がいがらっぽく、市井では咳病《がいびょう》が多く発生している。目に見えぬほど小さな粒の砂塵《さじん》は、どんなに閉めきった屋内にも入り込む。王城内でもそれは変わらない。

日課となっている妃《ハダル》の見舞いに向かったクラウスは、王の訪《おと》ないに気づいてそっと退室するラドゥラの姿に、ふと違和感を抱いた。

気配を消して影のように遠ざかるラドゥラの後ろ姿をじっと見送ったあと振り返ると、もの言いた気にこちらを見ている女官長と一瞬目が合う。女官長はすぐさま目を伏せて平静を装ったので、クラウスは見舞いを終えたあと彼女を目配せで呼び寄せ、秘かに訊《たず》ねた。もちろん、ハダルの寝室から離れた場所で、声をひそめて。

「何か言いたいことがあるようだが？」

女官長は何度か視線を泳がせたあと、「ラドゥラ聖導士について、陛下のお耳に入れておくべきかどうか迷ったのですが…」と言い淀む。女主人《ハダル》に対する忠義と、主君《クラウス》への忠誠心の板挟みになっているようだ。

「要不要の判断は俺が下す。気になることがあるなら報告せよ」

クラウスがうながすと、女官長は意を決したようにささやいた。

「お妃様のお側には、常にラドゥラ聖導士が侍《はべ》っております。席を外すのは陛下がいらっしゃった時くらいで。それで――私の目から見ても…大変仲睦《なかむつ》まじい様子で…、その…なんといいますか…――」

察してくれと言わんばかりに上目遣いで見つめられた瞬間、クラウスの胸に湧き上がったのは不快感だった。要するに女官長は、ハダルとラドゥラの仲が良すぎると勘ぐっているのだ。

「妃とラドゥラ聖導士は幼馴染《おさななじ》みだそうだ。兄妹のようなものだと本人が言っていた」

声に不機嫌をわずかに滲ませてそう告げると、女官長は畏まって非礼を詫《わ》びた。

「……左様でございましたか。陛下も気になさっているのではと思い、先走ったことを言上してしまい申し訳ありませんでした」

その話はそれで終わったが、クラウスの胸底には、どんなに閉めきっても忍び込む砂塵のようなざらつきが残った。

ナディン・ナトゥーフの有用性が証明されたのは、君臣の誓いを交わしてからさほど経っていない三ノ月上旬のことだった。

「グラムウッド公から秘かに〝贄の儀〟を行ってくれないか、という提案を受けました」

グラムウッド公とはクラウスの叔父――先王の弟――ルキウスのことだ。

クラウスはわずかに目を瞠り、息を呑んだ。

アルシェラタンでは〝贄の儀〟を国法によって禁じている。建国の礎として定められた第一の法だ。破れば王族といえど厳罰に処される。いや、王族だからこそ厳罰に処せる。

これまで様々な疑惑がありつつ、決定的な証拠がないため告発することも罪に問うこともできなかった叔父を、ついに失脚させる好機がめぐってきたと興奮したが、クラウスは逸《はや》る呼吸を抑えて確認した。

「証拠はあるか?」

「今のところは、まだ何も。口頭で確認されただけです」

「では、なんとしても契約書の類いを作成させてくれ。できるか?」

過去に起きた暗殺未遂事件、毒殺が疑われる母の病死、出所不明の誹謗中傷によって傷つけられ続けた父とクラウス自身の名誉、叶えられなかった法改正、人事の横槍《よこやり》、忠臣の変死――。

叔父の関与を疑う事件を数え上げればきりがない。だが、王弟という高貴な身分を断罪できるほどの証拠はつかめず、ずっと手をこまねいていたのだ。

「お任せください」

見た目は頼りないが、ナディンの声には自信があふれている。勝算があるのだろう。

「よし」

クラウスは忠臣アルベルト・パッカスや側近のイアル・シャルキンも呼んで、叔父《ルキウス》とその一派を一網打尽にする計画を慎重に練り上げた。

計画自体は単純だ。ナディンが〝贄の儀〟を餌に、これまで闇に潜んでいた一派をひとりひとり洗いだす。儀式の日取りを決め、誓約書に署名させる。署名がなければ〝贄の儀〟の恩恵にあずかれないとかなんとかでまかせを言えば、証拠を残したくない慎重な者たちもせざるを得ない。そして儀式の当日、現場に踏み込んで逮捕、投獄、審問、幽閉または処刑の流れだ。その際、長年にわたる叔父一派の悪事を世にさらし、二度と王宮内で地位を得ることができないよう徹底的に断罪するというものだ。

準備期間は一ヵ月ほどしかなかったが、計画は見事成功した。

ナディンは普段の、反応が鈍く頼りなくて使えない従者、という姿からは想像もつかないほど聡明で、演技が上手い。叔父の一派は、まさか聖導士《ナディン》がクラウスと通じているとは夢にも思わなかったらしく、まんまと罠《わな》に落ちてくれた。

「クラウス！　貴様！　よくもッ！　よくも私を陥れたなッ……！　この腐れ外道めッ‼」

「腐れ外道はあなたのほうでしょう、叔父上」

王城の地下深く、存在を知る者すらほとんどいない秘密の牢獄につながれた叔父は、地上で見せていた上品な紳士ぶりをかなぐり捨てて獣のように吼《ほ》え立てた。

「貴様！　いまに、天罰を受けるぞ！」

「受けるべき天罰があるなら、もうすでに充分受けていますよ」

クラウスはそう言いながら、堅固な地下牢の壁に分厚い鋼の手枷《てかせ》で四肢を縫い止められている叔父に近づき、潰れた左眼を覆っている前髪を掻き上げて見せた。

「この傷、それに今はきれいに消えてますが、ここところ」

両眼を真一文字に指で差し、それから胸に指を突き立ててみせると、叔父はわずかに目元を歪ませた。そこに罪を認めて悔いる気配は微塵もない。

「母上は病死ではなく毒殺だった。叔父上の配下に命じられて、長年少しずつ毒を盛っていたと自白した侍女は、公の場で証言する前に冷たい骸《むくろ》になり、自死と判断された。父上を苦しめた誹謗中傷の嵐のなかには、叔父上しか知り得ない事柄があった。長年にわたるあなたの悪事に、俺や父上が気づいていないと思っていたんですか？」

クラウスが冷たい声で問いつめながら、頭髪をつかんで無理やり横を向かせると、叔父《ルキウス》は初めてきょときょとと視線を揺らした。味方が誰ひとりいない地下深くの牢獄で、拷問器具に囲まれながら尋問されるという、生まれてから一度も体験したことのない極限状態の中では、これまでのような余裕のある態度は続かないようだ。

「し…していない、私は何もしてい…ない」

「そうですか」

クラウスは小さく溜息をついて叔父の頭から手を離し、嵌《は》めていた手袋を外しながら背後に控えていた獄卒に命じた。

「この罪人は少し寝惚《ねぼ》けているようだ。頭がスッキリして過去のことがよく思い出せるようにしてやってくれ」

「はっ」と敬礼した獄卒たちが鞭や拘束具を手に取って、壁面につながれた男にゆったりと近づいて行くのを尻目に、クラウスは地上に戻った。

数日のうちに、前王弟ルキウスがこれまで積み重ねてきた罪が自白によって明らかになった。大小合わせて両手両足の指の数では足りないほどの罪と、獄につながれるきっかけとなった〝贄の儀〟復活計画の大罪は広く国内に流布され、連座した前王弟《ルキウス》一派とルキウスの息子イエリオ擁立派は、これを機にほぼ壊滅状態となった。

クラウスはようやく獅子《しし》身中の虫、目の上の腫れ物、臓腑に巣喰う悪性の潰瘍だった国内の反対勢力を一掃して、王として新たな第一歩を歩み出すことができるようになったのである。

「そのわりには浮かない顔をしていますね」

五ノ月初旬。執務の合間に窓の外を眺め、庭園の樹木に留まった豆鴉《まめガラス》の黒くて丸々した姿をぼんやり見つめていたクラウスは、イアル・シャルキンの硬質な声音にふり返った。

「――ハダルの具合が思わしくないからな」

嘘ではない。だが、イアルには言えない本音がある。

毛玉のようなふっくらとした豆鴉を見ると、胸が引き攣れるように苦しくなる理由。

気がつけば『なぜだ？』と問いかけ、自己嫌悪に首まで浸《つ》かる過去の選択。陽だまりのような安らぎの記憶。二度と取り戻せない時間。奪われた信頼。汚辱にまみれた思い出。

無意識に眉間に皺《しわ》を寄せて考え込んだクラウスを見て、イアルは王妃《ハダル》を心配していると思ったのか。「前王弟一派《ルキウス》が宮中で流していた噂に同調するわけではありませんが」と前置きして疑問を口にした。

「聖なる癒しの民は、自らを癒すことはできないのでしょうか？」

クラウスは胸中で渦を巻く自己嫌悪を追い払うように、手をふりながら答えた。

「聖域外に出た場合は、できなくなるらしい。だが〝運命の片翼〟にめぐり逢えた者――つまりハダルはできるはずだったんだが…」

なぜハダルの体調が崩れたまま回復しないのか一度ラドゥラに確認したことがある。しかし彼にもよく分からないらしい。

『ご懐妊と、転落事故で受けた損傷を回復させるために陥った一時的な症状でしょう』

というのが彼の見解だ。転落事故という言葉を耳にするたび、胸底から重苦しいものが湧き上がる。憎しみと怒りという名で蓋をした下で蠢《うごめ》くのは、後悔と自己嫌悪。油断すると暴れそうになるそれを意思の力で抑え込みながらナディンにも訊ねてみたが、彼もラドゥラと同意見だった。ただしナディンは『気になるようでしたら、もう少し詳しく調べてみます。少々時間はかかりますが』と申し出てくれた。

聖なる癒しの民については分からないことが多すぎる。

クラウスはナディンに調査を頼むことで得体の知れない不安と、二度と視界に入らないよう追放した少年の面影を意識の外に追いやった。

✧　罪と罰

産み月を来月に控えた五ノ月下旬。ハダルが死産した。

未明に陣痛が来たようだと報《しら》せがあり、予定よりずいぶん早いな…と心配しながら産屋に向かったクラウスは、扉の前で侍女たちに追い返されてしばらくうろうろしたあと、御殿医に「もうしばらく時間がかかります」とうながされて、自室に戻った。

眠気は吹き飛んでいたので、定刻まで政務に必要な報告書を読んですごし、その後、いつもの時間に起床を告げに来た侍従の手を借りて着替えをすませ、気もそぞろなまま朝食を摂《と》ったところで、ハダル付きの侍女頭が青ざめた顔で報告に訪れたのだ。

「お妃様《きさき》はご無事です。ですが御子様は…──」

沈痛な声と表情から何が起きたのかを朧気《おぼろげ》に察しながら、クラウスは産屋に駆けつけた。

「ハダル…！」

侍女たちがバタバタと汚れた布や湯の入った桶《おけ》を運び出したり、新しい布や寝衣を運び込もうと行き交うなか、クラウスはとにかく妃の無事を確認して労をねぎらい、慰めの言葉をかけるために近づこうとした。その瞬間、横からひそめた声がかかる。

「陛下にお話がございます」

血の気をなくした御殿医と、その横に表情を強張《こわば》らせた産婆がならんでいる。

「後にしてくれ」と言いかけたクラウスは、彼らが放つ雰囲気に無視できない緊急性を感じて思い直し、産屋には入らず、御殿医と産婆に導かれるまま廊下に出て、斜め向かいにある小さな部屋に入った。妃の出産に合わせて、御殿医と産婆が待機するために用意されていた小部屋のひとつだ。仮眠用の簡易寝台、椅子、棚、作業机などが居心地よく配置されている。

「――これを、ご覧ください」

御殿医は作業机に近づくと、その上に置かれた布の塊をそっと開いてみせた。

産婆は番士役のつもりなのか、固く唇を引き結んで扉の前に立ったまま、作業机に近づこうとはしない。あきらかに雰囲気がおかしい。外に待たせている護衛を呼び入れるべきか、一瞬迷ったが、御殿医はクラウスが幼少時から勤めている真面目で誠実な人間だ。間違っても自分を暗殺しようなどとは思わないはず。

――はずだが、そうした油断と思い込みのせいで何度も危ない目に遭ってきた。誰かを無条件で信じるのはもう止《や》めた方がいい。そんなことを考えながら腰に帯びた剣に手を添えて、作業机に近づき、布の中身を覗《のぞ》き込む。

大きさと形から、そうではないかと予想はしていたが、実際に目にすると哀れみと切なさがこみ上げて手が震える。命を宿すことなく生まれ落ちた小さな骸《むくろ》。産声を上げることなく儚《はかな》く消えた我が子の亡骸《なきがら》を、せめて抱きしめてやろうと持ち上げたとき、はらりと布がずれて顔全体と頭髪が目に入る。その瞬間、強烈な違和感に襲われてクラウスは息を呑《の》んだ。

「――…ッ！　これは…まさか…？」

愕然《がくぜん》として御殿医を見る。

「先程ハダル様が産み落とされたお子様です。残念ながらお亡くなりになった状態でお生まれになりました。――それよりも陛下にご確認していただきたいのは、こちらの髪色です」

説明を聞くまでもなくクラウスが最初に違和感を抱いたのは、冷たい骸となった赤子の姿そのものではなく、小さな頭に生えそろった髪の色だ。自分にもハダルにも似ていない。ひと目見た瞬間、最初に思い浮かんだのは、

「…――ラドゥラの、髪色にそっくりだな」

「左様でございます。お顔立ちも目元はハダル様に似ておりますが、口元や鼻の形は、失礼ながら陛下ではなく――」

「ラドゥラに似ている、と」

正直、生まれたばかりの――しかも死産で――赤子の顔が両親のどちらにより似ているか、特徴のどこを引き継いでいるかを見極めるのは、初心者のクラウスには難しい。だが、これまで何百という赤子を取り上げ、その子の顔と両親の顔を見てきた産婆や、目に見える姿形だけ

でなく、患者がまとう気配を診ることで病の場所や種類を見極めてきた御殿医にとっては、一目瞭然なのだろう。

クラウスも、土気色になりつつある赤子の顔を目にした瞬間、

——俺の子ではない。

そう直感した。思考が湧いて整合性をかき集める前の、本能的な感覚だ。

それが意味することは？

考えたくもない可能性に思い至った瞬間、世界が闇につつまれる。これまで信じていた美しいもの、善なるもの、やさしく暖かな世界が崩れ落ちてゆく。「そんなはずはない」と否定してきた不審の芽がみるみる育って、クラウスの頭上に影を投げかける。

——ハダルも俺に嘘《うそ》をついて、裏切っていたのか……？

「実は出産直前までラドゥラ殿はハダル様から離れようとなさらず…」

「あたくしが追い出したんです。出産の場に殿方がいるのは不吉だと」

御殿医の言葉尻に重ねて、閂《かんぬき》役のように扉の前で立ち尽くしていた産婆が声をしぼりだした。外し忘れたのか身に着けたままの前掛けの裾を持ち上げてねじりつつ、

「あの男はずいぶん抵抗して…『〝聖なる癒しの民〟の子は聖導士たる私が取り上げる義務がある』などという世迷《よま》い言まで言いだして。——…おかしいと思ったんです。それに産み落とされた赤子も、陛下のお子様なら月足らずのはずなのに、そのわりにはずいぶんしっかり育った

状態で…。それも、陛下と契りを交わされる前に宿した子なら、説明がつきます」

半ば呆然《ぼうぜん》としながら産婆の告発を聞いていたクラウスは、布に包まれた骸から王妃の不義を告発するふたりに視線を移し、もう一度、自分ではなくラドゥラの面影を宿した小さな骸を見つめて、心を決めた。

「ラドゥラは今どこにいる」

「最後に見たのは廊下です。そのあとはどこに行ったのか…そういえば姿を見ておりません」

産婆の答えを聞いたクラウスは室外に待機していた護衛隊長《トニオ・ル＝シュタイン》を呼び入れ、ラドゥラを見つけ次第、捕らえて監禁するよう命じた。

「もしも自室にいなくても騒ぎを大きくせず、捜索と捕縛は秘密裏に行うように」

「はっ」

護衛隊長が王の命令を仲間に伝えて実行するため、すぐさま部屋を出ていくと、御殿医が疲れた表情で額の汗を拭きながら再び口を開いた。

「陛下にはもうひとつ、ご報告があります」

「なんだ」

「——…ハダル様のお身体《からだ》のことです」

言いにくそうに口ごもった御殿医に、クラウスは視線で「続けろ」とうながす。

「このたびの死産で、ハダル様のお身体には相当な負担がかかりました。その…——結論から申しますと、ハダル様が今後、お子様を身籠もる可能性は極めて…極めて小さくなりました」

「子を成せない身体になったと？」

「はい…。子を養う部分が、今回大きく傷ついてしまいましたので…」

「そうか…、だが——」

彼女は聖なる癒しの民だ。階段から突き落とされたときも、腹の子とともに死んでもおかしくない状態から回復した。そう言いかけてクラウスは瞑目《めいもく》した。

もしもラドゥラとの不義が確定した場合、そのあとも彼女を以前と同じように愛せるか自信がない。産婆の主張が正しければ、ハダルが子を身籠もったのは自分と出会う前。おそらく直前くらいの時期になる。

問題は、ハダルがそれを黙っていたことだ。婚姻の儀を挙行するにあたって、ハダルは処女であると宣誓した。楚々《そそ》とした清らかな瞳で。そしてクラウスと初夜の契りを交わし、早々に身籠もったと報告したのだ。嬉《うれ》しそうに頬を染めて。『あなたの子よ』と。

「——…くそ…ッ」

クラウスは両眼《りょうめ》を覆っていた手の指を立て、そのまま前髪を掻《か》きむしりながら頭を抱えた。

堕胎薬を所持していたことが露見して自死した侍女は、本当に自死だったのか？

ハダルは最初から腹の子が俺の種ではなく、ラドゥラの種だと知っていたとしたら？

そして侍女が持っていた堕胎薬は、ハダルに頼まれて用意したものだったとしたら？

ハダルは不義の証《あかし》である腹の子を堕《お》ろそうとした。しかしそれはうまくいかず、堕胎薬の所持が露見した侍女は投獄され、自死——ではなく、口封じに殺されたのだとしたら？

だとしたら…、もしかしたら……。

「ルルに、階段から突き落とされた…という、あの証言も、嘘…なの、か——？」

顔を覆った両手の指の間から虚空を見つめて、クラウスは自分の胸に刃を突き立てるような自問をした。

堕胎薬を使っても、己の癒しの力で回復して子が流れない。だからルルを利用して、階段から落ちるという強硬手段を使った。へたをすれば自分の命も失う方法だが、不義の証拠である腹の子さえ流れてしまえば、あとは癒しの力でどうとでも回復できると見込んだのか。

「ルルは…あのとき、なんと言った？　俺に、伝えようとした…？」

『嘘』『女』

——ハダルは嘘をついている。

「まさか…——」

推測の果てにたどりついた可能性に、クラウスはうめき声を上げた。

「そんな、馬鹿な……」

自分がこれまで花園だと信じて立っていた場所が、毒蛇の巣だったと気づいた心地がする。

足元に深淵《しんえん》が広がり、今にも墜《お》ちてしまいそうだ。

目眩《めまい》にも似た怒りと動揺のなかで、クラウスは気づいてしまった。

自分がこれまでハダルに感じていた愛情は、十年前に聖域で命を助けてくれた『あの子』の面影を重ねていたからこそだと。

あのとき耳にした幼く澄んだ声音、こちらを気遣うやさしさ、『おにいちゃんも、いっしょにかえろ?』と言って指をにぎりしめた小さな手のひらの温かさ。光の粒のようにきらめく大切な記憶をハダルに重ねて、だから愛せると、愛していると思い込んできた。

けれど現実は、一緒に過ごせば過ごすほどハダルに対する違和感は大きくなっていた。それを無理やり、彼女は『あの子』なのだからと自分に言い聞かせ、彼女の側では心底から寛《くつろ》ぐことができない理由から目を背けてきたことに、クラウスはようやく気づいた。

今でも『あの子』のことは、クラウスにとって神聖不可侵な存在だ。

けれどハダルはもうあのときの幼い子どもではない。時がハダルをずる賢く保身に長《た》けた女に変えてしまったのだとしたら。そして自分を欺いていたとしたら――。

「それでも赦《ゆる》して愛することは、できない」

『あの子』のことは、ハダルが記憶を失ったとき一緒に失われたのだとあきらめる。

それが、この瞬間クラウスのなかに生まれた嘘偽らざる本音だった。

――だが、まだハダルの不義が確定したわけではない。髪の色だけでは証拠として弱い。

「……〝審判の水〟を用意できるか?」

軋《きし》むような声で告げると、御殿医がハッとしたように目を瞠《みは》った。

〝審判の水〟は血縁関係の有無を調べる手段のなかで、もっとも信頼性がある方法だ。アルシエラタン王国では、これを使って不義が確定すると、婚姻の誓いは無効となり離縁が決まる。だからこそ御殿医は驚いたのだ。

「用意してよろしいのですか？」

そこまでの覚悟なのですか、と言外に問われてクラウスはうなずいた。

たとえハダルが命の恩人だったとしても、王を謀《たばか》り、他人の子を王の子だと偽ったことは断じて許されない。そして…。

ルルに階段から突き落とされたというあの証言が、もしも嘘だったのなら…――。

そう思い至った瞬間クラウスは、両眼を覆っていた黒布が剝がれ落ちたように、自分が犯した過ちの大きさと、そうなるよう仕向けたハダルの罪の大きさに気づいた。そして同時に、冷えて固まっていた岩石が割れ、なかから煮えたぎる岩漿《マグマ》が噴き出すような怒りに包まれた。

「…――それだけは、絶対に、赦すわけにはいかない」

骨が砕けるくらい強く拳をにぎりしめて、クラウスは石に刻むようにつぶやいた。

「ハダル。たとえおまえが俺の〝運命の片翼〟だとしても、不義の子を堕胎するためにルルを利用して陥れたのだとしたら、それだけは絶対に赦さない…！」

〝審判の水〟の準備が調うまで半日ほどかかった。その間に、ラドゥラを捕えて自室に監禁したという報せも届いた。

準備が調う前に、クラウスは一度だけハダルの寝室に足を運んだ。ハダルは時折り目を開けたが、意識が混濁しており話ができる状態ではなかった。クラウスは妃に対する王の義務として、彼女が回復するよう祈りを捧《ささ》げた。だが、ハダルは時間が経《た》つごとに消耗して弱ってゆく。

運命の片翼である自分が側《そば》にいるのに回復しないことを訝《いぶか》しんだクラウスは、寝室を出て書斎にナディンを呼び出し、以前と同じ質問をした。そしてナディンも同じ推測を述べた。

「おかしいですね。運命の片翼が側にいれば、少しずつでも回復するはずなんですが」

「そうだ。出会ったとき、ハダルは体調が悪くてぐったりしていた。だが、俺と一緒に馬にゆられているうちに、みるみる元気を取り戻した。ラドゥラはそれを見て、俺たちが〝運命の片翼〟だと言った。ハダルも自分でそうだと認めた」

そして彼女は〝約束の指環〟を持っていた。だから俺は――。それなのに。

「回復しない理由はなんだ？　以前は、子を腹に宿しているせいではないかと仮説を立てた。だが今、彼女の腹に子はいない。なぜ回復しない？」

クラウスの鬼気迫る問いに、ナディンは難しい顔で黙り込み、相手の覚悟を窺《うかが》うような上目遣いで口を開いた。

「可能性としてもっとも高いのは、ハダル様が〝運命の片翼〟ではなかった」

「――……ッ！」

ぐにゃりと視界が歪《ゆが》んで、これまで信じてきた世界が崩れてゆく。

同時に心臓が嫌な具合に脈打ち、背筋に怖気《おぞけ》が這《は》い上がる。

そんなはずはないとつぶやきながら、クラウスは髪をくしゃりとかきあげてナディンを睨《にら》みつけた。王としてあるまじき態度だが、今のクラウスは私人としてナディンと向き合っている。

「……彼女は俺や執政たちの目の前で癒しの力を使ってみせた。俺が作った小さな擦り傷や打撲傷も治してみせた。何よりも、身重の身体で階段から転落したのに子が流れず、自身の怪我《けが》も信じられない早さで回復した。そうしたことのすべてが、ハダルが俺の運命の片翼だということの証明ではないのか？」

ナディンに対してというより、自分に言い聞かせるよう言い連ねたクラウスを、ナディンは痛ましそうに見つめて首を傾《かし》げた。

「そのとき誰かもうひとり、近くにいませんでしたか？　ラドゥラ様ではなく」

「――……ッ」

ナディンの何気ない問いに、クラウスは今度こそ息の根が止まる心地がした。

「心あたりがあるようですね。ではよく思い出してみてください。ハダル様が癒しの力を発揮している間は、いつもその方が側にいたのではないですか？　そしてハダル様が衰弱しはじめたのは、その方がいなくなったからではありませんか？」

「待ってくれ。……まさか──ルル…が？」

ルルも聖なる癒しの民で、ルルこそが本当の、本物の、

「俺の運命の片翼だったというのか……⁉」

愕然とするクラウスに、ナディンは納得するようにうなずいた。

「ああ、やはり。いたのですね。──あれ？　ルルさんという方は、もしかして王妃様を階段から突き落とした罪で、国外追放刑に処された人ですか？」

「────……」

「ということは、やはり今は近くにはいないのですね。今はどこにいるのでしょう？　可能なかぎり迅速に呼び戻すことをお薦めします。たとえ罪人だとしても運命の片翼である癒しの民が側にいれば、ただの癒しの民であるハダル様もその恩恵に与《あずか》ることができるので」

「…──待て。確認させてくれ」

クラウスは混乱する頭のなかを整理するため額を手で押さえて、ナディンを止めた。そしてハダルから教えてもらったことを数え上げる。

「聖なる癒しの民は、聖域を離れると長く生きていられない。唯一の例外は運命の片翼に出会うこと。運命の片翼に出会った癒しの民は、運命の片翼から滋味と呼ばれる生命力を得ることができて、癒しの力を無限に使えるようになる。だったな？」

「ええ。はい。無限に使うにはもうちょっと別の条件もありますが。概《おおむ》ねそのとおりです」

『もうちょっと別の条件』についてはあとで確認するとして、クラウスは先を続ける。

「聖域から離れた癒しの民…ハダルは時間の経過とともに衰えていた。だがすでに運命の片翼――すなわち俺――に出逢《であ》っていたルルから、力をもらって元気になったということか？」

「そういうことになります」

あっさり肯定されて愕然とする。

「ルルも癒しの民だったということか⁉」

「そうなります」

気づかなかったのですか？　とナディンが言わなかったのは、王に対して不敬だからと慎んだのか。それとも、目の前の男があまりにも動揺していたので、同情して追撃にあたる発言を控えたのか。推測する余裕などないまま、クラウスは頭を抱えて石のように身を丸めた。

「くそっ…、――……ッ」

言われてみれば、思い当たる節は山ほどある。

ルルも最初は衰弱して死にかけていた。そして介抱すると元気になり、それに合わせるようにクラウスの体調も整い、馬の調子もよくなった。すべてが自然で、微細な変化だったから、そこに特別な力が働いていると思ったことは…――。

ある。ルルと一緒にいると心が安らいだ。

気持ちが楽になり、身を寄せ合って眠ると心地好《よ》くて、悪夢を見なくなった。

笑顔を見ても、怒った顔を見ても、可愛《かわい》くて愛《いと》しくて抱きしめたくなった。

そうした変化や感情のすべてが、

「あの子こそが本物の〝運命の片翼〟だった、からなのか…？」

それなのに裏切られたことに激昂《げきこう》して、取り返しがつかないほどあの子を傷つけてしまった。

「ルルが…俺の――…運命の片翼だった…だと？」

そうだと、すべての状況が指し示している。そしてクラウスもそれが真実だと、意識の深いところで理解できた。だから毛玉の頃からあれほど愛おしく感じ、人の姿に成ったあとも気がつけば目で追い、叶《かな》うことなら一生自分の側に置きたいと狂おしいほど願ったのだと。そして裏切られたと思い込み、あれほど苛烈に反応した理由も。

唯一心にひっかかるのは『あの子』の存在だ。

――では、俺が運命の相手だと感じて再会を約し『あの子』に渡した指環は、俺を導く縁《よすが》にはならなかったということだ。最初から俺が間違えたということなのか…。

落胆とともにそう結論づけたとき、チリッと脳裏に何かが閃《ひらめ》いた。風花のようなそれを追いかけると、必死に指環を欲しがっていたルルの姿に行きつく。ハダルの手に嵌《は》まった指環を、執拗《しつよう》に奪おうとしたルルの姿…――。

当時はただ単に、特別な絆《きずな》を示す装身具が羨ましくて欲しがったのだと断定してしまったが。

なぜルルは、あんなにもあの指環を欲しがったんだ？　他のどれでもなく、あの指環を。

「いったい、どういうことだ……？」

嵌め絵の欠片《かけら》が見つからないもどかしさに、クラウスはうめいた。心のどこかではもう答えを知っている気がする。けれどまだそれを認めることができない。なぜなら、

「――まだ、ハダルが嘘をついていたとは確定していない…」

そうだ。不義が確定するまでは、ハダルの罪も嘘も、単なる推測でしかない。

クラウスは幽鬼のようにゆらりと立ち上がり、審判の水の準備はまだ調わないのかと催促するために書斎の扉を開けた。まるでそれを待ちかまえていたように、側近のイアル・シャルキンが沈痛な面持ちで現れ、厳かに告げた。

「審判の水の準備が調いました」

ハダルが死産した子と、クラウス、ラドゥラそれぞれとの血のつながりを調べる審判の水の儀式は、内務長官でもあるアルベルト・パッカス、典礼を司る神官長、法務長官、御殿医といった証人の立ち会いのもとに行われた。儀式は正式な記録が残る公式な国事として決行される。王といえども、個人の思惑で結果を隠蔽したり覆すことはできない。

儀式は不正や誤魔化しが行われないよう、厳正な手順と確認によって遂行された。

調査対象となるハダルとラドゥラ、そしてクラウスの採血は、それぞれ複数の証人たちが見

守るなかで行われ、途中で入れ替えたり異物を混入されたりしないよう厳格な監視を受けながら儀式の場に運ばれた。

結果。審判の水に垂らされたクラウスの血と赤子の血は、互いに反発するように離れたまま、ゆすっても混じり合うことがなかった。周囲の立ち会い人たちの口から一斉に、失意と怒りに似た溜息《ためいき》が洩《も》れる。続けてラドゥラと赤子の血が審判の水を満たした新しい器に垂らされると、揺すったりしなくとも、互いに惹《ひ》かれ合うように近づいて混じり合った。再び証人たちの口から溜息が洩れる。今度は明らかに憤慨したものが多い。

最後に念のための確認として、母であるハダルと赤子の血も器に落とされた。それらはラドゥラと子のときと同じように素早く惹かれ合い、見事に混じり合って母子の証明を果たした。

「ハダル様が産み落とされたお子様は、陛下の御子ではございませんでした」

すべての証人たちの前で証明された明白な事実を、御殿医が深々と頭を下げて告げる。

それを受けて拳をにぎりしめたクラウスは、鳩尾《みぞおち》で弾《はじ》けた噴火のような怒りを王の矜持《きょうじ》にかけて抑えつつ、静かに宣言した。

「ラドゥラ・カルアンサスを逮捕して投獄せよ。婚姻の儀のあとも王の目を盗んで王妃と関係を結んでいたか否かを厳重に取り調べるように。王妃の女官と侍女たちも全員拘束して、不義の証拠を見聞きしていないか確認せよ。以前に堕胎薬所持の罪で投獄され、自死した侍女についても再調査を命ずる」

「はっ」

「典礼長官。王妃が不義密通を犯して王以外の子を宿し、それを王の子と偽って産もうとした場合の法的措置は？」

「アルシェラタンの国法では、斬首が通例となっております」

「──婚姻の儀を挙げる前に関係して宿した子の場合は？」

「その場合も、同じく斬首となります。なぜなら、婚姻の儀に際して宣誓された『処女の証』が偽りであったということだからです。王を欺いた罪は城の礎石よりも重うございますので」

本人が懐妊を知らなかった場合は？　と確認しかけて、クラウスは口をつぐんだ。さすがにその可能性はないだろう。

ハダルはラドゥラの子を宿したことを知っていた。だから堕胎しようとした。

堕胎薬を所持していた侍女の存在。階段から突き落とされたとハダルに証言されたルルが、涙をこぼしながら必死に『嘘』『女』という文字を綴った理由《わけ》。

すべての出来事が、不義の証を隠匿するためだったという理由で説明がつく。

「……ッ」

叫び出しそうな悔恨とハダルに対する憤怒《ふんぬ》を、クラウスは拳でにぎりつぶした。

ハダルに重ねていた『あの子』の面影は、もはや跡形もない。

「斬首か。当然だな。──だが、どんなに正当な理由であろうとも、癒しの民を殺したとなれば中央大聖堂院が黙ってはいないだろう。必ず報復として我が国は侵攻を受ける」

その場にいた面々がいっせいに顔をしかめて息を呑む。無言で『では、どうすれば？』と問う目線に、クラウスは拳を顎に当てて少し考えてから、

「ハダルを斬首刑に処すことはできない。だが、必ず罪の報いを受けさせる」

きっぱりと告げた語気の強さに気圧《けお》されたように、おずおずと典礼局長が伺いを立ててきた。

「子の亡骸はいかがいたしましょう？」

今となっては重罪人の子だ。どこに埋めるか、わざわざ王の許しを得る必要もないが、念のために確認してきたのだろう。

クラウスは強くにぎりしめていた拳をゆるめ、折った人さし指を下唇に当てて嘆息した。

「――母が卑劣な咎人《とがにん》であろうと、産まれた子に罪はない。懇ろに弔い、アンステリアの神殿墓地に埋葬してやれ」

アンステリアは庶子や不義の子など、訳あって正当な家の墓地には入れてもらえなかった者たちを弔い、魂を慰めることを本領とする神殿だ。墓地には一年中様々な花が途切れずに咲いて、不遇な死者の魂をなぐさめてくれる。

クラウスはそう指示して気持ちを切り替えると、視線を上げた。

「それよりも法務長官。十二ノ月に国外追放したルルは冤罪《えんざい》だった可能性が出てきた」

「なんですと？」

法務長官は目を剝《む》き、次いで不審そうに首を傾げた。王妃《ハダル》の不義確定と、半年前に執行されたルルの追放刑が冤罪だった可能性。ふたつがどう関係しているのか理解しかねたのだろう。

「ハダルは予に嘘をついていた。ひとつ嘘をついていたなら、ふたつ目や三つ目もあるだろう。ルルの罪が確定したのは彼女の証言が決定打となったからだ。その証言が嘘だった可能性が濃厚になった。冤罪が明らかになった場合は、追放刑を取り消して帰国させる。それに備えて、刑の執行人を調べ、ルルをどこの国境線から追放したのか確認しておくように。今すぐにだ」

「——…かしこまりました。——して、いかに冤罪か否かを確かめるおつもりですか？」

ハダル本人に確認する役目は誰がするのかと問われて、クラウスは薄く唇を歪めた。

「俺が直接、取り調べを行う」

幻のように消え果てた『あの子』への憧憬《しょうけい》よりも、今はルルの安否が気にかかる。

法務長官が一礼して了解を示したので、クラウスは彼の退出を許可した。一刻も早くルルの捜索をはじめるように言い添えて。そうして次は御殿医に視線を向ける。

「御殿医どの。ハダルを話せる状態にすることは可能か？」

「——一時的でもよろしければ、なんとか可能ではありますが」

「では、できるかぎり迅速に頼む」

「かしこまりました」

自信はなさそうだが、嘘偽りのない声音で頭を下げた御殿医にも退出を許可すると、クラウスは残った面々に向かって溜息まじりに宣言した。

「では諸君。これより、ハダルを廃妃にするための手続きに入る」

南翼棟の客間から主翼棟の小会議室に場所を移して行われた話し合いにより、ハダルの廃妃は満場一致で決まったが、聖なる癒しの民である彼女の処遇を、その後どうするかで意見が分かれた。

「中央から派遣された聖導士《ウガリト》ともども、里である聖域に送還、すなわち追放してはいかがか」

「廃妃と追放の理由を国民にはどう説明いたしますか？　不義の罪で処刑はできぬからだと布告すれば、民は納得するでしょうが、同時に王の権威がいささか…その、傷つく可能性が無きにしもあらず」

「腐っても聖魚。廃妃となっても聖なる癒しの民であることにはお変わりない。であれば、規律が峻厳《しゅんげん》なバハル修道院あたりに入られて神官女としてアルシェラタンの民に仕えていただく、というのはどうでしょう。せっかくの癒しの力。みすみす聖域に戻してしまうのは惜しい」

「陛下の名誉を守るためにも、ハダル殿には『ご病気の療養』という名目で、聖域に追放してしまうのがよいのではないでしょうか」

「癒しの民なのに病気だと？　臣下も含めて民が納得しますかな」

「実際に具合がよろしくないのだ。納得もクソもなかろうが」

各人それぞれが自由に意見を述べるのを、クラウスは黙って聞いていた。そこにイアル・シャルキンが影のように音もなく現れて、そっとクラウスに耳打ちした。ウガリトが面会を求めていると。

クラウスが求めに応じて別室に出向くと、ウガリトは『王妃が子を産めぬ身体になったのなら、自分は中央に戻る』と訴え出た。ハダルが子を産めない身体になったことは、まだ公にしていない。誰から聞いたのか気になったが、あえて追及せずにウガリトの要望を受け容《い》れた。中央から派遣された聖導士の扱いには苦慮していたから、渡りに船だ。ウガリトは他にも『翼《よく》神《しん》の末裔《まつえい》と翼守《よくしゅ》の子が望めないなら、自分がこの地に留《とど》まる意味はない』とも言っていた。『翼神の末裔と翼守の子が生まれると思えばこそ、こんな居心地の悪い辺境くんだりにまで来て、不快きわまりない毎日を耐えてきたというのに。せっかくの忍耐が丸損だ』とも。

『翼神の末裔』と『翼守』という耳慣れない言葉についても問い質《ただ》したかったが、下手に質問して気が変わられても困る。疑問はあとでナディンに確認することにして、クラウスは聖導士が速やかに国から去ることを優先させた。

押し寄せる疲労感を溜息でこらえてからクラウスが部屋を出ると、鼠《ねずみ》のように気配を消して物陰に隠れていたナディンがするりと姿を現した。

「うまくいったようですね」

「やはりおまえか。ナディン」

ウガリトにハダルが不妊になったことを知らせたのは。

「はい。ついでに連絡係として、僕だけ残してもらえるようにしておきました。これでウガリト様の目や耳を気にすることなく、陛下のために働けます」

そう言ってにこりと微笑《ほほえ》んだナディンからは、出会った当初のおどおどびくびくした小動物じみた気弱な気配は微塵《みじん》も感じられない。あれはウガリトを含む仲間の聖導士たちを欺くための姿で、本来のナディンは、今クラウスに見せている聡明《そうめい》で機転の利く、飄々《ひょうひょう》とした青年だ。

「それはよかった。ちょうどおまえに訊《き》きたいことがあったんだ。さっそく教えてくれ」

先刻ウガリトが口にした『翼神の末裔』と『翼守』という言葉について訊《たず》ねると、

「『翼神の末裔』とは聖なる癒しの民の別名です。場所や人によって呼び名が違いますが、中身は同じ。聖域の分厚く高い壁に囲われて暮らしている人々のことです。ハダル様やルルさんのことですね」

ルルの名をナディンが口にした瞬間、クラウスはビクリと肩を震わせて拳をにぎりしめた。自分でも制御できない反応に驚きながら、なんとか自制して表情を取りつくろう。ナディンはそんなクラウスを見て、何か言いたそうに瞳を泳がせたが、賢明にも口を閉ざした。

「翼守とは？」

何事もなかったようにクラウスが質問を重ねると、ナディンも淡々と答える。

「翼守というのは、地に落とされた翼神の翼の羽を、その身に宿した人間のことです」

「――……?」

クラウスが眉根を寄せて「分からない」と伝えると、ナディンは「少し長い説明が必要なので、どこか人のいない、落ち着ける場所で話しませんか?」と提案してきた。

クラウスは人気《ひとけ》のない通路を選んで、主翼棟と南翼棟の境界近くにある閑静な一画にナディンを連れてきた。そこは見晴らしのいい小さな中庭を囲む回廊で、誰かが近づけばすぐに分かる。長椅子《ベンチ》がいくつも置かれている庭の中央には、水量の豊富な水盤があり、常時涼やかな水音を立てている。そのため声が周囲に伝わりにくく密談に向いている。もちろんクラウスは回廊の四隅に護衛を置いて、盗み聞きを企てる人間を遠ざけたうえで、中庭に足を踏み入れた。

金色に染まる午後の陽射《ひざ》しが長い影を作っている、長椅子《ベンチ》のひとつに腰を下ろしたクラウスはナディンを隣に座らせて説明の続きをうながした。

「翼神というのは伝説や神話、お伽話《とぎばなし》ではないのか? さっきのおまえの話だと、まるで実在していたように聞こえるが」

「翼神は実在してますよ。……――いえ、実在していました。今は姿を変えて隠れていますが、かつてはあそこにある『天の浮島』で優雅に楽しく暮らしていました」

ナディンはそう言って、天空に浮かぶ半透明の『浮島』を指さしてみせた。

「……――」

「信じられないという顔ですね。でも本当です。あそこに見える浮島で、かつて翼神たちは平和に楽しく暮らしていました。そこに魔族がやってきて翼神に襲いかかった。平和呆《ぼ》けで油断していた翼神たちは、魔族との戦いにあっさり敗れて翼をもがれ、地に堕《お》とされてしまいました。そのとき魔族に引き裂かれて地に投げ墜とされた翼神の翼…というか羽を、心臓に宿した人間のことを、我々は『翼守』と呼んでいます」

「心臓…」

「はい。羽一枚分だけ宿した翼守もいれば、数百枚分を宿した翼守もいる。『羽』は先祖代々、血によって受け継がれます。翼守同士は自覚のないまま惹かれ合う。おそらく陛下のお父上と母君も翼守同士のはず。そして陛下はご両親からふたり分の羽を受け継いでおられる」

立派な翼守ですと言われて、クラウスは思わず自分の胸を手で押さえてしまった。

風が吹いて、中庭の芝生がちらちらと午後の斜光を弾く。

「そして運命の片翼同士である『翼神の末裔』と翼ひとつ分の羽を宿した『完全なる翼守』が出会い、聖なる契りを交わしたとき、翼神が復活するという伝承が我々の間にはあります」

「翼神の復活…。それが、ウガリトが待ち望んでいた赤子のことか？」

「そうかもしれませんし、別の形かもしれません。そのあたりははっきりしないんです。何しろ我々…聖導士たちがこの地で活動をはじめてから、かれこれ数千年経っていますが、一度も成し遂げられたことはないんです。少なくとも記憶にも記録にも残っていません」

「俺がハダルの不義に目を瞑《つむ》って、彼女と子を成せば、その『翼神』が復活するのか？」

「ハダル様が陛下の運命の片翼であったなら、その可能性はあります。ですが」

「ハダルは…俺の〝運命の片翼〟では、ない」

「おそらく」

早朝にナディンと交わした会話を思い出したクラウスは、手のひらで両眼を覆って天を仰いだ。指の隙間から射しこむ午後の光がまぶたを貫いて、寝不足の目と頭に突き刺さる。

法務長官はルルを国境まで連行した刑務官から情報を聞き出せただろうか。

報告がきていないかイアルに確認させて。

それから…、それから……。

「陛下。お疲れではないですか？　眠いなら僕の膝を枕に、少しお休みになられては？」

両眼を覆っていた手を離してナディンを見ると、彼はポンポンと自分の腿《もも》を叩《たた》いてみせた。

人懐っこくて遠慮のない仕草に、ふ…っとルルの面影が重なって見えてクラウスは動揺した。

姿形に似通ったところはないのに雰囲気がなんとなく似ている。ふたりで一緒に旅をしていた頃の、ハダルと出会う前の、無邪気で明るかった頃の、ルルに。

「――…いや、結構だ。気遣いだけもらっておく」

ナディンは分かりやすく、がっかりした表情を浮かべたが、そこにドロドロした感情は付随していない。ナディンがクラウスに向ける親愛の情はさっぱりしたもので、君臣の交わり以上の何かは感じ取れない。取れないが…。

一応、あとでイアルか護衛隊長《トニオ・ル＝シュタイン》あたりに確認しておいた方がいいだろうか。

そんなことを考えながら、クラウスはナディンから視線を引き剝がし、城壁の向こうに沈みつつある夕陽を受けて金色にきらめく水盤の飛沫《ひまつ》に目を細めた。


「陛下。御殿医殿から使いがまいりました。ハダル殿が目を覚まされたそうです」

その報せが届いたのは夜遅く、すでに皆が寝静まり、夜警が交替する時間帯だった。

寝衣に着替えて寝台に入ろうとしていたクラウスは、もう一度着替え直してハダルの寝室に向かった。扉の前には御殿医が待機しており、小声でクラウスに注意事項を伝えた。

「鎮痛と強壮作用がある罌粟薬液《ケシシロップ》を与えました。会話は可能ですが、興奮しやすいのでお気をつけください」

「わかった」

罌粟薬液《ケシシロップ》を服用すると酩酊《めいてい》時と似た状態になるのは、クラウス自身も経験済みだ。身体の痛みや苦しさだけでなく、心痛や悩みも霧散して気分が軽くなる。使いすぎると無駄に高揚し、空が飛べる気になって窓から飛び降りようとしたり、怪我を無視して動きまわろうとしたりするので注意が必要だということも、自身で経験しているのでよく分かる。そして人によっては、訊かれたことになんでも答えるようになる。しかも、薬が効いている間の具体的な記憶は残らない。だから自白剤としても使われることがある。

――かえって好都合だ。

クラウスは胸の内でつぶやいて、廃妃が確定した女の寝室に足を踏み入れた。

室内は薄暗く、血と薬草、それを打ち消してやわらげるための花精油の匂いが漂っている。どこか陰鬱な甘い香りをかき分けて寝台に近づくと、侍女の介添えで薬湯を飲んでいたハダルが顔を上げ、熱っぽい瞳でクラウスを迎えた。

「陛下…！　クラウス様…！　ああ、お待ちしておりました…！　わたくしが産んだ赤ちゃんはどうなりまして？　誰に訊いても教えてくれませんのよ。男の子なのか女の子なのかさえ」

「そのままで」

身を起こそうとする動きを止めながら、クラウスは寝台横に置かれた椅子に腰を降ろした。そのまま、侍女が無言でハダルの背に枕をいくつも押し込んで体勢を整え、ハダルの手から薬湯が残った茶杯を受けとって脇卓に置き、クラウスの目配せを受けて退室するのを見守った。

人払いが済んでふたりきりになると、クラウスはハダルの左手を取り、その指に嵌まっている指環をそっと指先でなでながら言葉を選んだ。

「残念な報せがふたつある。いや、三つかな」

「まあ…。良い報せはないのかしら？」

ハダルは罌粟薬液《ケシシロップ》のおかげなのか、あまり落ち込む様子はなく、むしろ冗談でも聞いたかのように楽しげに小首を傾げる。クラウスはハダルの表情をじっと観察しながら告げた。

「子どもは、死産だった」

「——…そう、ですか。きっと、そうじゃないかと思っていたわ。だって目が覚めてから会った人たちが、みんな殯《もがり》の儀みたいに暗くて黙り込んでいたから」

辛《つら》い事実を受けとめるため、常より饒舌《じょうぜつ》になる人間はいる。けれどハダルが瞬間的に浮かべた表情には、どこか安堵《あんど》が滲《にじ》んでいた。深い安堵。次にそれを打ち消すために、沈痛な表情を作ろうとして途中で半端な笑いに歪むのを、クラウスは興味深く眺めた。これまで自分が見て見ぬ振りをしてきた違和感の正体が、少しずつ露《あら》わになってゆく過程を。

ハダルはうつむいて、上掛けの端を握ったり離したりしながら涙声で訴えた。

「今回は残念な結果でしたけれど、次はきっと丈夫な子を産みますわ。今度こそ、陛下の跡継ぎとなる立派な御子を…！」

彼女がついた嘘と不義を知らない時であれば、健気で愛おしいと感じたかもしれないその言葉に、クラウスは白けた寒々しさを感じた。それらすべてが演技だと身構えて対峙《たいじ》しなければ、とても嘘だとは思えない迫真性がハダルにはある。見破れる者は、彼女が嘘をついていると最初から知っている者だけだろう。

「その心意気は立派だが、君はもう俺の子を産むことはできない。俺だけでなく、誰の子であろうと。——いや、君が自分の力で自分を癒せれば、再び産めるようになるのかな」

そのときの父親は俺ではないが。後半部分はささやき声に留めると、ハダルはよく聞き取れなかったように首を傾げた。

「え？」

「それが残念な報せのふたつ目だ。三つ目は……——いや、その前に。ハダル。君に訊きたいことがある」

「なあに？」

指環のはまった左手をにぎりしめたまま、クラウスが内緒話のように声をひそめて訊ねると、ハダルは無邪気に小首を傾げた。薬効のおかげで、目の前に差し出された話題に注意が集中しやすいのだろう。残念な報せのふたつ目については、すぐに意識が逸《そ》れたようだ。

「半年前の事件についてだ。君が階段から落ちたのは、本当にルルが突き飛ばしたからか？」

「はあ？　今さら何を言ってるの⁉　あの子のせいに決まってるじゃない！　わたしが嘘をついてると疑ってるの？　あの子はわたしの指環を奪おうとして、わたしを階段から突き落としたのよ！　そのせいで赤ちゃんが死んでしまったんだわ！　悪いのは全部あの餓鬼よ！」

「落ちつけハダル。わかったから、落ちついてこれを飲むんだ」

クラウスは内懐《ポケット》に忍ばせてきた罌粟薬液《ケシシロップ》の小瓶を取り出し、茶杯に注いでハダルに飲ませた。

「なにこれ。死ぬほど苦いわ」

文句を言いつつ、ハダルは勧められるまま飲み干した。そしてしばらくするとクスクス笑い

はじめた。耳元で冗談をささやかれたように笑いながら、横目でクラウスを流し見て、

「あのルルって餓鬼、本当に邪魔だったわ。知ってた？　あいつ、あなたに横恋慕してたのよ。ただの人間で、しかも男のくせに、〝聖なる癒しの民〟で〝運命の片翼〟であるわたしを差し置いて、あなたと結婚したがってたのよ男のくせに！　大笑いだわ…！」

言葉どおり「あーはっはっはっは！」と、ハダルは腹を抱えて高らかに笑った。

「可笑《おか》しいでしょ？」と同意を求められても、薬効によって浮上した女の本音に愕然として答えられないクラウスにかまわず、ハダルは楽しそうに話し続けた。

「だからわたし、あの子に身の程を知らせてやったの。あなたがわたしとあの子の、どちらを信じるか。何度も、何度も突きつけてやったわ」

「――どんなふうに？」

「そうねぇ。たとえば、誰も見てないときにあの子の近くでわざと転ぶの。そうして『足を引っかけられた』って訴えるのよ。わざと料理の器をひっくり返してスープが自分にかかるようにしてから、あの子がやったって訴えたり。男なんてみんな馬鹿だから、か弱い美女の言い分を信じるのよ。あなたもわたしを信じたでしょ？」

「…――」

「ああそうね。あなたはなかなか手強かった。最初はわたしが訴えてもあの子を疑ったりしなかったわね。あの子もそれをわかっていて、わざとあなたの寝床に潜り込んだり、腕に抱きつ

いてこのわたしに見せつけたり…。だからよけい憎たらしくなって、絶対にあなたの側から追い払ってやるって決めたのよ」

毒虫のように降り注ぐ言葉をクラウスがさえぎらなかったのは、この不快きわまりない事実を聞くことがルルに対する償いのひとつだと思ったからだ。どれほど醜悪な告白でも、耳に入れて把握する義務が自分にはある。そう己に言い聞かせながら、クラウスはかすれた低い声で確認した。

「――それで『階段から突き落とされた』と、あの子に罪をなすりつけたのか？　本当は、腹の子…ラドゥラの子を堕胎したくて、自分で足を踏み外したのに？」

「あらやだ、嘘でしょ⁉　どうしてそれを知ってるの。誰に聞いたの？　わたししゃべった？」

ハダルは酔っ払いのように頭をぐらぐらさせながら、目を丸くした。

「――…ッ」

クラウスは叫ばないように砕けんばかりに奥歯を噛《か》みしめた。そのまま世界がぐるりと反転して、底なし沼に沈んでいくような絶望に侵蝕《しんしょく》される。

――では、あのとき、俺が見たと思い込んだ瞬間は、見間違いだったのか…⁉

身重のハダルが自ら足を踏み外すわけがないという先入観に惑わされ、判断を誤ったのか！

――俺が、間違えたせいで…ルルを…――っ！

乱暴に押し退《の》けてふりはらったときの手の感触が、まざまざとよみがえり焼け焦げるようだ。

泣いて無実を訴えていたルルを、冷たくあしらい無碍《むげ》に扱った。そして追放してしまった。

「俺は…なんてことを…――」

崖縁で足を踏み外して谷底に落ちていくような、取り返しのつかないことをしてしまった恐怖と慚愧《ざんき》に襲われる。クラウスは呆然としながら、諸悪の根源である女を見つめた。そのまま椅子を蹴立ててハダルの胸ぐらをつかみ思いきり揺さぶりたい衝動をこらえるために、膝の上でぐっと拳をにぎりしめる。

「痛いわ」

不満気に文句を言われて拳をゆるめると、ハダルはするりと左手を引き抜いた。その動きで、痩せた指から抜けた指環がクラウスの手のなかに残る。十一年前、祝祭の年に聖域で出会った命の恩人に、再会を約束して贈った大切な指環。そして、ルルの運命を狂わせてしまった指環。

指環が抜けたことにハダルは気づかないのか、強くにぎられて赤味を帯びた左手をぷらぷらと揺らし、その動きに触発されておかしそうにケラケラと笑う。たぶん指先に妖精でも留まって漫才でもはじめたのだろう。

理性の箍《たが》が外れている今なら、彼女は本当のことを言うはずだ。もしくは、罌粟薬液《ケシシロップ》の力で失われた記憶が掘り起こされるかもしれない。クラウスは祈るように一度瞑目してから顔を上げ、指環をそっとハダルの眼前に翳《かざ》して訊ねた。

「ハダル。最後にあとひとつだけ答えてくれ」

「いいわよ」

「この指環を誰にもらった？　もしくは、どこで見つけた？」

ハダルはふんわり笑って指環に顔を近づけ、寄り目で凝視してから「ああこれね」と答えた。

「ラドゥラにもらったのよ」

「――……！」

その瞬間、稲妻に貫かれたような衝撃が走り、クラウスのなかで彼女に対して抱こうと努力していた愛情の、最後の一片が砕け散った。

「子どもの頃に。いくつだったかしら？　十三？　十四？　ラドゥラったら昔からあたしに首ったけでね、これ以外にもたくさん贈り物をもらったわ。秘密の場所にもこっそり連れて行ってくれたりして、でもそこはびっくりするくらいひどい場所で――」

滔々《とうとう》と続く話を最後まで聞かずに立ち上がる。彼女がラドゥラとどんな少女時代を過ごそうがどうでもいい。一片の興味も持てない。重要なのは、ハダルが最初から自分に嘘をつき、その後もずっとつき続けていたということだ。

もしもこの場にルルがいたら、クラウスは膝を折って床に額をこすりつけ、己の不明を心から詫《わ》びただろう。

だがここにルルはいない。

クラウス自身が国外追放の刑に処したからだ。

「──…信じる相手を間違えた。俺が馬鹿だった…。本当に、馬鹿だった」

自分の直感ではなく、物証である指環を信じすぎたばかりに。

ルルを傷つけてしまった。取り返しがつかないほどひどく、惨《むご》く──。信じてくれとすがりつく瞳から顔を逸らし、腕を、心をふり払い、存在ごと追い払ってしまった。

「ルル…、すまない…赦《ゆる》してくれ…──」

大切な母の形見であると同時に、己とルルの運命を狂わせた指環をにぎりしめた拳を額に強く押しつけて小さくつぶやき、クラウスは顔を上げてハダルを見据えた。

病み衰えて、死に向かいつつある女。息をするように嘘をつき、他人に濡《ぬ》れ衣《ぎぬ》を被《かぶ》せて貶《おとし》めても恥じることのない人間。これまで信じていた美しい姿形の下で、ありとあらゆる害虫がひしめき合い蠢《うごめ》いていることに気づいたような、嫌悪と怒りが湧きあがる。

自分がどうして、彼女の側にいても心が安まらず、聖域で出会った『あの子』だといくら言い聞かせても義務感以上の愛情が抱けなかったのか、その理由がようやく理解できた。

クラウスはふつふつとこみ上げる冷たい怒りを抑えるために深呼吸をくり返してから、あえてやさしい声で告げた。

「ハダル。三つ目の残念な報せだ。君は俺の〝運命の片翼〟ではなかった」

「え…？　なんですって……？」

「君は俺の運命の片翼ではなかった、と言ったんだ。君は偽者だった。だから、このまま俺の側にいても回復しない。君が必要としている滋味も得られない。このままだと、君に待っているのは『衰弱死』だ」

「はあ…？　冗談でしょ？　だって、わたしはあなたに逢って――」

「違う。俺に逢ったから体調がよくなったんじゃない。俺の側にいたルルのおかげで回復したんだ」

「嘘でしょ…！　あんな餓鬼のおかげでなんかあるものですか！」

「君も薄々自覚はあったんじゃないか？　どうして体調が良くならないのか。具合が悪くなったのは、ルルが国外追放されたときからじゃないのか？」

「違う…！　それは…、だって…！　ラドゥラの子がお腹にいたからよ！　魔族の子を宿したりしたら、いくら聖なる癒しの民だって具合が悪くなって当然でしょ！」

「――魔族？」

ラドゥラが悪魔のような男だという意味だろうか。それとも、ナディンが言っていた例の、翼神を地に投げ墜としたというあの魔族のことだろうか。お伽話や伝説ではなく？

「そうよ！　聖導士は魔族なの。私たち翼神の末裔の仇敵《きゅうてき》。でももう大丈夫よ。あいつの子はやっと死んだ。これでわたしも元通り。回復できるようになるわ。だから…」

罌粟薬液《ケシシロップ》を飲ませ過ぎたせいで、ついに妄想がはじまったのだろうかと訝しく思いながら、クラウスは淡々と言い聞かせた。

「いいや、ハダル。君は出産してから少しも回復していない。むしろ衰弱する一方だ。このままでは遠からず死んでしまうだろう。一国の王を騙《だま》し、不義の罪を犯した極悪人とはいえ、君が癒しの民だということだけは事実だ。癒しの民を国内で死なせたりすると何かと問題になる。だから君のことは故郷に戻すことにした」

「故郷…って、まさか…聖域のこと？」

これまで何を言われても、自分が正しくてまわりが間違っているといわんばかりの主張をつづけてきたハダルが、聖域に戻されると聞いて初めて怯《おび》えをみせた。

しかしクラウスは、その理由を慮《おもんばか》ることなく無情にうなずいてみせる。

「そうだ」

「嫌よ…ッ！」

叫んだハダルの表情が強い恐怖に歪む。

「聖域《あそこ》に戻るなんて絶対に嫌！　あそこに戻ったらいつヤツらの餌にされるか分からない！」

ハダルは恐慌状態に陥り、譫言《うわごと》のように言い募った。

「あいつら、わたしたちを餌として飼育してるのよ？　そんなとこに戻れっていうの⁉　わたしがなんのために危険を冒して〝運命の片翼〟を探す旅に出たと思ってるのよ！　仇敵であるラドゥラに身体を許してきたと思ってるの⁉　全部ぜんぶ生き延びるためじゃない！　それなのに、戻ったら餌として喰《く》われる場所に戻れっていうの⁉　ひどいわ…っ！」

ひどいひどいと訴えながらハダルは泣き崩れた。他人を陥れることにはひと欠片の罪悪感も抱かず笑っていたのに、自分に死の危険がおよぶと分かったとたん動揺して泣き叫ぶ。

──なんだろう…この生き物は…。

クラウスは異生物を見る心地で、数日前まで自分の妃だった女を見下ろした。

「あいつら、とは聖導士のことか？」

どこまでが正気でどこからが妄想か。もしくはどこまでが真実で、どこからが保身のための嘘か。判然としないままクラウスは冷たく訊ねた。彼女のためではない。聖域に関する情報を得ることは、本物の運命の片翼であるルルを護《まも》ることにつながるからだ。

「そうよ。何度も言ってるでしょ…！　聖導士なんておきれいな名前で偉ぶってるけど、あいつらの正体は、わたしたちを…翼神の末裔を、餌として飼育してる魔物、魔族なのよ！」

「そして聖域は、魔族が餌である君たちを飼育してる牧場だと？」

「そうよ…！　だから聖域《あそこ》に戻すなんて止めて！」

泣きながら訴えるハダルを見て、少しだけ溜飲《りゅういん》が下がった。

聖導士が魔族だとか、翼神の末裔の仇敵だとか、餌にしているといった話についてはあとでナディンに確認しよう。ここでこれ以上ハダルに訊ねても、まともな答えが返ってくるとは思えない。

クラウスは「なるほど」と大きく息を吐いて表情をゆるめ、わざと笑みを浮かべて言い聞かせた。とっておきの内緒話を打ち明けるように。やさしい声で。

「ハダル。最後の残念な報せだ。君はもう俺の妃ではない。アルシェラタン国王の名において、正式に離縁を通告する」

「――な…んですって…!? 冗談でしょう…?」

「廃妃と離縁の理由は『他の男の子を宿しながら処女の宣誓をして、婚姻の儀に臨んだ不義の罪』『王に対して度重なる嘘偽りの証言を行った罪』」

クラウスはひとつひとつ数え上げながら素早くハダルの手をとり、薬指に残っていた王妃の証印指環も取り上げた。そうしてきっぱり背を向けると、振り返ることなく側を離れた。

「ちょ…っと、待って！　どういうこと？　ちゃんと説明してよ、嘘でしょ？　これって何かのお芝居なの？　待ってクラウス…！　待って…ッ!!」

追いすがる声を置き去りにして寝台から遠ざかり、扉を開けると、待機していた侍女たちが不安そうな表情でなかをうかがおうとする。

「話はすんだ。入って世話をしてやれ。だが、今後『王妃』という敬称を使ってはならない。待遇も、罪を犯して位を剝奪された『廃妃』にふさわしいものだけ許可する。移動が可能になり次第、居室も南翼棟以外のどこか……適当な場所に移すように」

王妃の身のまわりの世話を統括していた女官長に視線を向けると、女官長は青ざめた無表情で「かしこまりました」と頭を下げて、廃妃の寝室に戻って行った。

クラウスは廊下をみまわし、柱の影で眠そうに目をこすっている小姓を手招いた。

「法務長官を呼んできてくれ。——ここではなく、執務室に来るように」

小姓が「はい」と答えて勢いよく走り去るのを目の端で見送りながら、クラウスは次に護衛隊長のトニオ・ル＝シュタインを指一本で呼び寄せた。

「軍のなかで優秀な者を選抜してくれ。捜索隊を編成する。——正規軍以外にも、人捜しや情報収集能力に長けた者がいれば雇い入れるように。予算はいくらかかっても構わない。法務長官が到着次第、第一陣を編成して出立させる。捜索人の特徴と判明している最後の足取りの説明もそのときにする」

「御意」

執務室に向かって大股で移動しながら必要なことを伝えてしまうと、クラウスはひどい頭痛を覚えて眉間に皺《しわ》を寄せた。ひと言発するたびにこみ上げる怒りが暴走して、自己嫌悪の沼に嵌まりそうだ。それでもなんとか詰まりそうな息を整えて、あと必要なものは…と考える。

尖《とが》らせた指の背でこめかみを押さえて痛みを誤魔化しながら、

「——ああそうだ。乳母のターラを」

呼んでくれと誰ともなく言いかけて、窓から見えた真っ暗な夜闇に気づいて口を閉じた。

「いや。ターラを呼ぶのは明日でいい」

すでに時間は真夜中を過ぎ、どちらかといえば朝に近い。こんな時間にたたき起こして呼び出しても、乳母《ターラ》は不機嫌な顔で『〝導きの灯〟にかぎったことではないですが、呪《まじな》いにはふさわしい時間と空間と材料が必要なんですよ！』と文句を言うだけだろう。

それで思い出した。捜し人がどこにいるかを指し示してくれる〝導きの灯〟の精度を上げるには、目的の人物の髪や爪、なければ身に着けていた服や装身具などが必要なことを。しかし。

クラウスは自分が犯した痛恨の過ちに歯嚙みした。

ルルの所持品はすべて処分するよう、パッカスに命じてしまった。パッカスは真面目で忠実な男だから、クラウスの命令を完璧に遂行しているはずだ。

「――――……くそッ」

過去の自分の愚かさを、何度呪えばまともな人間になれるだろう。

思わず立ち止まってうめき声を上げたクラウスを、護衛隊長が気遣わしげに見つめて口を開きかけた。クラウスは手を挙げてそれを制し、わずかに顔を背けながら「大丈夫だ」と、先取りして答えた。今は慰めの言葉を聞きたくない。むしろ罵倒して欲しいくらいだ。だが真面目でやさしい護衛隊長には無理だろう。

真夜中過ぎの執務室に到着すると、法務長官が着替えもそこそこに駆け込んできた。

クラウスは法務長官と護衛隊長に向かって正式にルルの捜索隊を編成するよう命じ、必要な情報を与え終わると部屋を出た。回廊から仰ぎ見る空は、すでに真夜中の闇色から夜明け前の濃紺へと変わりつつある。クラウスはカツカツと音を立てながら自室のある南翼棟ではなく、馬房に向かった。王の廏舎《きゅうしゃ》には急使に備えて常時、廏番《うまやばん》と駿馬《しゅんめ》が待機している。馬を用意しろと命じる代わりに、クラウスは自ら鞍《くら》を置いて飛び乗った。

「どちらへ？」

捜索隊編成に着手した護衛隊長の替わりにあとを追ってきたイアル・シャルキンが、急いで用意した自分の馬に飛び乗りながら訊いてくる。クラウスはそれには答えず馬脚を進ませ、城門を出ると拍車をかけて駆け出した。

「陛下…！　クラウス様！」

驚いて追いかけてくるイアルを引き離し、夜明け前の薄明をかき分けて突っ走る。

馬脚が地面を蹴るごとに怒りが、憤怒が、悲しみが、自己嫌悪が、そして煮えたぎる後悔がこみ上げて渦を巻き、胸から顔から手足の先まで焼き尽くされそうだ。

今この瞬間にも、ルルが見知らぬ場所で衰弱して、あの毛玉だった頃のようにどこかで行き倒れて死にかけていたら…と想《おも》うと、胸が砕けそうになる。

「クソ…ッ！」

目を瞑ってても走れるくらい行き慣れた道を疾走して、王城の裏手にある小高い丘の上にたどりつくと、クラウスは馬から飛び降りて木立に分け入り咆吼《ほうこう》を上げた。

「ちくしょう！　ふざけるなッ‼　クソったれが…ッ‼」

王の言葉は祝福にもなるが、呪いにもなる。だから無闇やたらに人を呪うような言葉を発してはいけない。クラウスは世継ぎの君として、そう言い聞かされて育った。だからどんなにハダルが憎くても、『死ね』などという下々の者が気安く口にする罵倒はできない。だから自分が口にできる精いっぱいの罵詈雑言《ばりぞうごん》を声をかぎりに叫びながら、剣を抜いて生い茂る灌木《かんぼく》を叩き斬ることで、怒りが恨みや呪詛《じゅそ》に変わるのを防いだ。

「ちくしょう！　くそったれッ！　馬鹿野郎…ッ‼」

大馬鹿野郎だ、俺は！

ルルを信じなかった。あんなに泣いて訴えていたあの子の——声にならない——言葉を。瞳を。文字を。泣きながら震える手で一生懸命綴《つづ》ったあの文字を、心からの訴えを。

「どうして信じなかったんだ…！」

声が嗄《か》れ果てるほど叫んでも、己が犯した過ちは消えない。

すがりつく手を無碍にふりはらって、ひどい言葉を吐いて傷つけた事実も消えない。あんなにも自分を慕ってくれていたのに。その真心をズタズタに引き裂いて、目が溶けるほど泣かせて苦しめて絶望させてしまった。

「ルル…！　許してくれ…ッ！　俺が馬鹿だった！」

夜明けの丘に、王の咆吼が木霊《こだま》する。

聞く者の身が削《そ》げるほどの憤怒と嘆きに満ちた叫び声は、最初の曙光《しょこう》が差し込むまで続いた。

その日のうちに、ハダルが犯した重大な罪がさらに明らかになった。

ルルを国境まで護送した刑務官の証言によると、当日『上から』の命令で、最初に用意されていた荷物をすべて剝奪したというのだ。関係者を全員洗い出して厳しく追及していくと、その指示はハダルから出されていたことが判明した。

「なんだと…ッ⁉」

惨い仕打ちに激怒しながら、クラウスは改めて専門の尋問官にハダルの取り調べを命じた。

「死なせさえしなければ手段は問わない。たとえ寿命が縮む結果になってもいいから、彼女がルルに対して行った企《たくら》みをすべて明らかにせよ！」

聖域に戻せばどうせ回復する。なんなら指の一本や二本斬り落としても、どうせ再生するだろう。思考が氷の剃刀《かみそり》のように冷淡になっていることを自覚しながら、クラウスはそれを正そうとは思わない。ハダルに対する冷淡さは、数刻後に尋問官が携えてきた結果を聞いたことで明確な憎しみに変わった。

「廃妃殿はルル様を亡きものとせんと企み、暗殺者を放ったそうです。理由は、ラドゥラ殿との関係を暴露されるのを怖れたためだと」

「——暗殺者…？」

荷物も金銭も防寒着も取り上げた上に、暗殺者を差し向けただと…？

ではルルは？　ルルはもう生きていないのか……？

その可能性に思い至った瞬間、クラウスは膝から崩れ落ちた。

遠く離れていても、二度と会えない異国の空の下で生き延びていてくれさえすれば、それでよかった。妃を殺されかけたという理由で憎んでいようが憤怒を向けていようが、ただどこかで生きているという事実だけが、これまで自分を支えてきたのだと、ようやく気づいた。

それなのに、とうの昔に殺されていたというのか…？

巨人に肩をつままれて、身体の真ん中から引き裂かれたような心地がして息ができない。

遠くで「陛下」「大丈夫ですか？」と心配する声が聞こえるが、答えることもできない。

そのまま闇に呑まれそうな恐怖と絶望のなか、クラウスはなんとか気力をかき集めた。怒りという梃子《てこ》を使って身を起こし、その矛先を元凶に向けることで正気を保つ。

「——痴《し》れ者が…ッ」

ただ自分の保身のために、どうしてそこまで卑劣になれるのか。そこまで深く冥《くら》い罪を犯しておきながら艶然と微笑んで、悪気なく王妃として自分のとなりに座っていた女に対して、クラウスは身の毛がよだつような嫌悪と、初めて殺意を覚えた。できることなら今すぐ自分の手で縊《くび》り殺したいと思ったが、それよりもっと痛手を与える方法があると考え直す。

だから翌日、聖域に帰還するウガリト聖導士に彼女を託し、彼女が恐怖に震えて「嫌よ。戻りたくない。ここにいさせて」と懇願しても、冷酷に送り出すことができた。

「さようなら、ハダル。良い旅を」

ハダルを聖域に連れ戻し、二度とアルシェラタンの地を踏ませないという条件で釈放されたラドゥラが、恐怖に戦《おのの》くハダルに付き添い、やさしくなだめている。

「大丈夫だハダル。何も心配しなくていい。私がずっとついていてやるから。これからはずっと一緒だ。君のことは私が守る。昔からそうだっただろう？　これからも同じだよ」

恋人の睦言《むつごと》にも似た甘いささやきに、ハダルは頬を引き攣《つ》らせて「嬉しいわ」と答えた。

彼女が本当は聖導士たちを怖《おそ》れ、憎み、逃げ出したいと願っていることを今のクラウスは知っている。知っているからこそ彼女を送り出し、そのことを後悔することはなかった。

稀代《きたい》の悪女とともにラドゥラ、ウガリト、そしてウガリトの従者たち、城内に駐留していた聖導士すべてを、ナディンを除いて聖域に帰還させてしまうと、クラウスは絶望のあまり動けなくなった。

——何もかもがもう遅すぎたのだ。

玉座に腰を下ろして脚を投げ出し、手で顔を覆って沈黙に身を委ね、胸を割られたような痛みに耐えていると乳母のターラがやってきた。

「呪《まじな》いの準備ができました」

「それはもう……――」

必要なくなった、と言いかけてクラウスは思い直し、一縷《いちる》の希望に賭けることにした。

身を起こし、呪《まじな》いのためにターラが用意した部屋に入ると、すっかり準備が調った真ん中に、ひと揃《そろ》いの旅服が置かれていた。見覚えのあるそれは、クラウスがルルのために買い与えてやった服だった。どうしてそれが残っているのか。すべて処分しろと命じたはずなのに。

まるで、あきらめる必要はないと伝える天啓のように。

「フォニカが…パッカス邸でルルさんの世話をしていた家従の名前ですよ、そのフォニカという子がルルさんの服をこっそり保管しておいてくれてね。呪いに使えるものは何かないかってわたくしの問い合わせに、命令違反の馘《くび》切り覚悟で申し出てくれたんですよ」

何重にも描かれた円と幾何学模様の真ん中にクラウスを導きながら、ターラはそう教えてくれた。クラウスは「そうか…」とつぶやいて、勇気ある家従《フォニカ》に心から感謝を捧げた。もちろん彼《フォニカ》を馘にするつもりなどない。

ターラの呪いは成功した。クラウスの手のなかで〝導きの灯〟は再び方位盤に宿り、惑うことなくくっきりと捜し人がいる方向を指し示した。

それはすなわち、ルルがまだ生きているという証だったのである。

✧　世界の裏側

その日のうちに招集されたルルの捜索隊編成と計画立案会議に、元聖導士ナディン・ナトゥーフを参加させたのはクラウスの一存だ。ルルも癒しの民であり、彼の〝運命の片翼〟が自分だと分かった以上、聖域や聖導士、癒しの民について詳しいナディンから情報を得ることが、一日も早くルルを見つけて保護するために必要不可欠だからだ。

「では、現時点で判明していることを報告してくれ」

今すぐにでも城を飛び出し、単身で捜索をはじめたい気持ちを懸命にねじ伏せながらクラウスが会議の間でうながすと、関係各所から集めた情報を取りまとめたイアル・シャルキンが立ち上がって報告をはじめる。

「ハダル殿がルル様に放った暗殺者の行方は現在捜査中ですが、すでに国外へ逃亡している可能性も含めて調査を続けています。ルル様が追放された場所は東の国境、ネルヴァ隘路《あいろ》の果て。これはルル様を連行した刑務官の証言と、国境の砦《とりで》で馬車の通過を目撃した番兵の証言が一致しているので確かです」

ネルヴァ隘路は竜の背骨山脈に穿《うが》たれた古代の遺構のひとつで、東の隣国ウォルドとの唯一の交易路でもある。

「先行させた調査隊の報告によると、該当区域をくまなく捜索した結果、今のところルル様と思われる遺体は見つかっていないとのことです」

「――当然だ。ルルは生きてる」

険しい表情で訂正を入れたクラウスに、イアルは「はい」とうなずいて報告を続ける。

「現在、刑の執行日および数日内に現場付近を往来した隊商や人の記録を調査中です。さらにウォルド国側に捜索人を派遣して足跡をたどらせています。ウォルド国側の国境近辺は荒野が続いていますので、人が立ち寄る場所はだいたいかぎられていますから――。新しい情報が届き次第報告いたします」

イアルが着席すると、待ちかねたようにナディンが発言を求めて挙手した。クラウスが目配せで許可すると、ナディンは座ったまま肩をすくめて「聖導士や聖堂院への対策はしていますか？」と訊ねた。イアルが少しムッとした表情で言い返す。

「対策？」

「捜索の過程でルルさんが癒しの民だと知られると、聖堂院や聖導士が必ず介入してきます。下手をすると彼らが先に見つけて奪われてしまう。クラウス様…陛下にこれまでうかがった話を総合しますと、ルルさんは陛下にとってだけでなく、あなた方人間すべてにとって希望の星となる、とても貴重で重要な存在である可能性が高い。絶対に奪われてはなりません」

「あなた方『人間』って、まるで自分は人間ではないような言い方だな」

ふんっ…と鼻を鳴らしたイアルの言い方が意地悪なのは、ナディンのことが気にくわないからだ。イアルは昔から聖導士を嫌っていて、中央聖堂院に対する帰属と身分を捨ててクラウスに忠誠を誓い、参謀役に収まったナディンのことも、今のところ信じていないし不快感を隠さない。それ以上側近と参謀が険悪な雰囲気にならないよう、クラウスが割って入った。

「ナディン。その件について、俺も確認したいことがある。ハダルが病床で叫んだ『聖導士は魔族』『聖域で翼神の末裔――すなわち癒しの民を餌として飼育している』という言葉は本当なのか。それとも何かの暗喩なのか?」

クラウスの質問に、ナディンを除くその場にいた全員が驚きのあまり目を瞠った。聞きなれない言葉と突拍子もない内容に動揺が広がる。

「魔族?」

「聖なる癒しの民を、餌として飼育…?」

イアルは嫌悪に顔を歪めながら、仰《の》け反るようにしてナディンから身を遠ざけ、護衛隊長もおぞましげに眉をひそめてナディンを見る。アルベルト・パッカスも心持ち身体を傾けて、元聖導士の正体を見定めるように凝視した。

「それについては、近々ご説明しようと思っていたところです」

こんなに大勢の前ですることになると思いませんでしたが、と前置きをして、ナディンはゆらりと立ち上がり、会議の円卓から離れて窓辺をうろうろと往復しながら話しはじめた。

「魔族というのは、数千年前にこの世界にやってきた霊体寄生存在の呼称です」

「霊体？　寄生…？　なんだ、それは？」

「要するに、目に見えない寄生虫、もしくは宿り木のようなものだと思ってください」

一斉に皆がざわめいて身を引き、ナディンに対する嫌悪と不信感を募らせるのを感じたクラウスは、手を上げて「静まれ」と制した。

「寄生虫のようなもの…といったが、では、ナディンはその寄生虫を支配下に置いていると考えていいのか？　だから聖堂院側と縁を切って我々に組したと――」

「さすが陛下。その通りです！」

ナディンはパンと手を打ち合わせた。

「僕が他の聖導士と違うのは、人としての意識が優位で、憑依《ひょうい》している霊体――すなわち魔族を完璧に制御できているところです」

ナディンは元々中央大聖堂院で産まれたが、不慮の事故によって生後すぐに聖堂院の保護下を離れ、十歳まで民間人の子どもとして育てられた。そして十歳のときに中央大聖堂院から迎えが来て、そこで聖導士になるための儀式――すなわち憑依を受けたのだと語った。

なるほど…とクラウスは納得した。

「わかった。それで？」

「魔族は自分たちの故郷が荒廃したため、新しい棲処《すみか》と餌場を求めて次元間をさまよっていました。そしてこの世界を見つけて侵襲してきたんです。けれどこの世界にはすでに守護者として、人々がかつて『翼神』と呼び敬い共存していた存在がいました。魔族は不意打ちで翼神に襲いかかり、翼神が棲《す》んでいた天の浮島から駆逐してしまったんです」

「以前も一度訊いたが、それは伝説やお伽話ではなく、現実に起きたことなんだな？」

会議室に集った面々が全員抱いたであろう疑問を、クラウスが代弁して尋ねると、ナディンは「ええ」とうなずいた。

「実際に起きたその戦いの影響で、地上で栄えていた古代の文明はほとんど滅びてしまいました。その文明は翼神が天の浮島にいてこそ供給される――なんと表現すればいいんでしょう。動力？　感応力？　星の力？　とにかく今の人間の目には見えない諸力《エナジア》によって維持、発展していたから、翼神の失墜とともに文明もほとんど失われました」

「そういうことだったのか……――」

クラウスは再び深く納得した。

「各地に残されている遺構や、この王城の基礎となった遺構を築いた文明がなぜ滅びたのか謎だったが、そういう理由だったのか」

「はい。そのことに関する記録がほとんど残っていないのは、魔族が聖堂院と聖導士という隠れ蓑《みの》を使って人々を騙すために邪魔だったから、ことごとく記録を破壊してきたせいです」

都合の悪い記録の焚書《ふんしょ》と破壊。クラウスが最も嫌う卑劣な行為だ。

クラウスの憤りに理解を示してうなずきつつ、ナディンは続けた。

「ここで魔族にとってふたつ誤算が起きました。ひとつは、この世界に閉じ込められてしまったこと。ふたつめは、翼神を地上に堕としたことで世界に満ちていた諸力《エナジア》――すなわち彼らの食糧となる豊潤な滋味が消えてしまったこと。実際は消えたのではなく隠れたんですが。それについては後ほど説明します。で、焦った魔族は翼神を捕らえて天の浮島に幽閉しようとしましたが、時すでに遅し。魔族に翼をねじ切られて地に堕とされた翼神の魂は、人の肉体に融《と》け込んでしまい、回収できない状態になっていました」

水を満たした杯《カップ》を塔の上でひっくり返すと、水は最初ひとかたまりで落下をはじめるが、すぐに無数の水滴に別れて雨のように地上に降り注ぎ、染み込む。それと同じだと、ナディンは会議の間の壁に掛けられた、巨大な黒板に白墨で絵を描いて説明した。

「しかし、翼神の魂を宿した人々は魔族から逃れることができませんでした」

「なぜだ？」

「彼らは自分たちの翼の側でなければ生きることができなかったからです。魔族によって集められ、地中に埋められた翼神の翼は、美しい大樹として再生しました。翼神の魂を宿した人々は本能的にその大樹に惹き寄せられ、大樹の側で暮らすようになりました」

「だから癒しの民のことを〝翼神の末裔〟とも呼ぶんだな」

「はい」

「わかった。ではなぜ翼神の末裔である癒しの民たちが、聖導士――魔族たちに飼われる羽目になったのだ？　彼らの…忌々しい言い方だが『餌』として」

ルルが聖導士を怖れ、避けたがっていた理由がそれなら本当に痛ましいことだ。なんとしてもその理由を知り、原因を取り除いてやりたい。

「それは、翼神の魂を宿した人々の身体、正確には血液に自分たちの餌となる諸力《エナジア》が隠れて満ちていると魔族が気づいたからです。けれどそれを食べて腹を満たすには彼らと同じ場所に堕ちなければ――すなわち肉体をまとわなければ――ならない」

「――だから、人間に寄生した？」

「はい。もしくは『憑依』という表現でもかまいません。そうやって魔族は大勢の人間に憑依すると、翼神の魂を宿した人々を一箇所に集め、彼らを保護するという名目で聖堂院という組織を作り、自らを聖導士と名乗って、世の人々に偽りの歴史と価値観を植えつけてまわったのです」

「忌々しいな」

クラウスは拳を下唇に当ててうめき声を上げた。忌々しくて腹立たしい。本来この世界にあるべきでない者たちによって、平穏な暮らしが崩れ去り、争いと苦難が際限なく生まれている。

「はい。そうして翼神の存在はいつしかお伽話や伝説にしか登場しなくなり、人々は聖導士たちが推奨する贄《にえ》の儀に傾倒して、一時的に得られる武力や便利な道具に心酔するようになってしまいました」

クラウスは胸糞《むなくそ》の悪さに眉間を寄せた。これまで贄の儀に使うために誘拐された自国の民の苦しみや、家族を誘拐されて悲しみに打ちひしがれた人々の顔。旅の間に目のあたりにした、贄の儀の陰惨な光景、流された多くの血の色と臭いを思い出して奥歯をかみしめる。

苦々しい思いは、次に発したナディンの言葉でさらに増幅した。

「昔から現在に至るまで、魔族は翼神の末裔たちを聖域に閉じ込めて繁殖させ、定期的に屠《ほふ》って食糧にしています。具体的には血をしぼり取るのですが、その際、肉体的苦痛を与えれば与えるほど滋味が増すため、言語に絶する拷問が施されています」

「拷問…だと⁉」

鳥の姿に変身したルルが魔族に捕らえられ、羽根をむしられ折られる姿を思い浮かべかけたクラウスは、にぎり拳を卓上に叩きつけて胸糞悪い想像を押し潰した。

ルルが聖導士や贄の儀を異様に怖がっていた理由は、まさしくそれだったのだ。

「そんな非道なことをこれ以上許すわけにはいかない…！」

ルルのために。翼神の末裔であるルルが安心して暮らせる世界にするために。そしてこれ以上贄の儀による犠牲者を出さないためにも、魔族は滅しなければならないとクラウスは心に深く刻み込んだ。

クラウス以外の家臣たちも似たような結論に至ったのだろう。魔族に対する敵愾心《てきがいしん》が会議の間を満たしてゆく。それを黙って見守っていたナディンが皆に向き直り、かんで含めるようにゆっくりと言葉を重ねた。

「人に寄生した魔族、すなわち聖導士の能力は血筋によって大きく差があります。上位の血統ほど、贄の儀を利用して様々な力を発揮できます。残念ながら僕に寄生した魔族の霊脈、いわゆる血筋は階級が低かったので、人の血を使ってもたいしたことはできません」

皆の敵愾心を上手に自分から逸らしながら、その代わり…とナディンは続けた。

「残念ながら僕には上位血統の魔族なら先天的に持ち得る記憶もありません。けれど後天的に学習して得た膨大な知識があります」

幸い、養父母の下で暮らした十年間に学習の基礎はできていたので苦労はしなかった。そして僕の頭脳はかなり優秀で記憶力に優れていた。おかげで二十歳を超える頃には純血種――何世代にもわたる先祖の記憶を保持している者たち――に迫る知識を得ることができた。

「もちろん、そんなことはおくびにも出さず、愚鈍なふりを続けていましたが」

ナディンはうっすら笑って言い添えた。

「クラウス様に出会って、僕はどうして自分がこんなふうに育ち、他の仲間…魔族…聖導士たちとは違う考えを持つようになったのか理解できました」

「違う考え、とは？」

「聖導士と聖堂院、すなわち魔族の殲滅《せんめつ》です」

珍しく仄暗《ほのぐら》い表情を浮かべたナディンの答えに、クラウスは我が意を得たりとうなずいた。

「あの者の言うことを信じるんですか？」

「ああ」

会議のあと、イアルに問われたクラウスがうなずいてみせると、イアルは鼻に皺を寄せて肩をすくめ、呆《あき》れ気味に首を振った。

「あなたときたら本当に……」

小言を言いかけたイアルは、側を歩いていた護衛隊長《トニオ・ル＝シュタイン》に目配せされて口を閉じた。言っても無駄だと思い直したのだろう。おそらく後でトニオがイアルの愚痴の捌《は》け口になるはずだ。

イアルが難色を示すのは理解できる。しかし。

「先にこちらが信じなければ、相手の信頼は得られない」

それがクラウスの持論だ。さすがにハダルの欺瞞《ぎまん》と裏切りを知ったあとでは自信が揺らぐが。

「そして、今のところ彼が俺に嘘をついたことはない」

「嘘か本当か、調べようもないことが多いですからね」

イアルの厳しい反応に、クラウスは「そうだな」と同意する。

「だが、ナディンが提供してくれた水晶盤は、なかなか得難い利器だと思わないか？」

使用者には訓練が必要だが、とんでもなく画期的な利器だ。

「これがあればルルの捜索が何倍も、何十倍も効率よく行える」

「――そうですね」

イアルは渋々と、ナディンの有用性について認めた。

「それにしても途方もない話ですね。聖堂院と聖導士たちの殲滅、とは」

「確かに。しかしルルを見つけて保護すれば、いずれ彼らとの対決は避けられない。ならば先手必勝で準備しておくに越したことはない」

クラウスはナディンの情報を元に、聖堂院殲滅戦に向けて準備することを決めた。なぜなら、『たとえルルさんを連れ戻し、秘《ひそ》かに匿っていたとしても、いずれ見つかって聖堂院に奪われてしまうでしょう』と言われたからだ。

「勝てるでしょうか。我々の力だけで…。いえ、勝たなくてはならないのですが――」

「なんとしても勝たねばならない。もしも負けたときには――」

ルルだけでなく、そのときは翼守であるクラウスも捕らえられるはずだとナディンは言う。

『捕らえてどうするつもりだ？』

『もちろん食べるんです』

そのやりとりで対聖堂院戦に反対する者はいなくなり、ルルの捜索と平行して、対聖堂院戦の戦略が練られ実行されることになったのだが――。

対聖堂院戦に対して及び腰なイアルに向かって、クラウスは告げた。

「ナディンによれば一発逆転の秘策があるそうだ。そのため…というわけではないが、聖堂院よりも先にルルを捜し出す必要がある。絶対に」

導きの灯と水晶盤があれば行方を突き止めるのにそれほど時間はかからない、という当初の楽観的な予想に反して、ルルはなかなか見つからなかった。

最初の一年は、砂漠に落とした砂金を探すようなものだと喩《たと》えられ、忍耐力を試された。

夏が過ぎ、ルルと城で過ごしたわずかな思い出とともに秋が過ぎ、悔恨と慚愧の記憶にまみれた冬が過ぎ、春になってもルルは見つからなかった。再び夏が去り、秋が訪れたとき、ようやく信憑性《しんぴょうせい》の高い目撃情報が入りはじめた。水晶盤によって伝えられる情報は日に日に増え、やがて捜索隊のひとりがその目でルルの姿を確認したという情報がもたらされた。姿形、年格好。あらゆる特徴を確認して、間違いないと確信した瞬間、クラウスは、それまで灰色に沈んでいた世界に彩りが戻るのを感じた。喜びと安堵で視界が明るく開ける。

「やっと見つけた…！」

そして生きていた。生きていてくれた……！

まるでルルの寿命を報せるように、日に日に儚く小さくなっていた〝導きの灯〟をにぎりしめた両手を額に当てて、クラウスは天と、根気よく探索を続けてくれた人々に感謝を捧げた。

ルルは大陸各地を移動する隊商の一員になっていた。しかも、その隊商人に癒しの力を利用されているようだった。隊商人は用心深くルルの存在を隠しながら、各地の要人に秘かに癒しの力を売りつけて大金を稼いでいるという。だからなかなか足取りがつかめなかったのだ。

その情報を聞いた瞬間、クラウスは鳩尾をえぐり出されるような痛苦を感じた。

鎖につながれたり、檻《おり》に入れられて荷馬車で運ばれる奴隷のような扱いを受けているのではないか。騙されて、無理やり力を使うよう脅迫されているのではないか。

次から次へと最悪の状況が思い浮かんで、居ても立ってもいられなくなる。

焦燥感に悶《もだ》えるクラウスの元に、隊商人たちはかなりの手練《てだ》れで、発見した捜索人ひとりでルルを救出するのは難しい状況だと、増援要請がきた。

さらに、もぐりの癒しの民が聖域外に存在して、勝手に力を使ってまわっていることに気づいた聖導士たちが、癒し《ルル》の民を回収するために動いている気配もあるという。

それを知ったクラウスは周囲の反対を押し切り、軍の精鋭を率いて自ら奪還作戦に加わった。

目指すは大陸南端の沿岸国オスティア。順風なら船で半月の距離だ。

ルルを一員にした隊商はオスティア王国東部の街シララから、王都グドゥアに向かっている。

これまでの行動類型《パターン》から推測すると、王都でまたしても要人に癒しの力を売りつけると思われる。できればその前に救出したい。

そんなクラウスの願いも虚《むな》しく、クラウスと彼が率いる精鋭部隊を乗せた船がオスティア王国の海の玄関口パルサ港に入港したとき、すでにルルを連れた隊商一行はグドゥアで要人に面会を果たしていた。

「ルルは無事か⁉」

ナディンによれば、翼神の末裔が聖域から離れて生きていられる期間は、短い者だと一年から一年半。長い者でも二年半から三年ほどが限界だという。

しかもそれは癒しの力を使わずにいた場合だ。

捜索員が収集した情報によれば、ルルはすでに五回以上癒しの力を利用されている。

《ぐったりした様子で、隊商の一員に背負われ、オスティア王の離宮から離脱する姿を確認しました。生死については、判明次第…すぐ…連絡いた、し…す――》

尾行を最優先に命じられている捜索員の声と姿が、水晶盤から薄れて消える。

「くそ…ッ」

クラウスは自分の水晶盤を砕けんばかりににぎりしめて、毒づいた。罵倒の相手は自分であり、ルルの力を利用して連れまわしている隊商一行だ。

彼らはその後夜逃げのように国境を目指し、そのあとをオスティアの軍兵が追跡していた。

さらに、海辺の国では滅多に見かけることのない聖導士、それも武装した者たちが複数うろついているという続報も入った。もぐりの癒しの民――ルルを回収するためだろう。

こうなれば、時間との闘いだ。なんとしてもオスティア兵や武装した聖導士たちより先に、ルルを救出しなければならない。

水晶盤を通して捜索員から伝えられる情報によって逐一状況を把握しながら、クラウスは、自分たちの出自や正体を示すものはなにひとつない黒装束に身を包んだ精鋭部隊を率い、ルルを乗せた隊商馬車を目指して夜明けの王都《グドウァ》をひた走った。

隊商馬車は最初、西の城門を目指していたようだが途中で北に進路を変え、さらにその先で二台の馬車がそれぞれ別の行路《ルート》で南門、すなわちパルサ港に向かって走りはじめた。

「陽動だ」

捜索員の報告から、クラウスはすぐに隊商一行の思惑を察した。オスティア兵と武装聖導士たちの追跡を攪乱《かくらん》するための陽動作戦だ。捜索員はルルを乗せた馬車は東街行路《ルート》に向かったと報告してきたが、クラウスが掲げた導きの灯は中央街行路《ルート》を示している。そちらを追跡しろと捜索員に指示してから、クラウスは精鋭部隊に向かって「我に続け」と号令して走り出した。

朝陽が昇りはじめてすぐ。パルサ港まであとわずかという場所で、オスティア兵と武装聖導士たちが隊商馬車に追いついて戦いがはじまった。

武装聖導士が呪文のようなものを唱え、手にした何かを振りまわすたび、あたりに閃光《せんこう》が走り、予期せぬ場所で爆発がおきる。石畳みが砕けて穴が空き、粉砕された石粉が飛び散る。煉《れん》瓦《が》造りの家屋が崩れ、木造家屋に火柱が立って早朝の街に悲鳴と怒号が響きわたる。

尾行している捜索員から入る情報を元に、部隊を街の要所に配置して網を張っていたクラウスが現場に駆けつけ、隊商馬車をようやく目視できたその瞬間、ルルが乗っている（はずの）馬車が目の前で横転した。

「――……ッ！」

クラウスは悲鳴じみた叫びを喉奥でこらえ、横転した隊商馬車に駆け寄ろうとした。しかし、自分と同じようにオスティア兵や武装聖導士も馬車に近づこうとしている。横転した隊商馬車のなかからも手練れの隊商人たちがわらわらと飛び降りて応戦をはじめ、あたり一帯の混乱に拍車がかかる。

クラウスは三つ巴《どもえ》の勢力が共倒れしてくれることを期待しつつ、敵の視界を遮るための煙幕を張り、邪魔する兵士や聖導士を斬り伏せながら必死にルルを捜した。オスティア兵はともかく、聖導士はひとり残らず命を断つ必要がある。容赦する余裕はない。率いてきた精鋭部隊にも全員そう言い含めてある。

――くそッ……！　邪魔だ、どけ！　ルル、どこにいる⁉

馬車が横転した拍子に怪我をしていないか、身体のどこかを挟まれて動けなくなっていないか、気が気ではない。喉元に熾火《おきび》を押しつけられるような焦燥感に追い立てられ、味方以外の人間はすべて殺す勢いで剣をふるいながら、じりじりと馬車に近づいてゆく。

そのとき、もうもうと立ちこめる煙の向こう、半壊した馬車からよろめき出た小柄な人物の黒髪が垣間《かいま》見えた。

ふわふわした黒髪が、最後に見たときよりずいぶん伸びて肩を越えている。

煙幕にかすんで、ほとんど輪郭しか分からない。

けれど見間違うはずもない。その瞬間、クラウスは叫んでいた。

「――ルル！」

小柄な人物は動きを止め、ゆっくりと振り向いた。風が吹いて一瞬煙幕が途切れ、ふいにくっきりとその姿が浮かび上がる。

顔色がひどく悪い。まるで幽霊でも見たかのように、目を瞠ってこちらを見つめ返したその顔と、虹色石《オパール》のようなその瞳を見分けた瞬間、全身に小波《さざなみ》のような震えが走った。

――間に合った……！

生きている。動いている。命を落とす前に見つけることができた。

二年ぶりにその姿を見た瞬間、自分がどれだけ彼を求めていたのか、改めて思い知る。

どうしてこの子と離れて生きていけると思ったのか。

過去の自分の愚かさも重ねてかみしめながら、クラウスはルルに向かって両手を差し伸べ、歩み寄った。

「ルル……！」

あと一歩で指先が触れる、というところでルルが突然、煙の向こうに消えた。

一瞬、逃げ出したのかと激しく動揺したが、違った。

濃い煙を透かして鱗《うろこ》のような鎧《よろい》をまとった武装聖導士のうしろ姿と、そいつが小脇に抱えたルルの姿が見えた瞬間、クラウスは雷光よりも素早く駆け出した。

「返せ！」

追いつく寸前、武装聖導士の腕から逃れようと暴れたルルが返り討ちに遭うのが見えて、自分が殴られたように心臓が跳ねる。

「ルル！」

小剣を武装聖導士の腕に突き立てようとしたルルは、あえなく殴り飛ばされて地面に転がり、間髪容《い》れずに襟元をねじり上げられ、剣の柄頭《つかがしら》でこめかみを殴られた。

「くそったれ外道め！　その手を離せ！」

クラウスは叫びながら武装聖導士に斬りかかった。卑劣にもルルを盾にしようとした両腕を斬り落とし、間髪容れずに首を刎《は》ねる。その首を靴底で踏みにじってやりたい衝動を抑えて、視界の端で周囲の安全を確認しながら、地面に投げ出されてぐったりと横たわっているルルに駆け寄り、そっと抱き上げた。

生きてる。温かい。息をしている。生きてる。

「ああ……──」

素早く怪我の程度を確認しながら天に感謝を捧げ、二年前より少し伸びた身長と痩せた薄い身体を抱きしめた。

一生を左右する、運命を司る神が差し出した賭けに、自分は勝つことができたのだ。

そんな想いとともに震える指先でやつれた頰を撫《な》で、まぶたにかかる黒髪をそっとかきわけて、青白く閉じた目元に触れる。そこからすべり落とした指先を唇にあて、温かな吐息を確認して安心したところで、声をかけられた。

「首領《おかしら》、ご無事ですか⁉」

護衛隊長トニオ・ル＝シュタインが煙幕をかき分けて近づいてきた。出自や身分が分からないよう呼称を変えてあるが、真面目な言葉遣いは変わらない。

「無事だ。ルルを保護した」

まるで自分の心臓を取り戻したような喜びと安堵で、油断すると声が震える。

腕のなかの宝物をもう二度と手放したくないし、今は誰にも触らせたくない。

「それはようしゅうございました！　では撤収に入りましょう」

「ああ。残りの聖導士はどうなった？」

痩せた身体をしっかり抱きしめ直しながら、クラウスは警戒を解かず周囲に視線を走らせた。

「間もなく掃討が完了します」

「俺はルルを連れて先に離脱する。あとは頼むぞ!」

「はっ」

護衛隊長の声に少し遅れて、周囲に精鋭部隊の数人が駆けつけ、クラウスとルルを護るために警戒態勢をとる。安全を確認したクラウスは、改めて腕のなかの温《ぬく》もりに注意を戻した。

まるでそれに呼応するように、ルルがゆっくりと目を開けた。眩《まぶ》しそうに何度も瞬《まばた》きをくり返しながら。

「……ルル、大丈夫か? 俺が分かるか?」

最初になんと声をかけるべきか、少し迷ったが、ありきたりな言葉しか出なかった。

クラウスと、名を呼んでもらえたらすぐさま謝って、罪を償いたいと言いたい。

ルルは殴打の衝撃で耳もよく聞こえてないのか、声をかけても反応が鈍い。何かを探すように視線が定まらないのは、こめかみを強く殴られたせいだろう。不安そうに目元を歪ませるルルの耳元に唇を寄せて、

「もう大丈夫だ。ルル!」

そう励ましながら抱き寄せると、彼は小さな呻《うめ》き声を上げた。

声だ。明確な、声。

「……だ、れ——?」

誰何《すいか》された動揺は、初めて耳にした磨《す》り硝子《ガラス》越しの光のような、やわらかくて少しかすれた

声に対する驚きと喜びに圧《お》されて消えた。

「声が…出るように、なったんだな。よかった…。よかった、ルル…！」

我が事のように喜びながら微笑みかけても、ルルの反応は変わらず、クラウスを見上げて怪《け》訝《げん》そうに眉根を寄せたままだ。武装聖導士に強く殴られたせいで、目と耳がまだうまく動いていないからだとそのときは思った。それでも、不安そうに瞳を揺らすルルを安心させたくて、クラウスは精いっぱいやさしくささやいた。

「クラウスだ…──ルル」

俺は君に詫びなければならないことが、たくさんある。そっと抱き寄せたやわらかな黒髪に思いを込めて吐息を洩らすと、ルルの全身から力が抜ける。

「ルル…？」

目を閉じてしまったことに驚いてあわてて唇に手を翳し、吐息の有無を確かめて緊張を解く。

ぐったりと気を失ったルルを抱き上げて安全な場所に移動しながら、クラウスはもう一度、天に感謝を捧げた。

✧　アルシェラタンへ

ざぶざぶざざん、ざぶざぶざざんと繰り返す、嵐の夜の葉擦れみたいな音に追われてリエルは目を覚ました。

あたりは暗く、自分がどこにいるのかわからない。

身体《からだ》全体がひどく揺れている。頰や額が熱い。心臓がドクドクと嫌な具合に高鳴っている。

背筋がぞくぞくして寒気を感じたかと思うと、全身からどっと汗が噴き出して、手足に薄い毛布が絡みつく。まるでさっきまで見ていた悪夢の続きのように。

リエルは寝苦しさのあまり小さくうめいて寝返りを打ち、数回呼吸をして再び寝返りを打つ。

そうしてようやく、自分がどこにいるのかゆるゆると思い出した。

船。アルシェラタンに向かう途中。海波をかき分けて進む帆船のなか。

あたりは暗い。吐く息が熱くて湿っぽい。額からこめかみに流れ落ちる汗が冷たい。

全身が熱いのに寒い。そして——…怖い。

「誰か…——」

助けて…と、抱え込んだ毛布の塊に悲痛な声を染み込ませた瞬間、まるでその求めに応じるように、カタリと音を立てて扉が開いた。

部屋の空気が揺れて、紫眠花《ラヴエンダル》と檸檬草《リモネラス》の香りと一緒に、やわらかな橙《だいだい》色の光がふわりと流れ込んでくる。光はコツコツという静かな足音と一緒に近づいて、リエルの周囲を取り巻いていた重苦しい闇を追い払う。光は近づくにつれ橙色からまばゆい金色に変わり、温《ぬく》もりのある人影となってリエルを覗《のぞ》き込んだ。

「ルル…――リエル。大丈夫か？」

ルルと呼んだあと、すぐに少し悔いるような間が空いてリエルと呼び直した、低くて艶のあるささやき声には、染み込むようなやさしい気遣いと心配が含まれている。

表情は見分けられなくても、声だけで相手の誠意や真摯さが伝わってくる。それが今は何よりも有り難い。ルルと呼ばれることは許せないけれど、彼に悪意がないことだけはわかる。

「――…ぅ」

クラウス…と、教えてもらった名を呼ぼうとしたのに、舌が口中に貼りついてかすれたうめき声しか出ない。

「喉が渇いてるようだな。飲み物を持ってきた。飲めるか？」

空気を含んだ羽毛のようにやわらかな声で問われて、はじめてリエルは自分がひどく渇いていたことに気づく。コクリと素直にうなずいて、起き上がるために力を込めようと身動《みじろ》ぐより早く、力強いのに無限のやさしさをまとったクラウスの腕がするりと背中にまわり、包み込むようにリエルを支えてくれた。

――ああ…。

この腕に身を委ねていれば何も心配はいらない。もう何も悩まなくていい。そんな錯覚に陥るほど、リエルに対するクラウスの対応はうやうやしい。そして、そんな彼と触れ合うだけで安心感に包まれる。

――どうしてこの人は、会ったばかりの僕にこんなにやさしくしてくれるんだろう…？

朦朧《もうろう》とした頭で疑問を持て余しながら、手を上げて茶杯《カップ》を受けとろうとすると、唇にそっと飲み口をあてがわれた。リエルが力を入れたり体勢を変えたりしなくても、心地よく無理のない姿勢にしてくれて、飲み物を与えられる。まるで恋人か、大切な家族のような扱いに戸惑うけれど、喉の渇きには抗《あらが》えない。

薄くなめらかな金属製の茶杯には、ほんのりとした甘さと爽やかな香味のある薬湯が注がれていた。ひと口飲んでほっと息を吐き、続けてふた口、三口。コクコクとゆっくり、けれど中断すること無く飲み干して、ふぅ…っと満足の吐息を洩《も》らすと、背中を支えてくれていた腕がゆっくり動いてリエルの頭を枕に戻した。

「もう一杯、飲むか？」

問われて首を横に小さくふる。

「今は…もう、大丈夫…です」

「そうか。欲しくなったらすぐに言ってくれ。紫木苺《むらさききいちご》の実を砕いて味付けしたものだ。好きだっただろう？」

淡い灯火に照らされた金色の偉丈夫は、そう言いながら空になった茶杯を隣にいる誰かにわたし、代わりに何かを受けとった。

「ど…して、それ…を？」

紫木苺の実は確かに大好物だ。けれどどうしてそれをあなたが知っている？

リエルが訝《いぶか》しんでゆるく小首を傾《かし》げると、男はそれまで浮かべていたやわらかな微笑《ほほえ》みを少し強張《こわば》らせた。差し出した花を手折られた求婚者のような、待ちぼうけをくらった人のような、やるせない落胆と後悔が入り交じった悲しみの気配が、鋼のように抑制された意思のすき間からわずかに滲《にじ》み出て、リエルのところまで伝わってくる。

――ああ、まただ。

この人はなぜ、僕の反応に一喜一憂して、ときどきこんなに悲しそうな顔をするんだろう？まだ、出会って数日しか経《た》っていないのに。ほとんど初対面のはずなのに。

海をわたる船のなかで目覚めて以来、何度かくり返した疑問は、答えを得られないまま泡沫《ほうまつ》のように脳裏をさまようばかりだ。今日こそ訊《たず》ねようと思って口を開きかけたとき、額にひんやりとした手のひらが置かれた。大きくて温かい。でも自分の額が熱いせいで冷たく感じる。

「熱が出たようだな。寝汗がすごい。寝苦しかっただろう」

額を覆う大きな手のひらの存在に自分でも驚くほど安心できた。ふぅ…と大きく息を吐いて目を閉じると、そのまま砂に沈むように眠気が訪れる。

「濡《ぬ》れた服のままでは風邪をひく。新しい寝衣を持ってきたから」

着替えようと勧める男の言葉に一瞬だけ警戒心が湧き上がったけれど、嫌だと否定する気力がない。何よりも今は眠りたい。けれど、寝汗で肌に張りつく寝衣が鬱陶しいのは事実。

リエルは目を閉じたまま、否とも応とも判然としない曖昧な角度で首をふった。

それを了承と受けとったのだろう。男はゆったりとした動きで再びリエルに近づき、素早く寝衣の前釦《まえボタン》を外して片袖を引き抜いた。それから宝物を包んでいた布を剝《は》ぐように、そっと片胸をはだける。

リエルは半分眠った状態で、男が熱い湯でしぼったやわらかな浴布《タオル》を使い、自分の身体を手早く拭き上げていくのを感じた。腕、肩、首まわり、胸、腹部と脇腹。浴布《タオル》は天鵞絨《ビロード》か絹の起毛《ネル》だろうか。驚くほど肌ざわりがよくて、撫《な》でられるだけで愉悦に似た安らぎに包まれる。さらに半身を抱えるように横向きにされて、背中の上から下まで丁寧に拭き上げられた。

――気持ちいい…。

男は右上半身が終わると新しい寝衣を着せ、今度は左上半身を同じ手順でくり返した。そうして左腕にもきっちり袖を通して、新しい寝衣の前釦を留めると、上半身を毛布でふんわり覆った。次は下半身だ。

膝裏を軽々と抱え上げられ、浮いた腰にたまっていた上衣部分ごと引き下ろされる。汗で肌に張りついているせいで、スルリ…とはいかない。男は抱えていた膝を下ろして、両手で果実の皮を剝《む》くようにリエルの寝衣を剝いでゆく。

次に男はリエルの下穿《したば》きに触れ、手慣れた様子で留め紐《ひも》を解《ほど》いて性器を露《あら》わにした。そのあたりも汗をびっしょりかいていたのか、空気に触れたとたん寒気に襲われて、リエルはぶるりと震えた。けれど次の瞬間には、大きな手のひらに覆われたふかふかの湯しぼり浴布《タオル》で拭き上げられて、安堵《あんど》の吐息が洩れる。

「気持ちいいか？」

答えを期待しているわけではない確認の問いと、さわさわと肌に触れる指先の感触にゆるくうなずいてから、さすがに恥ずかしくなって身をよじり『もういい。そこは自分でするから』と、出来もしないのにむにゃむにゃと口中でつぶやくと、微笑まれた。

目を閉じているから見えないはずなのに、男がどんな表情で自分を見つめているのかがわかる。不思議だけど、わかるのだ。

試しに糊《のり》でくっついたようなまぶたを苦労して少し開けてみると、やわらかな金色の光のなかで、静かにリエルを見つめて微笑む男と目が合う。

派手ではない。抑えた落ちつきのある表情の奥に、彼がこれまで乗り越えてきた幾多の労苦や悔恨——そのなかには怒りや悲しみ、強く深い自責の念のようなものも含まれるだろうか——があるような気がして、とっさに手を伸ばして慰めたくなった。

——もう大丈夫だよ。これからは僕が側《そば》にいるから。

よく見れば目尻に刻まれた細かい皺《しわ》がある。笑い皺ならいいけれど、何か苦しく悲しいことが多く起こって顔を歪《ゆが》めるしかなかった結果なら、癒してあげたい。左顔面を覆うひどい傷痕も痛々しい。できることなら両手で触れて、抱きしめて、自分に残された癒しの力をすべて注ぎ込んで治してあげたいと思う。

数日前に会ったばかりの人なのに、与えたい癒したいという気持ちがとめどなく湧きあがってきて苦しいほどだ。

そんな想《おも》いをめぐらせているうちに、下半身の清拭《せいしき》と着替えが終わり、軽々と抱き上げられて、濡れた敷布も素早く取り替えられた。再びやわらかな寝台に横たえられ、軽くて暖かな毛布でしっかり全身を覆われる。最後に涙のにじんだ目元を含め、汗ばんだ顔全体もふかふかの浴布《タオル》で拭われて、

「ゆっくり眠れ。俺はずっと側にいるから、安心して」

そうささやかれて手をにぎられた。男はそのまま寝台脇の椅子に腰を下ろし、しばらく動く気配はない。言葉通り、リエルが眠りに落ちても見守ってくれるつもりらしい。

次々と与えられる親切な思い遣《や》りと気遣いに名前をつけるとしたら、愛、だろうか。

見返りを期待しない慈しみと奉仕。そしてやさしさ。

どうして自分にそれが与えられるのかわからないまま、それでも独り闇のなかで目覚める恐怖に怯《おび》えなくて済むことに、リエルは深い安堵と感謝を感じて睡《ねむ》りの底に身を委ねたのだった。

次に目を覚ますと、部屋は明るく無人だった。

けれど体調はずいぶんとよくなっていて、気分も軽く晴れ晴れとしている。

部屋に誰もいなくても寂しくも悲しくもないのは、そこかしこにあの男――クラウスと名乗った堂々とした偉丈夫――の気配が濃厚に残っているからだろうか。

丸い窓辺に飾られた花は造花だが、本物と見紛《みまが》うすばらしく繊細な造りで、馥郁《ふくいく》とした香りを放っている。本物の花の精髄《アロマ》を染み込ませてあるらしい。寝台脇に置かれた椅子には、深い森に流れる清流と雨上がりの樹木の匂いにも似た男の残り香が、ほんのりたゆたっている。

手を伸ばせば楽にとどく位置に蓋つきの茶杯が置かれ、なかは新鮮な水で満たされている。その横には可愛《かわい》い呼び鈴が置いてある。

これをふれば、あの男が飛び込んでくるのだろうか。それとも別の誰かが？

試してみたい誘惑に一瞬だけ駆られたけれど、ぐっとこらえてリエルは室内をぐるりとみまわした。それほど広い部屋ではない。――有り体に言えば、狭い。

中の上程度の旅宿で一番良い個室を頼むと、これくらいのところに案内される。リエルが身を横たえている寝台も普通の大きさだ。

けれど、そこに置かれた家具——椅子や飾り棚、脇机、寝台の支柱など——は桁違いに上質だ。ごてごてとした装飾こそないけれど、材質の良さと丁寧な造り、そして細かいところまで配慮され、仕上げにかけられた膨大な手間暇だけで、高価な逸品だとわかる。

隊商《ダリウス》一家に頼まれた〝仕事〟のために、高貴だったり富裕だったりする人々の城や邸宅に出入りしたことのあるリエルの目から見ても、この船室はかなり高い身分の人間が使うために造られたものだとわかった。

こんなに上等な部屋をリエルひとりに使わせてくれるということは、クラウス自身がかなり高貴な身分か富裕者なのだろう。

リエルはふぅ…と溜息《ためいき》を吐き、身を起こそうとしてあきらめた。まだ自分の力で上半身を起こせるほど体力は戻っていない。寝返りを打っただけで目眩《めまい》に襲われる。けれど、本来ならもう死んでいたはずの命はまだつながっている。熱はまだあるけど気分は悪くない。

仰臥《ぎょうが》して両手を掲げ、指の間から天蓋に描かれた天の浮島の絵を見つめて、

「クラウス…ファルド＝アルシェラタン」

男が名乗った名をそのまま声に出してみる。クラウス…と唇を動かすたびに、胸の一番深い場所から何かがこみ上げてくる。

「クラウス……――あなたは、誰？」

もう一度つぶやいて、眼前に掲げた両手をにぎりしめると、思っていたよりしっかり指が動いた。気のせいではなく、やはり癒しの力が戻りつつある。空っぽになった大きな甕《かめ》に対して、ぽつりぽつりと数滴ずつ満たしてゆくような、ゆっくりした変化ではあるけれど。

これまでは、減ることはあっても増えることはなかった。これは…明らかに…特別な状況だ。奇跡といっていい。

その事実が示しているのは、あの男…クラウスが、リエルの〝運命の片翼〟だということだ。

そこまで考えて、はたと別の可能性に気づく。

――違う。そうと決まったわけじゃない。この船に乗ってる誰かほかの人かもしれない。それこそ、昨夜――たぶん昨夜のはず――クラウスが寝衣を着替えさせてくれたとき、隣に誰か立っていた。光が届かない位置にいて顔はよく見えなかったけれど。

それにこの船がどのくらいの大きさなのか分からないが、ふたりだけで操れるとは思えない。ほかにもっと乗組員がいるはず。そのなかに僕の運命の片翼がいる可能性だってある。

運命の片翼は、出会えばすぐにわかると教えられて育った。確かにその通りだ。側にいると護樹《まもりぎ》から得られる滋味よりも、もっと軽やかで甘やかな命の息吹を感じるのだから、間違いようがない。――でも、

「クラウスが僕の運命の片翼だって証拠はないんだから」

馴《な》れ馴《な》れしくしたら駄目だ。ちゃんと距離を保って節度ある態度でいないと。

「それに…」

リエルはにぎりしめた拳に歯を立てて、胸底からこみ上げる正体不明の切迫した焦燥感——誰かにひどく責められているような、落ち度を指摘されて罵倒されたときのような——痛みをなだめるように言い聞かせた。

「もしも、本当に彼が僕の運命の片翼だとしても、甘えたり頼ったりしたらいけない」

ましてや、好意を押しつけたりするのは絶対に駄目だ。

——そう。出会ってまだ数日しか経っていないのに、僕はもう彼に好意を感じている。

親切にしてくれるから。助けてくれたから。やさしいから。

向こうも僕に好意を抱いているようだから。

理由ならいくらでも数え上げられる。

何よりも、側にいてくれるだけで身体が楽になる。呼吸がしやすい。だるさが取れる。身体が楽になると気持ちも軽くなって心地好《よ》く過ごせる。もうそれだけで無条件に惹《ひ》かれる対象だ。

それに見た目もすごく好みだ。

磨《す》り硝子《ガラス》越しのような淡い金髪も、微笑むと目尻に皺の寄る端整な顔立ちも、潰れた左眼も、そのまわりに広がるひどい傷痕も。残された右側の、目が覚めるような青と緑に銀色が混じり合った、内側から光を放つような不思議な色合いの瞳も。立ち上がると天井に頭がつかえそうな高い背も、リエルひとりくらい片腕で担いで走れそうな逞《たくま》しい両腕や肩、分厚い胸板とすらりと長く伸びた両脚も。

それから声も好きだ。低いのに甘い張りがあって、限界まで攪拌《かくはん》した生乳脂《クリーム》みたいになめらかで耳に心地好い。目を閉じて声を聞いてるだけで元気になれる。

むしろこれで運命の片翼が彼ではなかったら、とてもがっかりするだろう。

だからこそ『期待してはいけない』と、リエルは浮き足だった己の気持ちを引きしめた。

──信じて、期待して、それが叶《かな》わなかったときの痛みを僕は知ってる。

それこそ、身が砕けるほどの痛みを。

散り散りに引き裂かれて、捨て去られる痛みを。

いつどこでそんな目に遭ったのかはまるで思い出せないけれど。たぶん、失われた三年間の記憶のなかにその答えがあるのだろうけど。そんなものは取り戻したくない。

「っ……──」

ふいに押し寄せた絶望から逃れるように右腕で両眼を覆い、詰めていた息を吐き出した瞬間、コトリと音がして扉が静かに開いた。

「……リエル。気分はどうだ？　食事を持ってきた」

最初に「その名で呼ばれたくない」と念を押したせいか、あからさまにルルと呼ばれることはなくなった。けれどクラウスは長年の習慣が抜けない人のように、リエルではなくルルと呼びそうになる。今もリエルと呼ぶ前に、かすかに「ル」と言いかけた。声になる前に『しまった』と言いたげに口ごもって言い直したから、わざわざ指摘はしなかったけれど。

窓から射《さ》し込む昼間の明かりに負けないまばゆさの、金色の光に包まれた男――クラウスが現れたとたん、リエルは相反するふたつの想いに囚《とら》われた。

この人が僕の運命の片翼だったら嬉《うれ》しい。

でも、怖い。

理由はわからないけど、どうしようもなく怖い。

近づいてはいけない。肉体的な距離ではなく、心を寄せてはいけないと警告する誰かが僕のなかにいる。信じて心を開き、真心を捧《ささ》げてはいけない。好意を寄せられ、親切にしてくれるからといって、無邪気に与えられる愛情を貪ってはいけない。

――それにはきっと裏があるから。

そう。ダリウスや彼の一家が僕に与えてくれたもののように。何か理由があってやさしくしてるだけかもしれないのだから。

「――…きっと、そうだ」

クラウスが出会った瞬間から自分にやさしい理由、慈しみを与えてくれる理由に思い当たったとたん、恐怖が薄れて納得と安堵が生まれた。同時に落胆も生まれたけれど、無防備に信じて期待した挙げ句、すべてを取り上げられるより、最初からまがい物だとわかっていた方がずっといい。いざというときの覚悟ができる。

「何が『そうだ』なんだ？」

「いえ、別に…なんでもないです」

　自分で思うよりかなり素っ気ない返事になってしまった。クラウスは一瞬眉を上げたものの、態度は変えず、これまでと同じ穏やかなやさしい動きでリエルに近づき、あれこれと世話を焼きはじめた。背中に腕をまわして上体を起こし、枕を足して楽に背を預けられるようにしてから、腿《もも》を跨《また》ぐ横長の簡易長卓《テーブル》を寝台に置いて、その上に食事を載せる。

　内容《メニュー》はいたって単純だ。まずは大きめの深皿にたっぷりの汁物《スープ》。中身はなんだろう？

「塩漬けの縞鶉《しまうずら》と赤鱒《あかます》を竜鱗茎《りゅうりんけい》と赤根、岩薯《いも》、香草で煮込んで粉乾酪《チーズ》を加えたものだ」

　皿を覗き込んだリエルの疑問に気づいたらしい、クラウスが丁寧に教えてくれた。材料から調理方法まで。

「縞鶉肉と乾酪《チーズ》はル…リエルの好物だっただろう？　だから多めに入れた」

　言いながら銀色の匙《スプーン》を持ち上げてスープを掬《すく》い、リエルの口元まで運ぶ。リエルはわずかに身を退《ひ》いて「自分で食べられます」と、男の介添えを断った。

「そうか？　それならもっと軽い匙の方がいいな」

　クラウスは少しがっかりした表情をしたものの、すぐさま気を取り直し、脇机に置いた盆から軽くて薄い木製の匙を持ち上げてリエルの手ににぎらせた。

無造作に拳をにぎりしめるのと、匙を使って食事をするというのは力の配分が異なる。

一口目が口に入る前にポタポタと、首元から腹にかけてかけてもらった布の上に匙の中身がこぼれ落ちた。それでもめげずに口元まで運んだけれど、なぜか唇の端に匙が当たってしまい、さらに中身が垂れて顎を伝う。結局口の中に入ったのは、掬った分量の半分以下。

それまで黙って見守ってくれていたクラウスが、さすがに見かねて、

「まだ熱があるせいで距離感がうまくつかめないだけだ。それに腕にも力が入らないから微調整が難しい。だから」

もう少し回復するまで気にせず介添えを受けて欲しい。そう言われて銀の匙を見せられると、意固地に抗うのが馬鹿らしくなる。

「……はい。お願いします。——これ、汚してごめんなさい」

汚れ避《よ》けの布で顎を伝うスープを拭きながら素直にうなずき、粗相をあやまると、クラウスは腰を浮かせてリエルに顔を寄せ、顎に残った汚れをきれいに拭き取って新しい布に替えてくれた。そのあとは、されるがままに世話を受けた。

クラウスは厳《いか》つい見た目に反して手先が器用で、細々とした繊細な動きも軽やかにこなす。おかげで彼が運ぶ匙からは一滴もスープがこぼれることなく、リエルの唇から外れることもなく、汚れ避けの布も服も寝具も汚れることなく無事に食事を終えることができた。

食後の甘味は蜜漬けの野苺を使ったゼリー寄せ。上等な精製膠《ゼラチン》を使っているらしく、臭みの

まったくない透明でぷるぷるしたゼリーのなかに、赤い蜜漬け野苺がぎっしり詰まっている。

「甘い…、美味《おい》しい…」

スープは供されたうちの半分も食べられなかったけれど、これならいくらでもお腹《なか》に入りそうだ。銀色の匙が唇に近づく前から、リエルが鳥の雛《ひな》のようにパカッと口を開けて待ちかまえていると、ゼリー寄せを掬い上げながらクラウスが小さく笑った。

「いや違う。これは思い出し笑いだ」

食いしん坊を笑われたのかとリエルが誤解する前に、クラウスは素早く理由を教えてくれた。

「昔…何年か前に、今と同じように看病したことを思い出したんだ。そのときは人ではなく、黒くて可愛い鳥の雛みたいな姿だったが——。本当に、とても可愛かった」

そう言って、クラウスは何かを探すようにリエルを見る。

「鳥の雛…」

やっぱりそう思われたんだ。口を開けて待ちかまえる姿を、巣のなかで精いっぱい背伸びをしてぴぃぴぃ鳴き餌を欲しがる雛になぞらえられて、リエルはさすがに恥ずかしくなった。

自分でも赤くなったとわかる熱い頬を手の甲で押さえてうつむくと、野苺の赤色が染みた薄紅の欠片《かけら》が唇に運ばれる。蜂蜜と果実の甘い匂いに抗えず口を開けると、手品みたいな素早さでつるんと口中に欠片が落とされる。舌で潰せるやわらかさと、甘味と酸味を存分に味わって、こくりと呑《の》み込み顔を上げると、何か言いたげに自分をじっと見つめるクラウスと目が合う。

ここまでくると恥ずかしがっても仕方ない。リエルは開き直ってパカリと口を開き、雛鳥よろしく次を求めた。クラウスは笑みを深くしながら、用意した一皿がきれいになくなるまで、リエルに与え続けてくれた。

そのあと二皿目を要求したけれど、さすがに「腹を壊すから駄目だ」と却下されてしまった。

海波に揺られながら何日過ぎただろう。常夏の国《オスティア》の港から出航した船は、大陸西岸沿いをひたすら北上してアルシェラタン王国を目指している。

日に日に寝具の上掛けが増え、身を起こすときは寝衣の上から必ずなにかを羽織るよう注意されていることで、部屋から一歩も出ないリエルにも船による移動距離の長大さが理解できた。

日を追うごとに寒くなる気候とは反対に、リエルは健康を取り戻しつつある。とりあえず、何を言われても夢のなかの出来事のようにあやふやで、眠ったらそのまま死んでもおかしくない状態から、自力で起き上がって少しの間なら立っていられるくらい体力が回復したある日。

「ル…リエル。もうすぐアルシェラタンに到着する。気分がよければ甲板に上がってみないか？　君に俺の国を見てもらいたい」

クラウスにそう言われて、リエルは無防備に「はい」とうなずいた。そしてすぐに後悔した。

なぜなら、まだろくに歩けない身体を軽々とクラウスに抱き上げられ、そのまま甲板まで運ばれたからだ。途中で『下ろして、部屋にもどる』と言いかけたけれど、間近に見えるクラウスの表情があまりにも嬉《うれ》しそうなので、今さら落胆させるのは申し訳ないと思い、じっと耐えた。

甲板に上がると一ノ月（大陸公用歴）にふさわしい寒風が吹きつけてきた。けれど、

「気持ちいい…！」

長らく小さな窓しかない——たとえ居心地がよくて豪華な造りでも——狭い部屋で過ごしたリエルにとって、久しぶりに遮るもののない視界いっぱいに蒼《あお》く晴れわたった空を味わうのは、身体を覆っていた見えない殻が取り払われたように心地好い。陶器を扱うような慎重さでそっと下ろしてもらった舷側《ふなべり》近くの手すりにしがみついて、リエルは思わず歓声を上げた。

「寒い…！　でも気持ちいい！」

部屋を出る前、念入りに着せられたぶ厚い毛織りの上着とふかふかの襟巻きのすき間から、容赦なく入り込んでくる冷たい海風に首をすくめつつ、

「あそこに見えるのがアルシェラタンの港？」

同意を求めてクラウスをふり返ると、背中から覆いかぶさるように抱きしめられた。

「……ッ」

いや。抱きしめるというのとは少し違う。あくまで風よけの防寒具的な行動だ。身体を押しつけるような密着はない。クラウスは大きな身体でリエルの背中を守り、長くて逞《たくま》しい両腕を胸の前で交叉《こうさ》させて風をさえぎっている。重みは一切感じない。軽く触れ合った場所から、た

ただ温かさだけが伝わってくる。

——まるで親鳥の羽の下に仕舞われた雛になったみたいだ。

「そうだ。あれがアルシェラタン王国の玄関口、カプート港」

どこか誇らしげな声にリエルは顔を上げて、男が指さした方向に目を向けた。白い絶壁の沿岸がどこまでも続いている。その中央に、ポッリと歯抜けのように途切れた場所が見える。

船がぐんぐん近づくにつれ、そこが大きな三角州で、ゆるやかな丘陵の港街が栄えているのがわかった。冬の陽射《ひざ》しを受けて薄い煉瓦《れんが》色に輝く建物の群れ。その合間を埋めるように繁茂している常緑樹の緑が、鮮やかに目を潤す。

「これからカプートに入港して追い風を待ち、左に見えるあちら側のエール河を遡上して王都キーフォスに向かう」

船は基本的に風の力を使って進む。高低差のある内陸の河川を遡上できるのは、かぎられた条件が揃《そろ》ったときだけだとクラウスは説明を続けた。

「エール河は流れがゆるやかなことに加えて、高潮と追い風も利用できる。陸路を行くよりずっと早く快適な移動が可能だ」

「ただし、天候が急変して追い風が止《や》んだりしますと、乗組員全員で櫂《かい》を漕《こ》ぐ羽目になります。それでも風が吹かなければ最寄りの河湊に寄港して、そこからは陸路になるのですが」

突然割り込んできた声に驚いてそちらを見ると、明るい藁《わら》色をした収まりの悪いくせ毛がまず目に入った。背の高さはリエルより少し高いくらい。肌は青白く顔に雀斑《そばかす》があり、近眼用の丸眼鏡を掛けている。眼鏡の奥で賢そうな光を放っている瞳は青みがかった灰色。歳《とし》は二十代前半だろうか。

「ナディン」

「お話し中のところをお邪魔して申し訳ありません。陛…クラウス様。それに…リエル様。急ぎご報告したきことが生じまして」

ナディンと呼ばれた青年がふたりに向かって軽く一礼してみせると、リエルの頭上でクラウスが視線だけで先をうながす気配がした。ナディンは一瞬『ここで、よろしいのですか?』と言いたげに目を見開いたが、クラウスが無言でうなずいたので、周囲に聞き耳を立てている者がいないか素早く視線を走らせてから、報告をはじめる。

「例の件でセンダンより報《しら》せが入りました。同盟について詳しい条件を確認したいとのこと」

「センダンの狸《たぬき》親爺《おやじ》もさすがに喰《く》いついたか」

「はい」

「水晶盤はつながっているのか?」

「いえ。途切れてしまいました」

「――では、夜に改めて時間をとる。イアルに言って書面の準備に入らせてくれ」

「はい。あ…いや。イアル殿にはへ…クラウス様から直接ご指示を与えられた方がよろしいかと。僕はまだイアル殿の信頼を勝ち得ていないので、なにかと齟齬《そご》が生まれやすく」

「――わかった。……あれの警戒心《イアル》が強いのは今にはじまったことではない。悪く思うな」

「それは重々承知しております。お気遣い感謝いたします」

ナディンはそう言うと、ひょいと身軽に一礼して去って行った。

会話の内容はよく分からないが、自分がここにいるせいでクラウスの仕事を邪魔しているのではないか。そんな気がしてリエルが部屋に戻った方がいいかと訊ねるより早く、

「誰か！　台と椅子を持て」

よく通る声でクラウスが訴えると、瞬く間に大きな平べったい木箱と、簡素だがしっかりした造りの椅子が運ばれてきた。椅子の上には綿の詰まった鞍嚢《クッション》が置かれている。座り心地がよさそうなそこへ「どうぞ」とうながされて、リエルは少し迷ったものの素直にぺたりと腰を下ろした。せっかく用意してもらった椅子を無碍《むげ》に断るのが申し訳なかったし、風は冷たいけれど久しぶりの屋外の眺めをもう少し楽しみたかったからだ。

台のおかげで椅子に座っても手摺《てす》りに遮られることなく、近づきつつあるカプート港の街並みと、その両脇に延々と続く、翼を広げた海鳥のような白い絶壁の連なりが見わたせた。それに正直、立っているのが少し辛《つら》くなっていた。だから腰を下ろせてほっとしている。

リエルは背後にいるクラウスにちらりと視線を向けた。

クラウスは沿岸国の貿易商人たちがよく身にまとう中着に半袖の上着を重ねて腰帯《ベルト》で締め、

その上から防寒用の外套《マント》を羽織っている。色は灰色と黒。腕と脛《すね》、それから胸にそれぞれ革製の簡易鎧《よろい》を装着しているものの、全体的に目立った特徴はない。使い込まれた外套《マント》は畝《うね》のような毛皮が裏打ちされていて暖かそうだが、それも実用重視の品で華美さは微塵《みじん》もない。

それなのに、無造作に後頭部で括《くく》った淡い砂金色の髪を海風になびかせながら、甲板にすっくりと立つ姿は凛々《りり》しく頼もしい。ただ立っているだけなのに目が離せなくなる。他の乗組員と着ているものにたいして差はないのに、そこだけ切り抜かれたみたいにくっきり浮かび上がって見えて、なぜか鼓動がトクトクと速くなる。

クラウスは何か考え事をしているのか、じっと前を見つめている。そうやって何か別のことに集中しているときのクラウスは怜悧《れいり》で険しい印象が強い。元はやわらかく丸かった岩石が、風雨にさらされ落雷に削られ砕かれて、容易に人を近寄らせない鋭角な威厳を得たような。

リエルに向ける表情は常にやわらかくてやさしいけれど、黙って立っていると無骨なくらいどこか他人を拒む雰囲気をまとっている。けれどその両手は、まるで守護神のようにリエルが座る椅子の背をしっかりつかんで固定してくれている。椅子の背もたれ越しに感じる、彼の体温が頼もしい。

リエルは「ふぅ…」と息を吐き、男が支えてくれている背もたれに全身を預け、陽射しを受けて千万の白い花びらが舞っているような海上の輝きに目を細めた。

船は心配していた天候の急変に遭うことなく、順調にエール河を遡上している。七日後には王都キーフォスを擁する国内最大の湖カルディアに到着予定だ。

リエルは毎日のようにクラウスに誘われて甲板に上がり、そこで船から見える風景の説明やクラウスの国のことについてあれこれ話を聞かせてもらった。

アルシェラタン王国は広い国土の半分近くが砂漠地帯で、内陸部との国境線は高い山脈によって守られているため、他国から侵略される心配がほとんどないという。

「そういう場所だからこそ、先祖たちはこの地を選んで国を興したのだがな——。今でこそ、ああして豊かな緑土が広がっているが、入植当初はこのあたりも砂漠地帯だったらしい」

風を受けて薄金色の髪をなびかせたクラウスが、すっと形の良い腕を伸ばして指さした先には、高低差のゆるやかな丘陵地帯が延々と広がっている。ぽつぽつと姿を見せる小さな常緑の森や防風林の黒っぽい緑以外は、季節柄白っぽい茶色や黄土色、茶色ばかりだが、春から夏にかけては一面が濃淡のある緑で覆われるという。

「砂漠だったところを、どうやって緑地に?」

リエルの疑問に、クラウスは目元をやわらげて答えた。

「地面を掘って川を引いた。運河と水路だな。幸い、竜の背骨山脈から流れ出る河川がいくつかあって、それを最大限利用している。あとは代々、君臣一体となって天の翼神に祈りを捧げ、毎年雨乞いをしている。祈りが途切れると国土が荒れる、と言われているから」

だから王は民と心をひとつにして、つつがなく国を営む必要があるのだと、クラウスは痛みをこらえるような表情を浮かべる。

「城のなかで次の王は誰になるかを争って、互いの足を引っ張りあってる余裕などないのに」

独り言のようにささやきながら傷痕の残る左頰に触れた瞬間、風が吹いて前髪が舞い上がり、いつもは隠れている傷が露わになる。

見るたびに痛々しさを感じるそれに、リエルはとっさに手を伸ばしていた。

指先に触れた皮膚はでこぼこして、受けた傷の深さを物語っている。人差し指と中指と薬指で薬を塗るように、ざらりとしたそこを撫で下ろした瞬間、そっと手をにぎられて我に返った。

「……ぁッ」

驚いて息を呑み、とっさに腕を引き抜こうとしたけれど、男の手は離れない。

「あ、あのっ…ごめんなさい…、勝手に触って、嫌でしたよね」

彼が自分に触れるのは、看病されている間にすっかり慣れてしまった。けれど自分から彼に触れるのはいけないと思う。

最初は気づかなかったけれど、クラウスはこの大きな船のなかで一番身分が高い。クラウスと一緒に甲板に上がると、乗組員は誰でも必ず道をあけて敬礼する。

そしてクラウスはそれを当然のこととして受けとめていて、人を動かすことに慣れていて、指示の与え方も的確。そして何よりも威風堂々としたその態度が、彼の身分の高さを物語っている。たとえ粗衣をまとっていても、ただ者ではないとひと目でわかる。

そんな人物に、許しもなく気軽に触れていいわけがない。

たとえ彼がただの一平民だとしても、馴れ馴れしい態度で触れてはいけない。そんなことをしたら——、そんなことをしたら——…、きっとよくないことが起きる。

「ごめんなさい…」

うつむいて謝りながら左手で胸を押さえ、右手を取り戻そうとしたけれど、クラウスはどうしても離してくれない。それほど怒らせてしまったのだろうか。

——…怖い。顔を上げるのが。

顔を上げて、怒りに満ちた彼を見るのが怖い。言い訳もできず嫌われて、見捨てられる恐怖に足先から震えがこみ上げ、歯の根が合わなくなる。両眼が潤んで泣きそうになった瞬間、

「ルル…——いや、リエル」

右手をつかんでいたクラウスがもう片方の手を添えて、まるで鳥の雛を抱くようなやわらかさでリエルを引き寄せる。抗う術《すべ》もなく彼の胸に顔を埋める形になったリエルは、驚いて顔を上げた。目に入ったクラウスの顔に、怖れていた怒りは影も形もない。むしろ彼の方がなにか粗相をしでかした人のように、どこか不安げにリエルを見つめている。

少なくとも、嫌われたわけではないらしい。

安堵のあまり無意識に詰めていた息を吐いて、リエルは口を開いた。

「あなたは…どうして僕を、ルルと呼ぶんですか？」

昼から転がり出たのは思っていたのとは別のことだった。訊こう訊こうと思って先延ばしにしていた疑問だ。

「あなたは誰？　どうして僕を助けてくれたんですか？　どうしてこんなに親切にしてくれるんですか？　僕の――」

力を利用するためですか、と続けかけて、さすがに止めた。万が一違っていたら、みすみす自ら猟師の罠《わな》にかかるようなものだ。クラウスがどんなに誠実で真摯な人に見えても、万病を治し、寿命すら延ばすことができる〝癒しの民〟の力を手に入れたと知れば、豹変《ひょうへん》するかもしれない。――ダリウス一家のように。

「ルルと呼ぶのは、それが君に教えてもらった名前だからだ」

「え…っ？」

「君が俺に教えてくれたんだ。ルル」

「嘘《うそ》…だ、――僕が、あなたに？」

クラウスはやるせない表情で肩をすくめた。ほかにどう反応すればいいのか分からないと言いたげに首をゆるくふり、リエルからわずかに視線を逸らして虚空を見つめて言い添える。

「忘れてしまったようだから、無理に思い出せとは言わないが」

いつもは張りのある低くて甘い声が、かすれてひび割れている。そこから深くて強い悔恨と、自責と自己嫌悪の念が伝わってきて、リエルはどうしていいか分からなくなった。

頭をどんなにひねっても、胸の底をさらってみても、今目の前にいる男と過ごした過去の記憶などかけらも出てこない。でも、自分に三年間の記憶がないのは確かな事実。

――では、失われた記憶の三年間のどこかで、僕はこの人と出会い、一緒に過ごし、そして…離れ離れになったということか。この人が僕を見つけたときの必死さから推測すると、望んで別れたわけではないようだけど。

「すみません。少しも思い出せなくて」

きっぱりと顔を上げて正直に告げると、クラウスはなぜか泣き出す寸前のように一瞬だけ目元をゆがめた。けれどすぐさま表情を整え、おだやかな口調で続けた。

「いいんだ。君の身に起きたことは、俺が全部知っている。それに君が謝る必要は寸毫《すんごう》もない。謝らなくてはいけないのは、むしろ俺の方だ」

「あなたが僕に謝る？　どうして？　そんな必要は」

「あるんだ。理由は、山ほどある」

「それってどんな…」

理由なんですかと言う代わりに「くしゅんっ」と小さなくしゃみが飛び出た。

とたんにクラウスの顔色が変わる。クラウスは両手でにぎりしめていたリエルの手を離すと、代わりに大きな身体と外套《マント》でリエルを覆い尽くすように背中を抱き寄せた。そのまま否応もなく抱き上げられて、有無を言わさぬ勢いで船室まで連れ戻されてしまった。

船室に戻るとクラウスはリエルの上着を脱がせ、楽な寝衣に着替えさせてから寝台に横たえ、しっかり上掛けをかけて「寒くないか、気持ち悪くないか」とあれこれ気を配り、身体を温める薬湯と蜜飴《みつあめ》を与え、歯磨き代わりの草玉をかませて、あとはもういつリエルが寝入っても大丈夫な状態に万全に整えてから、ようやく寝台脇の椅子に腰を下ろして話の続きをはじめた。

「俺が誰なのかという質問には、この国《アルシエラタン》の王だと言えば答えになるだろうか」

「王様…」

王という身分から思い描く心象と、彼が自分にしてくれた細やかな心遣いと奉仕の間に巨大な落差を感じて、リエルはしばし呆然《ぼうぜん》とした。しかし言われてみれば、これほどぴたりと納得する答えもない。船上で見せる男の態度は、確かに王者の風格以外の何者でもない。人を従わせることに慣れているのも当然だ。

「君を助けて親切にしている理由については——」

リエルが目を白黒させながらあれこれ考えをめぐらせているうちに、クラウスは次の質問の答えに移った。

「君が、俺にとってかけがえのない大切な存在だと気づいたから。遅すぎるかもしれないが、ようやく気づくことができたから。君が何者であっても関係ない。ただ君が好きだから」

「……――？」

リエルは首を傾げてクラウスを見つめ返した。

好意を向けられていることは最初からありありと感じていた。さらに半月近くも、それ以外に解釈しようがない細やかさで親切丁寧に世話を焼かれれば、どんな木石人間でもさすがに気づく。けれどそれはリエルが求めている答えとは違う。リエルが知りたいのは、どうしてクラウスみたいに立派な人が、自分のような存在を好きになったりするのか。その理由だ。

「そして、ただ純粋に君のことが好きだから、大切にしたくてそうしてる」

リエルが聞き洩らしたとでも思ったのか、クラウスはもう一度かんで含めるように、やさしく真摯な声音で言い重ねた。

「それは…ありがとう、ございます。でも、あの、理由がわかりません」

自分でも間抜けな返事と問いだと思ったが、ほかに訊ねようがない。

「理由？」

今度はクラウスが首を傾げる番だ。怪訝そうに目を細められて、リエルはばつの悪さに身動いだ。自分を好きになった理由を教えろと請うのは、なんだかとても傲慢だった気がしてくる。

「……いえ、いいです。理由とかいらないです」

もしかしたら失われた三年間の記憶のなかに、その答えがあるのかもしれない。ううん、たぶんおそらくそうに違いない。けれどそれを今教えてもらうのはなんだか怖い。

クラウスに初めて「ルル」と呼ばれた日から疑問を感じていたものの、体調が悪くて頭が朦朧としていたせいで、あまり深く考えてこなかったけれど。――ちがう。無意識に考えることを止めていた。何かのきっかけで失われた三年間のことを思い出してしまうのが怖いから。

上掛けをにぎりしめて黙り込んでしまうと、クラウスは腕を伸ばしてそっとリエルの手に自分の手のひらを重ね、静かに語りはじめた。

「俺と君が出会ったのは今から三年前。正確には二年と十月前。君は、黒い毛玉のような鳥の雛に似た姿で、泥にまみれて死にかけていた」

それを拾って介抱し、そのまま半年近く一緒に旅をして、俺と一緒にアルシェラタン王国に戻った。俺は旅先で見つけた癒しの民の女性を妃《きさき》に迎え、リエル――その頃はルルと呼んでいた――は城の近くの臣下の屋敷で暮らすようになったんだ。

訥々《とつとつ》と、楽しかった旅の思い出と、ある女性との出会い、その後に起きた経緯を話すうちにクラウスはうつむいて、にぎっていたリエルの手も離し、椅子に座ったまま深く項垂《うなだ》れた。そうしてとても言いにくそうに、辛《つら》そうに、それでも懸命に言葉をしぼり出す。

「そして二年前……ある事件が起きて、俺は誤解から、君を国外追放の刑に処した」

両肘を膝につけた両手で額を押さえ、なんとか頭が床に落ちるのを防いでいるような、悲痛な声音と様子から、彼がただならぬ悔恨と慚愧《ざんき》に囚われていることが分かる。

「――国外追放？　あなたが、僕を？」

思いもかけない物騒な単語と、悲嘆に暮れるクラウスの態度に、リエルはどう反応していいのか分からない。どうやら彼と自分には、ただならぬ過去があったことは理解できたが、話を聞いてもまるで他人事《ひとごと》としか思えない。

まるで何か架空の物語を聞いているように現実感がない。

「そうだ。――ある事件というのは、俺の妃になった女性を君が階段から突き落とした、というものだが、それは妃自身による謀《はかりごと》だった」

「俺の妃…？」

その言葉を聞いた瞬間、枹《ばち》で思いきり叩《たた》かれた銅鑼《どら》みたいに全身が震えて、そのあとの話が耳に入らなくなった。妃…って奥さんのことだよね？　クラウス、結婚してるんだ…。

当たり前か。だってこんなに素敵な人だもの。結婚してない方がおかしいよね。

――でも、じゃあ、奥さんがいるのに、僕のことが好きだから…ってどういうこと？

混乱と衝撃のあまり、表情を取りつくろうこともできずに呆然としていると、気づいたクラウスがあわてた様子で訂正してくれた。

「ちがう。妃といってもすでに離縁している」

――あ、そうなんだ。

離縁と聞いて、今度は自分でもびっくりするくらいホッとした。そして、衝撃を受けたり安心したことで、自分がクラウスに対して好意だけでなく独占欲も抱いていることに気づいて、思わず唇を噛みしめた。独占欲なんて抱いても仕方ないのに。

なんだか居心地が悪くなってうつむくと、クラウスが重ねた手のひらをそっと撫《な》でてくれた。まるでリエルの心の動きを読んだように。慰めるように。手から手へ、温もりを伝えながら。

「もしも聞くのが辛いなら、この話は止めようか」

「いえ…大丈夫です。知りたいと言ったのは僕だから。どうぞ続けてください。離縁済みの…ちがう、離縁する前の？　お妃さまを、僕が階段から突き落とした――でしたっけ？」

「そうだが、ちがう。それは妃自身による謀だった」

クラウスは続けて「妃は身籠もっており、自ら階段下に身を投げることなど考えられない状況だった。そして『ルルさんに突き落とされた』という証言もあった。何よりも俺自身が、妃が階段から転げ落ち、その背後にルルがいた現場を見ていた」と告げた。

「妃だった女の謀がすべて明るみに出たあとで、よくよく思い返してみれば、俺が目撃したのは彼女を追いかけてうしろから駆け下り、地面に叩きつけられたハダルを必死に癒そうとしていたルルの――君の姿だけだった」

クラウスは両手を額から離して膝頭の前でにぎり合わせると、その拳に額が触れかねんばかりにより深く項垂れて、軋《きし》むような声で続けた。

「ルルが――君が、ハダルの背を押したその瞬間を見たわけではなかったのに、状況からそうだと決めつけて、判断を誤った。――…俺は、間違えたんだ」

過ちを懺悔《ざんげ》して。まるで赦しを請うように。己の過ちと罪を認め、正直に包み隠さず話してくれた男に対して、リエルはやはり、どうしていいか分からない。

ルルというのは確かに自分の真名だが、そんなに珍しい名前ではない。クラウスが今語った話のなかに出てくる『ルル』とは別人なのではないか、としか思えない。

とはいえこのまま黙っているのも申し訳ない。

リエルは一生懸命、男が語った過去の事件が我が身に起きたと想像してみた。

そうして出た答えは怒りではなく、ましてや恨みでもなく、やるせない悲しみと、取り返しのつかない過ちを犯したと項垂れる、目の前の男に対する同情だった。

「それは…、仕方ない状況だったと思います。好き合って結ばれた王の子を身籠もった妃が、自分から身投げするなんて誰だって考えないし…。あなたの話のなかの『ルル』も、ハダルって女性《ひと》にずいぶん嫌がらせをしていたみたいだし。あなたが疑って処罰を下すのも無理はないっていうか…。本当は死刑——火炙《ひあぶ》りの刑だったところを、あなたは手をまわして国外追放に減刑してあげたんでしょう? 僕がそのルルって人だったら、感謝はしても恨んだりはしないと思うけど——」

ただし、人を信じられなくはなるだろうけど。

最後の言葉だけは声に出さず、リエルがそう感想を告げると、なぜかクラウスは一層苦しそうに顔をゆがめて頭を上げ、目元を覆う前髪の間からリエルを見た。

「その嫌がらせも、ハダルの謀だった」

「え…？　……それって」

さすがにそれはひどい。

「そうだ。俺はハダルの自作自演を見抜けなかった。最初から彼女がついた嘘にも気づけず、愚かな思い込みでルルを…君を疑い、俺にとって本当に大切なもの――ルル、君を見失った。絶対に離してはいけない君の手を離してしまった」

瀕死《ひんし》の重傷を負った怪我人《けがにん》のように声を喘《あえ》がせながら告白を終えた男は、両手で顔を覆って項垂れた。その姿から伝わってくるのは強く深い後悔と贖罪《しょくざい》の念。赦《ゆる》しを請う罪人のように、哀れで寄る辺ない悲しみがしんしんと打ち寄せる。

「――どうして、僕にそんなことを言うんですか？　僕に嫌って欲しいんですか？」

この人が正直に、己の落ち度と過ちを告白する意味はなんなのか。

リエルはクラウスの真意を測りかねて言い重ねた。

「黙っていれば分からないのに。その話が本当だったとしても、僕は覚えていないんだから」

独り言じみたリエルの言葉に、クラウスは驚いたように目を瞠《みは》り、くしゃりと自嘲を浮かべて視線を逸らした。

「それでは君を騙《だま》すことになる」

「――…」

――では、この人は、僕に対して本当に芯から誠実でありたいと思っているのだ。

黙っていれば一生バレないで済むかもしれなかった己の落ち度を、罪を、恥を、ばか正直にさらした上で、新しい関係を築こうとしている。卑劣からは最も遠い人。こんなにも真摯で誠実だからこそ、ハダルという女性に騙されてしまったのかもしれない。

リエルがそう判じたとき、今度はクラウスが独り言のようにつぶやいた。

「騙して好意を取りつけても、いずれ破綻《はたん》する。ハダルが悲劇を迎えたように」

そう言ってクラウスは目を閉じ、大きく息を吐いてから静かに襟元をまさぐった。

「本当はもう、確かめる必要もないのだけど。君がとても取り戻したがっていたから」

そう言いながら、きらめく銀鎖にぶらさがった何かをとり出して、リエルに差し出す。

「これに、見覚えは？」

「あっ……！」

クラウスの左手につかまれたリエルの右の手のひらにそっと載せられたのは、ひとつの指環だった。その色と形を見分けた瞬間、心臓がドクンと大きく跳ねて、全身の毛穴が一気に開いたように気持ちが波立ち、意識が手のなかできらめく貴石に吸い寄せられた。

「これ…！　これは…っ、僕の…！」

約束の指環！

故郷を失い、聖域のあの忌まわしい地下神殿から逃げ出したときに無くしてしまった、大切

な指環。五歳のときに出会った〝運命の片翼〟にもらった、再会を誓って贈られた、

「約束の指環……！」

半ば枕に沈みこみかけていた身を勢いよく起こして、リエルは奇跡のように現れた宝物を胸に抱きしめて、うめき声を洩らした。

「僕のだ……！　なくしたと思っていた、大切な宝物……！」

どうしてなのか涙が出てくる。

ずっとずっと、この指環をなくしてしまったことが悲しくて仕方なかった。

記憶をなくしたことより、五歳のときに再会を約束した、大切なあの少年との思い出の品を失ってしまったことの方が、とてもとても辛かった。悲しかった。

それが今、戻ってきた。なくしたときと寸分違わぬ姿で。――いや、ほんの少し変わっている。星を散らしたような緑と青が混じり合って輝く貴石と、それを支える台座はそのままだが、環の部分が新しくなっている。けれどそれは些細《ささい》なこと。大事なのは指環が戻ってきたことだ。

リエルはゆっくり顔を上げてクラウスを見つめ――改めてまじまじと見つめて、

「それじゃあ、あなたが、あのときの少年？　聖域の森で、胸のここと両眼にこういうひどい傷を負って死にかけていた？」

ぐすぐすと鼻をすすりながら身振り手振りで傷があった場所を指し示し、涙で歪んだ声で訊ねると、クラウスも瞳を揺らして重々しくうなずいた。

「そうだ」

答えを聞いた瞬間、リエルの心に光が灯《とも》った。

いいや、いつの間にか胸の底に押し込めて押し殺し、気づかないふりをしてきた希望の炎が息を吹き返したように燃え上がり、燃え広がり、全身を温かな光で満たしていった。胸元でにぎりしめている自分の両手から、光がにじんでこぼれる様が見えるほどに。

嬉しくて。

あの少年に再会できたことが、踊り出したいくらい嬉しくて。

彼が、あのときの約束を果たすためにずっと自分を捜し続けてくれていたことが嬉しくて。

胸の底を固くふさいでいた重石《おもし》がゴトリと外れて、なかからトクトクと熱いものがこみ上げてくる。ドキドキしてふわふわする。

「あなただったんだ……！」

――僕に滋味を与え、命をつないで生かしてくれる運命の片翼！

船に乗ってるほかの乗組員の誰かじゃない。認めてしまえば、なぜ今までそのことに気づかないふりをしていたのか可笑《おか》しくなる。だって、クラウスは最初から光を放っていた。灯火ではなく彼自身が発する光を。僕はそれをずっと感じとっていたのに。わざと拒んでいた。

「ああ。そしてやはり、君だったんだな。ルル」

クラウスは、その事実自体はあまり重要でないと言いたげにあっさりうなずいたあと、ひと言ひと言噛みしめるように言い募った。

「あのときの命の恩人が君で、本当に嬉しいよ。俺はずっと長い間、もう一度『あの子』に逢《あ》いたいと願い続けて生きていたから。そのせいで、過ちを犯してしまったが……──」

軋むような懺悔を口にして再び項垂れたクラウスをよく見るうちに、五歳のときに出会ったあの少年の面影が違和感なく重なってゆく。

髪の色と、誠実そうな雰囲気と、リエルに向ける笑みとあふれんばかりの愛情。気遣いと慈しみ。何があってもリエルを守るという決意と覚悟。感謝と出会えた喜び。真摯な慈悲深さ。美点しか思いつかない。

本当は船室で目覚めたとき、ひと目見て、一瞬で好きになった。

この人が、五歳のときに出会ったあの少年ならいいな…と無意識に願っていた。

「やっぱり、あなたが僕の運命の片翼だったんだ……──」

生きててよかった。無事でよかった。──ううん、ちょっと無事じゃない。

リエルは項垂れるクラウスの額に手を伸ばし、指先でそっと前髪をかき分けて、左の額から頬にかけて広がる傷痕に触れた。

五歳のときにリエルが治した傷ではない。そのあと新たに出来た傷だ。

──ひどい傷…。今すぐ癒して治してあげたいけど、今の僕にはまだ力が足りない。

心の底からそう思い、指先を額からこめかみにすべらせると、それまでじっと項垂れていたクラウスが顔を上げ、リエルの指に自分の手を重ねてささやいた。

「そうだ…。俺が君の、そして君が俺の運命の片翼だ。そのことに心から感謝している。運命の片翼でなかったら、こうして生きて再び君に逢えていたかわからないから――」

クラウスはそう言って折り曲げていた身を起こし、ひたりとリエルを見つめて頭を下げた。

「そして俺は、ルル…リエル、君に謝罪する。俺が犯した罪は決して消えない。けれどせめて謝らせて欲しい。君の訴えを聞いてやれなくて、理解できなくてすまなかった。君に冤罪《えんざい》を着せて死なせかけてすまなかった。君を、信じてやれなくてすまなかった。本当に申し訳ないと思っている――」

垂れた頭が床につきそうなほど身を折って謝罪するクラウスの背中に、リエルは戸惑った。五歳のときに出会った〝運命の片翼〟と再会できて嬉しかった。

それは紛れもない事実だ。でも……、

「――僕には、よくわかりません」

大きくて広い背中をさらしたままの男に向かって、リエルは震える声で告げた。

「僕はリエルです。さっき、僕なら感謝はしても恨んだりはしないと言ったけど、ここで今、僕があなたを赦すと言っても、あなたが赦して欲しい『ルル』がどう思うか、僕にはわからないから……――」

クラウスは丸めた背中をビクリと揺らし、罰を言い渡された咎人《とがにん》のようにゆっくり頭を上げた。その顔は青ざめ、これまでまとっていた覇気や生気もなくして哀れなほどだ。リエルは反射的に彼を慰めたいと思ってしまった。

「ルルがどう思うかはわからないけれど、僕はあなたが好き…！　好き、だよ」

とっさに口から本音が飛び出て、あとから頬がカッと熱くなる。とたんにクラウスが生気を吹き込まれたように、ふ…っと気配をゆるめた。自嘲に近くても微笑みには違いない表情を浮かべ、リエルの告白に勇気を得たようにリエルがにぎりしめていた約束の指環をそっとつまみ上げ、その左中指に改めて嵌《は》め直した。この上もなくうやうやしい所作で。

中指は天に通じる指といわれている。誓いを交わすときに絡める指だ。

そこに指環を嵌めるのは、多くは伴侶の誓いとみなされる。

「え……？　あの…？　これっ…て？」

いやまさか。この行為にそんな深い意味があるわけがない。

そう思いつつ思わずクラウスの顔を見て、それから自分の指に嵌められた指環を見る。もう一度クラウスをまじまじ見つめると、彼にもリエルの疑問が伝わったらしい。

「その意味で間違っていない」

「ええ……!?」

「君の承諾を得る前に、勝手に嵌めてしまってすまなかった」

クラウスは頭を下げて詫びてから、再び頭を上げてリエルをひたりと見つめて告げた。

「改めて、俺の伴侶になって欲しい」

言葉の意味が、頭に染み込むまでに少し時間がかかった。

「ちょ…っと、それは……――いいの？　だってあなたは、王様なのに」

そう。クラウスは一国の王だ。端から見れば自由でなんでも思いのままにふる舞えると誤解しがちだが、王には様々な責務と制約がある。リエルはそれを知っている。どこで聞き知ったのかは思い出せないけれど。身を割ってそこに押し込まれた杭《くい》のように理解している。

指環を差し出された瞬間からはじまった一連の感動と喜びが、ここにきて氷を踏みぬいたような動揺に代わる。凍《い》てつく氷水を浴びせられたように、現実が舞い戻ってきた。そうだ。

「――いくら運命の片翼とはいえ、僕は男です。子どもは産めません」

ごくごく当たり前の、だからこそ厳然とした事実を告げると、クラウスは胸を剣でひと突きされた人のようにわずかに仰《の》け反り、グッと息を詰めて身体を揺らせた。

なぜ彼がそんな反応をするのか不思議に思いながら、リエルは淡々と続けた。

「王の…あなたの、世継ぎとなる子を産むことはできません。そんな相手に伴侶の誓いを捧げるのは、一国の王として正しい行いなのですか？　民はそれを許すのでしょうか？」

リエルがこの二年間旅してきた国々ではどこでも、王は妃を娶《めと》って世継ぎを成すことが必須の責務だと見なされていた。

リエルたちが暮らすこの大陸《せかい》では、基本的に男同士や女同士で伴侶の誓いを立てることは忌避されている。なぜなら第一に、子を成さない同性同士の番《つが》いを聖堂院が認めていないから。第二に〝贄《にえ》の儀〟によって聖堂院から様々な恩恵を得たい内陸部の国々では、人口増加が国策の最優先課題となっていて、その余波が大陸各地にも染みわたっているから。

庶民でも後ろ指をさされたり嫌味を言われたり、へタをすれば迫害されかねない同性同士の結びつきを、王様自らがしていいのか。

「駄目だと思う」

リエルがきっぱり首を横にふると、クラウスは奇妙に押し黙ったあと、ようやく口を開いた。

「それでも俺と、伴侶の誓いを交わして欲しい。他人が何と言おうと、どう思おうと関係ない。君さえよければ、どうか受け容《い》れて欲しい」

いつもは堂々と自信に満ちた声をわずかに震わせて不安そうに懇願するクラウスに、ルルは混乱しながら思わず「僕で…よければ」と口走りかけ、あわてて首を横にふった。

「……あ、でも、やっぱり駄目でしょ。僕はいいけど、世間が…あなたの国の民たちが許さないと思う」

船上で過ごした半月ほどの間に好意を抱くようになったクラウスから、求婚にあたる伴侶の誓いを捧げられたのも嬉しいと感じている。自分は決して嫌ではない。それだけはしっかり伝えてから、リエルは指環を抜こうとして…――抜けなかった。

たとえ世間が許さなくても、自分は嬉しかったから。

思い出せない過去のことをいろいろ教えられたけれど、それは他人事としか思えない。

今のリエルにとって、目の前にいるクラウスからの求婚に等しい訴えを拒む理由はない。

「僕は、嫌じゃない…けど」

指環を嵌めてもらった左手を庇《かば》うように、右手でしっかり覆い隠して胸に押さえつけながら、リエルがもう一度そう言うと、クラウスは椅子から腰を上げ、その場に跪《ひざまず》いた。

そのまま胸に右腕を当て、左手を差し出す誓いの所作をリエルに向けて宣言する。

「我、アルシェラタン国王クラウス・ファルド＝アルシェラタンは、汝ルル・リエルに久遠の愛と忠誠を捧げると、ここに誓う。天空の翼神と、地に満ちた人の血、この胸に脈打つ赤き心臓にかけて」

「——…っ」

リエルは突然の宣誓に驚いて声も出ない。クラウスが今口にしたのは、婚姻の際に述べられる正式な誓いの言葉だ。

その意味が胸に落ちて理解するより早くクラウスにそっと抱き寄せられて、リエルはそれ以上難しいことは考えられなくなった。彼の求愛を受け容れたことが正しいことなのか、間違っているのか、本当のところはわからない。

けれど、自分を抱きしめる力強い腕を心地好いと感じ、広い胸の温かさが頼もしく、心から安心できることだけは確かだった。

◇　城入り

　二十日あまりの船旅を終えて、リエルがアルシェラタン王国の王都キーフォスに到着したのは聖暦三六〇〇年一ノ月下旬のことだった。船は王都キーフォスを擁する国内最大のカルディア湖を縦断して、王城がそびえ立つ東端にしずしずと接岸した。

　春はまだ遠く、湖面をわたる風は冷たかったが、リエルのとなりに風よけの衝立《ついたて》か分厚い外套よろしく寄り添い立つ男のおかげで、寒さはほとんど感じない。

　クラウスは『ルル』に捧げた渾身《こんしん》の謝罪をリエルに受けとめてもらえなかったことについては、それ以上言及することなく、前以上の熱心さでリエルの意を汲《く》むことに邁進《まいしん》している。

　リエルはそれを、若干の戸惑いと感謝とともに受け容れている。

　この日リエルは寝衣の上に厚手の寛衣《ガウン》を重ね、その上からとろけるようになめらかでやわらかな分厚い毛皮の外套に包まれた姿で、クラウスに手をとられて船を降りた。クラウスの格好は船上にいたときと大差ないが、地面に届くほどの長外套《マント》をさっそうと身にまとい、風になびかせながら歩く姿は見惚《みと》れるほど凜々しい。

リエルは横目でちらちらと男の姿を盗み見しながら、白地に青の装飾が冬の陽射しに端然と輝く王城の正門に向かった。最初は自分の足で。途中――かなり早い段階――からクラウスに抱き上げられて、横抱きの状態で。

「自分で歩けます、下ろしてください」

一度はそう訴えたものの、岸辺に設けられた専用の通路と階段の数、そこからさらに城へと続く道の長さを見て、早々にあきらめた。健康を完全に取り戻せていればひと息に駈《か》け上がることも可能だが、今は無理。

王城はすらりと天に向かって伸びる中央の主翼棟と、その周囲に連なる方形の各翼棟で構成されている。ぱっと見は統一感があるが、近づいてよく見ると建材の質があきらかに異なる。

主翼やそれに準じた高層の翼棟は継ぎ目のない――すなわち煉瓦や石積みではない――つるりとした外壁をしている。それらに比較して低層の翼棟は市街地でもよく見かける切り石を積み上げたものや、煉瓦造りだ。とはいえ、外壁の色は統一され、各階層の露台には常緑の植物が様々に繁茂して彩りを添えている。

白石で造られた階段を幾度か折り返して、見晴らしの良い高台部分に上がると、すぐそこに見上げるような王城正門が現れた。正門に至る広い階段の両脇には、一糸乱れぬ動きで敬礼して王を出迎える近衛《このえ》の兵たちがずらりと並んで待ちかまえている。

広々とした階段の横には天を支えるような高い列柱が並び、そこには常緑の緑と花々――近づいて見ないと分からないほど精巧に作られた布製の造花――がたわわに飾られて歓迎の意を示している。造花以外にも彩り豊かな細い色布《リボン》がそこかしこに飾られており、風が吹くたびきらきらと嬉しそうにひらめいている。

さらに階段を囲む広場には、城下の民や城内で働く人々らしき群衆が王の帰還を喜び、歓呼で出迎えていた。人々は婚礼や親族の立身出世を祝うときに撒《ま》かれる、金星花や銀星花を模した紙花が盛られた籠を手に持ち、国王クラウスと、その腕に抱かれたリエルが通るのに合わせて綿雪のように降り撒いている。

「お帰りなさい国王陛下！」

「クラウス国王陛下万歳！」

口々に唱えられる歓呼のなかには「あの方が本物の…」とか「王がまことの伴侶を連れて参られた」とか「聖なる癒しの民様、ようこそアルシェラタンへ！」などといったものもあり、リエルはどう反応していいかわからない。困惑して戸惑いながらクラウスを見上げると、それまで堂々と前を見据えて歩を進めていたクラウスは、視線をリエルに落として微笑んだ。

「心配はいらない。不安なら俺の胸に顔を埋めて寝たふりをしているといい」

だが、とクラウスは続ける。

「できれば顔を上げ、民たちに微笑んでやってほしい。身体が辛くなければ、彼らに向かって手を軽くふってみせるのもいい。それだけで民たちはとても喜ぶ」

「え……──？　僕が？　そんな…」

王族みたいなふる舞いをしていいのだろうか、と考えて、リエルはハタと思い出した。

──そうか…。僕も王族になった…んだっけ？

国王であるクラウスに伴侶の誓いを捧げられ、一応断らずに受け容れた形になっているので、端から見ればリエルは王族に準じた身分を得たことになる。たぶん。おそらく。──いや、どうだろう。少なくともリエルはクラウスに何も誓いを捧げていない。指環のような約束の品も。

「うぅ…──」

そんな中途半端な身で、王族然としたふりなどとても出来ない…、と思ったものの『民たちが喜ぶ』という言葉が胸に残って、無視したり寝たふりをするのも居たたまれない。何よりも、歓迎してくれる彼らの気持ちが純粋に嬉しい。

この大陸《せかい》で聖なる癒しの民と呼ばれているリエルたち翼神《よくしん》の末裔《まつえい》は、多くの国々で〝王の証《あかし》〟〝玉座への階《きざはし》〟〝王を導く者〟などといった二つ名で呼ばれている。

船のなかで教えてもらった過去の経緯でも、クラウスはお家騒動の──従兄弟《いとこ》と玉座を争った──果てに、王の証を得るため聖なる癒しの民を探す旅に出たと言っていた。

同時に、四十九年に一度の祝祭で出会った命の恩人、すなわちリエルを、万が一の可能性にかけて捜す旅でもあったと言われているので、クラウスが自分に伴侶の誓いを捧げた理由が王の証欲しさ故だけではないと分かってはいる。

——だってこの人、本当に僕のことが好きっぽいんだよなぁ…。

雨のように惜しみなく降り注ぐやさしい気遣いと、慈愛に満ちた言葉や行為の数々。

そして言葉で告げられた伴侶の誓い。そうしたことから、頭では『どうやら愛されているらしい』と理解はできたが、未《いま》だどうにも腑《ふ》には落ちてこない。癒しの民だからという理由以外に、自分が一国の王に求められる理由がわからない。命の恩人だという理由だけで、うしろ指を差されかねない同性の伴侶を王侶《おうりょ》に据えるだろうか。

あれこれ考えれば考えるほど求められているのは〝王の証〟としての癒しの力だとしか思えない。隊商一家と旅をしていたとき、彼らがリエルの力を利用して大きな富を得ていたように。

——僕のこの癒しの力は一国の王にとっても…ううん、一国の王だからこそ利用価値がいろいろあって、同性の伴侶なんていう危険と不利益が大きい関係でも認められるってことだ。

その点については、よくよく胆に銘じておかないと。

リエルはそう自分に念を押した。

クラウスは出会った瞬間からリエルに対する好意が全開で、言葉と行動に矛盾がない。全身でリエルが好きだ、大切だと訴えている。

そしてリエルも、クラウスと再会してからほんの半月あまりでもう彼のことが大好きになっている。ずっと逢いたかったあの少年と地続きの存在として。

——だってずっと好きだった。もう一度逢いたいって、ずっと願っていた。

リエルは左の中指に戻ってきた約束の指環をそっと見つめて目を閉じた。

――でも、どこで豹変するか分からない。

だから決して油断したり、言葉どおりに『永遠』なんて期待したら駄目だよ。たとえ、自分がどんなにクラウスを好きになっても、好きだって言われても信じて溺れたら駄目。

失った過去の複雑な経緯はとりあえず横に置いておいて、クラウスが乞い求めている『ルル』とは別人の立場で、僕はクラウスのことが好きだ。そして、好きな人の願いは叶えてあげたい。喜んで欲しい。民の喜びがクラウスの喜びになるなら、絶対に叶えてあげたいと思う。

「……よし！」

リエルはさんざん逡《しゅんじゅん》巡したあげく気合いを入れて顔を上げ、左腕をそっと上げて沿道の群衆にむかって手をふった。

「おおお……っ！」と民たちがどよめいて「万歳、万歳」と言祝《ことほ》ぎの声がひびきわたった。

リエルが手をふるたびに、左中指に嵌まった指環が冬の陽射しを弾《はじ》いてきらきらときらめき、祝福のようにあたり一面に光の粒を降らせる。

それを見たクラウスも嬉しそうに、一層深い笑みを浮かべたのだった。

荘厳な王城正門をくぐって城のなかに入ると、冬の最中《さなか》とは思えない花と――こちらは本物だ――植物の緑に彩られた美しい列柱と、その下に並んでうやうやしく頭を垂れる無数の人々に出迎えられた。王に仕える家臣一同と従者たち、城で働く召使いや警護の兵や騎士たちだ。美々しく着飾った貴人の群れと、整然と佇《たたず》む従者や家臣の列にくらくらしてくる。だんだん目がまわってきた……――。

城外にいた群衆に向けて奮い立たせていた気力が底をつき、そこに挿していた奉仕精神の花がしなしなと萎《しお》れていくのをリエルは感じた。扉を開けて三歩歩いたら寝室にたどりつく、とまでは言わないけど、もうちょっとこう…なんというか気軽にできないものか。城や豪邸自体に驚いたり、気が引けて臆するということはそれほどない。けれど、さすがに限界が近い。

「お帰りなさいませ、陛下」

「おめでとうございます！　陛下！」

「ご無事の帰還を、臣下一同お慶《よろこ》び申し上げます」

口々に王の帰還を言祝ぐ臣下を代表するよう一歩前に進みでた男が、クラウスとリエルに向かって深々と敬礼しながら口上を述べた。クラウスは彼に向かって深くうなずき、

「パッカス。留守居の務め、御苦労だった」

「はっ。陛下、首尾良く『宝物』を見つけて帰られました由、まことにおめでとうございます」

赤みを帯びた濃い栗色《くりいろ》の豊かな髪をふんわりとうしろになでつけてまとめた男の歳は、三十

代後半から四十代前半だろうか。パッカスと呼ばれた男は赤栗毛色の髪を揺らしながらゆっくり顔を上げるとクラウスを見つめ、その腕に抱かれたリエルに視線を移して目元をくしゃりと歪めた。そうして震える声を押し出す。

「ルル…いえ、リエル様、よくぞ…！　よくぞご無事でお戻り下さいました…！」

リエルが立っていたら、がばりと抱きつきかねない勢いで言い募った語尾が、歓喜と感動で震えている。

リエルはまたしても、どう反応していいか分からなくて戸惑った。

「パッカス…さん？　出迎えありがとうございます」

感動の再会とはいかないことを申し訳なく思いつつ、それでも自分の無事と到着を心から歓迎してくれる相手にぺこりと頭を下げて感謝を返す。

――僕を『ルル』と呼んだということは、クラウス同様、僕が失った三年間の記憶のどこかで出会っているということだ。そして僕――ううん、『ルル』が無事に帰還したことを喜んで、涙ぐむほど深い交流があったらしい。そしてルルではなくリエルと呼び直したのは、前もってクラウスから知らされていたということだ。

リエルの意を汲んで、こうしてこまやかに気をまわしてくれるクラウスの心配りには、感謝しかない。けれど、とにかく今はもうどこか静かな場所で休みたい。そんな弱音を小さな溜息で誤魔化していると、クラウスがパッカスを紹介しはじめた。

「ル…リエル、彼の名はアルベルト・パッカス。二年前まで君の後見人を務めていた。数ヵ月という短い間ではあったが、君は彼の屋敷で暮らしていたんだ」

「そう…だったんですか」

なるほど。そういう関係の相手だから、あえて時間をとってくれたのだとリエルは気づいた。クラウスがリエルの疲弊に気づいていないわけはない。それでも、どうしてもパッカスと引き合わせたかったのだろう。

「あの、それは大変お世話になりました…って、僕がお礼を言っていいのかわからないんですけど」

「もちろん、よろしゅうございます。けれどお気遣いはご無用。私はあまり良い後見人だったとはいえませんから…――ああ、こんなところで長々と立ち話をしてはいけませんね。陛下、ル…リエル様はお疲れのご様子。諸事万端に整えてありますゆえ、今はお部屋にお連れして御休息をとられては」

リエルの状態に気づいたパッカスにうながされて、クラウスは鷹揚《おうよう》にうなずいた。

「そうしよう。パッカス。城中のことはもうしばらく頼む」

「かしこまりました」

忠臣を絵に描いたような男に見送られてリエルが運ばれた先は、明るく広い居間と書斎、主寝室と控えの間、衣装の間などから成る一画だった。

ぶ厚いのに驚くほど透明度のたかい玻璃《ガラス》が嵌めこまれた大きな窓のむこうには、カルディア湖の素晴らしい眺望が広がっている。両開きの窓を開けて外にでると、目にやさしい乳脂《クリーム》色の柱や手摺りに囲まれた露台があり、そこかしこに冬でも枯れない植物が巻きついたり繁茂したりしている。露台には下へと降りる階段があり、その先には広々とした庭園と、なぜか手入れの行き届いてない小さな庭園――というより放置された藪《やぶ》のような場所――が広がっていた。いまは冬枯れで少し寂しい見た目だが、きちんと手をかけてやれば春から夏、そして秋には見事な風景を見せてくれるだろう。

広くて明るい居間の壁もやわらかな生成《きな》り色で統一され、そこに融《と》け込むような淡い色合いで四季折々の自然が描かれている。天井には天の浮島と、そこで平和に暮らす翼神たちの姿が見事な筆致で広がっている。「永遠の花園」「命の泉」「破魔の剣」「神祖ニンギルスとレアの恋物語」「翼の誓い」。聖堂院の支配が強い場所では廃れて忘れられてしまった古代の神話が、生き生きと伝わってくる。

開け放たれた扉からちらりと覗き見た書斎は、居間の四分の一ほどの広さだが、飴色の書棚にはぎっしりと貴重で稀少《きしょう》な書物がならび、優美な曲線を描く飾り棚には、美しい置物や興味深い玩具《おもちゃ》だったり装置らしきものが置かれていた。

内装は落ちついた生成り色とコクのある焦げ茶、華やかな薄桃色や水色、爽やかな薄荷緑《ミントグリーン》や暖かな紅鱒《マス》色など、部屋の用途によって使い分けがなされている。

「俺の母が使っていた部屋だ。君を迎えるにあたって全面的に改装した。何か気になる場所や替えて欲しい装飾、家具の配置や色の希望があれば遠慮なく申し出てくれ」

リエルを抱き抱えたまま、手早く主だった部屋を見せてまわったクラウスは、最後にそう言ってリエルを床に下ろして長椅子に座らせた。

「――…は、い」

ほかに返事のしようがなくて、リエルはぐったりと椅子の背に身を預けた。

「疲れているところを申し訳ないが、もうひとつだけ。紹介したい人々がいる。大丈夫だろうか？　ひと眠りしたあとの方がいいか？」

どちらでも好きな方を選ぶように言われて、リエルは「大丈夫です」とうなずいた。クラウスにはもう充分以上に気を遣ってもらっている。リエルが今感じている疲れは慣れない場所に対する気後れが原因だ。体力は戻りつつあるのだから、わがままなふる舞いはしたくない。

「すぐに終わるから気を楽にしてくれ。これから君の身のまわりの世話をしてくれる者たちを紹介しておく」

クラウスがそう前置きして内懐《ポケット》からとりだした小さな鈴を鳴らすと、開け放たれたままだった扉から、しずしずと足音を立てずに十名近くの人々が現れた。近衛、侍従、侍女、召使い。

こんなにたくさん？

小首を傾げて思わずクラウスに助けを求めた瞬間、そのなかのひとりが、矢も楯《たて》もたまらずといった様子で飛び出した。二十代後半と思《おぼ》しき青年だ。

クラウスも、紹介されたばかりの護衛も特に警戒する様子がなく、彼の動きを見守っている。リエルに危害を加える怖れも心配もないと知っているからだろう。

青年はそのまま素早く駆け寄ってきたかと思うと、避ける間もなくリエルの前にひざまずき、

「ルル様……！　ああ…ルル様！　よくぞご無事で戻られました！」

震える声で訴えながらリエルの両手をにぎりしめ、泣き出した。

「ルル様…申し訳ありませんでした…ルル様。あなたにかけられた嫌疑を覆すこともできず、みすみすあなたを国外追放の刑に処させてしまった私を、どうかお許しください。あのときなんの役にも立てず、本当に申し訳ありませんでした…っ」

涙を流しながら切々と訴えられて、またしてもリエルは戸惑った。

僕はあなたたちが知っている『ルル』ではないと伝えたかったが、目の前でむせび泣く青年の気持ちが痛いほど伝わってきて言葉を失う。後悔、自己嫌悪、悲しみと喜び。クラウスから感じたものと同じ種類のそれらに寄り添ううちに、慈悲の心が芽生えた。

傷ついた人を見たら癒したくなる。それがリエルの本性だ。

「ただいま戻りました。僕は大丈夫です。こうしてピンピン生きてます。だからそんなに泣かないでください。ええと――」

「フォニカです。フォニカ・ハシース。パッカス様のお屋敷でルル様のお世話を任されており

ました。――ああ…本当に覚えておられないのですね。そして声が出るように…、しゃべれるようになったのですね…！　よかった、本当によかった」

やさしい顔立ちと声を持つ、自分とあまり変わらない背丈の青年――フォニカは喜色もあらわにそう訴えて、先ほどよりもぽろぽろと大粒の涙をこぼして泣きはじめた。

リエルは椅子から腰を上げてフォニカの側に膝をつき、彼の背を抱いて慰めた。そうせずにはいられなかった。クラウスに呼ばれるとどうしても違和感があって禁じているのに、この人に『ルル』と連呼されてもそんなに嫌じゃない。

そう思った矢先、頭上からクラウスの声が落ちてくる。

「フォニカ。彼のことはルルではなく、リエルと呼びなさい。それに、そんなに泣いてリエルを困らせてはいけない」

叱るのではなく静かな声で諭されて、フォニカは自分の落ち度に気づいたらしい。あわててしゃんと背筋を伸ばし、勢いよく涙を拭いて「はい。申し訳ございません」と詫びたあと、嬉しそうににこりと微笑んでリエルを見つめた。

「改めましてリエル様。フォニカ・ハシースと申します。これからは私になんでも仰《おっしゃ》ってくださいね。困ったことや誰にも相談できないと感じたことでも、どうか遠慮なくお申しつけくださいませ」

慈愛に満ちた微笑みを向けられて、リエルは曖昧にうなずいた。どうやらこのフォニカという人物とも、自分は過去に交流があったらしい。とはいえ、今の自分は彼らが知っている『ルル』とは別人のようなもの。次々と差し出される無償の奉仕や愛情を、当然のこととして受け容れるのは難しい。

「フォニカ？　さん、こちらこそよろしくお願いします」

ぺこりと頭を下げてから、クラウスの手を借りて椅子に座りなおすと、続けてほかの従者や護衛、召使いたちもそれぞれ紹介された。リエルは順々に「よろしくお願いします」と返礼していった。

自分ひとりの世話のためにこれほどの人数が必要か否か。判断する基準がわからない状態で、「いらないです」と無碍に断るのは申し訳ない。だからとりあえず当面は受け容れるしかない。

✧　王侶ルル・リエル

リエルがアルシェラタンの王城で暮らしはじめて二月が過ぎた。

大陸公用歴の一ノ月下旬に城入りして以来、リエルはクラウスと大勢の従者や家臣たちに見守られ助けられて、ひたすら体力と健康の回復に努めてきた。

朝起きたら滋養強壮を補う薬湯を飲み、軽く着替えて最初は部屋のなかをいったりきたり。脚がふらつかないようになると部屋を出て、陽《ひ》が当たって温められた回廊や庭園を軽く散歩。戻って来たら朝食を摂《と》る。料理内容《メニュー》はスープや肉や魚のすり身を使った寄せ固め、やわらかく蒸した野菜、新鮮な果汁や果実など、基本的に必ずリエルの好物が一品以上添えられている。

それからしばらく休息をとり――最初の頃はそのまま寝入ってしまうことが多かった――気力がもどってきたら無理のない範囲で、城で暮らすための基本的な礼儀作法や、王侶《おうりょ》として必要な知識を教わって過ごす。合間に昼食を摂って再び休息。

少し体力が回復してくると午後にも散歩の時間をとったので、リエルは広大な城内のあちこちを少しずつ探険してまわった。お供にはフォニカが必ず付き添って、もちろん屈強な護衛たちも気配を消してリエルの邪魔にならないよう影のようについてきてくれる。

散歩から帰ってくると、三度目の休息。そのあとは再び王侶教育を受けつつ、文字を書く練習をしたり絵本を眺めたり、お茶を飲んだり菓子をつまんだりして過ごす。そんなふうにゆったり過ごして陽が落ちた頃、晩餐《ばんさん》をいただく。朝昼晩、三度の食事すべてにクラウスが現れることは稀《まれ》だったが、王という立場なら仕方ないとリエルは納得している。

一ノ月下旬に王城入りしてひと月と少し過ぎた頃、アルシェラタン王国にとって新年にあたる三ノ月の朔日《ついたち》を迎えた。三という数字は、アルシェラタンでは物事が動き出すという意味を持っているという。ちなみに四は、物事が定まり落ちつくという意味だ。

城内で何日も前から——それこそリエルが城に入った頃から——入念な準備が行われてきた新年の祝祭は、同時に国王クラウスが新しい〝王の証《あかし》〟〝聖なる癒しの民〟を王侶に迎えたことを臣民に披露する儀式を兼ねていた。

披露の前には『婚姻の儀』も挙行された。

リエルがそれについて聞かされたのは、儀式に先立つ一ノ月下旬。城入りしてまだ数日後。

「婚姻の儀……ですか？　僕と、クラウス…陛下の？」

「はい。ご衣装の意匠《デザイン》候補はこちらになっております。お好みのものをお選びください。それからこちらが儀式で陛下と取り交わす『誓いの指環』の候補になります。宝石《いし》と台座の見本をそれぞれお持ちしましたので、こちらもお好きな組み合わせでお選びください」

日当たりの良い窓辺に置かれた長椅子に腰を下ろし、たくさんの鞍嚢《クッション》に埋もれるように日光浴に勤《いそ》しんでいたリエルが、うやうやしい挨拶とともに現れた侍従長ホウル・シャルキンの説明に小首を傾《かし》げて戸惑いを表明すると、ホウルは非の打ち所のないやわらかな笑みを浮かべて、両手に携えてきた本物と見紛《みまが》うほど詳細に描かれた婚礼衣装の絵図集と、小さな四角に区切られた箱のなかにずらりと並んだいくつもの宝石《いし》、そして金や白銀で造られた台座の見本をリエルの眼前に掲げて見せたのだった。

ホウル・シャルキンはクラウスの侍従長で、クラウスの伴侶となるリエルの世話も任されている人物だ。見るからに柔和な雰囲気を身にまとい、表情も常にやわらかで親しみやすい五十代前半の男性で、額の生え際から生えたひと房の白髪が良い目印になっている。クラウスの側近イアル・シャルキンの父だというが、背が高く、目つきと雰囲気が鋭くて、容易に話しかけづらい印象の息子とは正反対だった。

「息子《イアル》は妻に似ましたので」

常にクラウスの傍らに控え、影のように寄り添っているイアル・シャルキンの父だと教えられて、素直に驚きを露《あら》わにしたリエルにホウルはそう言って笑った。

親しみやすいホウルにうながされて、最初は『婚姻の儀』という言葉に萎縮していたリエルもおずおずと婚礼衣装の絵図集を眺め、素直に自分の好みを伝えることができた。

ただし、儀式のさいに相手の指に嵌《は》めて誓いを交わすという指環を選ぶのは難航した。見せられた候補の宝石や台座はどれも素晴らしく、甲乙つけがたい。素晴らしいけど、何かがちがう。そうリエルは感じて悩んでしまったのだ。

「それでは今日のところは保留といたしましょう。明日、またいくつか新しい意匠候補を加えて参りますので、それまでにお心をお決めになられますように」

そうやさしく言われて、リエルはますます困ってしまった。

クラウスからの『誓いの指環』はすでに贈られていて、リエルの左手中指に嵌まっている。五歳のときにもらって十二歳で無くし、十七歳の今、再びこうして自分の手にもどってきた。大切な指環。約束の指環。クラウスの瞳の色によく似た青と緑に、内側から発光しているような銀色が混じり合い、そこに砕けた虹のような、微細な金粉のような、美しい光の粒がちらちらと瞬いている。

これに値する指環を自力で用意するのは到底無理。かといって、あらかじめ用意してもらった候補のなかから選ぶのもなんだかちがうと思う。

「どうしよう…」

悩んで選びかねて数日が過ぎた。けれど婚姻の儀は刻々と迫ってくる。結局それ以上は待てないと言われて仕方なく、候補のなかからクラウスに似合いそうな意匠《デザイン》の台座と、自分の瞳によく似た色の宝石を選んだ。細工師が精魂込めて完成させる逸品だ。きっとクラウスも喜んでくれるだろう。けれどリエルは納得できない。妥協したという気持ちが日に日に降り積もる。

クラウスが側《そば》にいるだけで、リエルの枯渇していた生命力は潤い増してゆく。

クラウスが側にいてくれるだけで元気になり、気持ちが楽になって安心できて気分がいい。

自分に惜しみなく与えられる愛情や献身に比べて、自分が彼に与えられるものがほとんどないことが悲しい。

――ううん。僕だってちゃんと元気になったら、クラウスのあの傷を癒すことができるし、クラウスがもしも病気になったり怪我《けが》をしたときにも癒してあげられる。

卑屈になってはいけない。そう思うものの、自分の力が発揮できるのはクラウスが不調や危機に陥ったときだと思うと、その機会を待ち望むのも不謹慎だ。

「うぅ……――」

指環のことでリエルは秘《ひそ》かに思い悩みながら、表面上はなにひとつ不足のない療養の日々を送り、体力回復に努めていた。そんなある日。

リエルはフォニカが腕に巻いていた編み紐《ひも》に気づいて訊《たず》ねた。

「それは？　その腕に巻いている紐は何？　すごく綺麗《きれい》」

「これですか？」

二等辺三角の輪郭《ライン》を持つ銀鼠《ぎんねず》色のお仕着せをまとったフォニカは、ちょっとはにかみながら、大切な宝物を守るようにそっと右手で左手首を押さえて教えてくれた。

「これはアルシェラタンに伝わるお呪《まじな》いのひとつで、大切な人や親友と約束を交わすときに贈り合う〝誓い《ゼ》の印《ラニス》〟といいます。高価な指輪とか装飾品を買ったりできない庶民が、自分の手で編み上げて相手に贈るならわしがあって――」

説明しながらフォニカは贈り主のことを思い出したのか、ぽっ…と頰を染めて幸せそうに微《ほほ》笑《え》んだ。それを見ただけで、フォニカにとってその編み紐が千金に値する宝物だと分かる。

リエルはフォニカの腕に巻かれた〝誓い《ゼ》の印《ラニス》〟を間近で見せてもらい、不思議な気持ちになった。切ないような嬉《うれ》しいような。痛苦しさにも似た甘い懐かしさが湧き上がる。

遠い昔、誰かにもらった真心を感じる。でも誰なのか思い出せない。

「いいね…。それってすごくいいと思う」

――決めた！　僕も自分の手できれいな紐を編んで、クラウスに贈る指環を作ろう。

その日から、リエルはせっせとフォニカに編み紐の作り方を教えてもらい、練習をはじめた。

まずは紐の材質と種類、色の組み合わせ。百種類以上ある編み方のどれを選ぶか。

「慶事に用いる模様はだいたい決まっているので、そのなかから好みと願いに合わせて決められたら大丈夫ですよ」

フォニカはリエルのために用意された書斎から、美しい装丁の古い書物を持ってきて見せてくれた。そこには古代から伝わるという様々な組み紐や編み方の模様が、願いの種類や強さ、危険度などの注釈込みで描かれていた。

願いにはいろいろある。相手の長寿、健康、幸福、出世などが主だったところだが、ほかにも子宝に恵まれるようにとか、財運向上など。腕に巻く〝誓いの印《ゼラニス》〟ならいくつでも願いを込めて模様を選べるが、リエルが作ろうとしている指環は径が短いので厳選しないといけない。

「長寿と健康と幸福。これは外せないよね。でもそれだけだとよくある物になっちゃうから」

クラウスに必要なもの。クラウスが求めているもの。クラウスがもらって喜ぶものは何だろう。どれだろう。

リエルはうんうん唸《うな》って古い『模様全集』を何度もめくった。熱心に見入るうちに、ある頁《ページ》に細い栞《しおり》が挟まっているのに気づく。栞というより細い糸に近い。誰かにその頁を見ているることを気づかれるのは避けたいが、自分用の目印にはしたい。そんな気持ちが伝わってくる。

そこに描かれた美しい模様の意味は「永久の愛」。それからもうひとつは「側で支える」。支えるという言葉には「護《まも》る」という意味も含まれていると、文字の読めないリエルの代わりにフォニカが読んで教えてくれた。

――これだ。これにしよう！

リエルはひと目でその模様が気に入った。意味については少々照れくさいというか、荷が勝ちすぎると思ったが、美しい模様が発する何かがリエルの心を捉えて放さない。だから何度も失敗してもあきらめず、毎日懸命に練習して、なんとか婚姻の儀に間に合うように手作りの指環を作りあげたのだった。

そうして迎えた聖暦三六〇〇年三ノ月朔日《しんしゅん》。

アルシェラタンにとって新たな一年の幕開けの日。新春の祝祭と同時に、リエルはクラウスと伴侶の誓いを正式に交わすための『婚姻の儀』に臨んだ。

儀式自体はそれほど複雑ではない。この日リエルは用意された衣装——目の覚めるようなあざやかな青い生地の上に白く透ける刺繍織《レース》を重ねた胴着に、立ち襟の短上着。白天鵞絨《ビロード》の脚衣——を身にまとい、肩から長い裳裾《もすそ》の白い外套《マント》を羽織っている。

髪も丁寧に梳《くしけず》られ、側頭部から後頭部にかけて繊細かつ複雑な編み込みで結いあげられている。要所要所に陽を浴びると七色に輝く雫《しずく》のような金剛石《アダマス》がちりばめられ、残りは自然な形で背に流してある。そして最後に花や蔓草《つるくさ》、木の実、木の葉、雪結晶など、自然の恵みを白銀と青玉で繊細に模した宝冠《サークレット》を与えられ、戸惑いながら額に嵌めた。

リエルは荘厳華麗でありながら楚々《そそ》とした清涼感のある衣装を身にまとい、両親役を申し出てくれたアルベルト・パッカス夫妻に手を引かれて聖堂に設《しつら》えられた祭壇に向かい、そこで目を瞠《みは》るほど端整で麗しい正装で待ちかまえていたクラウスに引き渡され、彼と一緒に壇上に昇ると、掲げられた翼神の印に向かって敬いと感謝の祈りを捧《ささ》げた。

クラウスも王に相応《ふさわ》しい荘厳な礼装だ。リエルとは逆に、白の胴着の上に鮮やかな濃青の上着をまとっている。白絹で裏打ちされた濃青色の外套《マント》にも、金糸で物語のような図柄の刺繍《ししゅう》が全体に施されている。戦い、勝利、播種《はしゅ》、収穫、婚姻、祝福、神々を図案化した模様が、美しく優美にひしめきあう外套は、それ一枚で庶民なら五回生まれ変わっても安楽な暮らしが出来そうなほど値打ちがありそうだ。

いつもは無造作に後頭部で括《くく》っているだけの髪も、今日はきちんと梳られて艶やかに陽を弾《はじ》いている。その額には金色に輝く冠が嵌められている。――王冠だ。

それから神官が発するいくつかの質問――「汝《なんじ》はこの者を永久の伴侶として認めるか」とか「病に倒れたときも見捨てずに献身すると誓うか」とか「嘘《うそ》をつかず、真実と誠によって互いをいたわり合うか」といった内容――に答えたあと、互いに用意した指環を嵌め交わす。

リエルの左中指にはすでに約束の指環が嵌められているので、その日クラウスがリエルのために用意したのは、王家の紋章が刻まれた少々重々しい章印指環だ。その印を見せて何かを命じたり書類に押したりすると、王命に準じた効力を持つという。

リエルがクラウスのために自力で用意した手作りの指環は、こっそり服の内懐《ポケット》に入れてきた。神官が掲げた浅箱の上には、必要に迫られて選んだ立派な指環が鎮座している。職人の魂が宿ったその出来は素晴らしく、文句のつけようがない美しさだ。リエルはその仕事に深く感謝しながら持ち上げて、クラウスの左中指にそっと嵌めた。それから急いで小声で言い足す。

「ちょっと待って。もうひとつあるんです」

「？」

次の動作に移ろうとしていたクラウスは怪訝《けげん》そうに小首を傾げたものの、リエルが婚礼衣装の内懐《ポケット》からごそごそと何か取り出すのを黙って見守ってくれた。

「これ。僕からの、本当《ほんと》の指環…」

ひと月近く練習して編み上げた〝誓いの印《ゼラニス》〟を、正式な指環の上にそっと重ねて嵌めてみると、造りの精巧さや技量に歴然とした差があるのがわかる。先に贈った立派な指環に比べると子どもの玩具《おもちゃ》のようだ。自分で想像していた完成像より、はるかに稚拙な出来が恥ずかしい。

「あの…下手くそでごめんなさい。僕…、ちょっと…その、不器用だったらしくて」

恥ずかしくなって、うつむいたままぽそぽそ言い訳すると、クラウスは本当に嬉しそうに、

「知ってる」

と笑った。それから「ありがとう」「とても嬉しい」とも言ってくれた。その言葉が嘘ではなく、心からの本心だということは顔を見ればわかる。

「知ってる」と言ったのは、たぶんリエルの失われた三年間の記憶に関する事柄だ。一緒に旅をしたという半年あまりの間に、リエル——当時はルル——が不器用だと判明する出来事がきっとあったのだろう。

どんなことがあったのか。聞いてみたい気もするし、聞きたくない気もする。

でもこの瞬間は、クラウスが本当に嬉しそうに愛《いと》おしそうに微笑んで、自分が贈った不器用な手作りの指環をしみじみと指先で慈しんでくれるのが嬉しかった。

誓いの指環を贈り合ったあとは、互いの腰に巻いていた細布《リボン》の端と端を花の形に結ぶ。それ

でふたりの縁《えにし》がつながったことを内外に示すのだ。

それからリエルの顔前に垂らされていた繊細な刺繍織《ベール》をクラウスがうやうやしくめくり上げ、誓いの唇接《くちづ》けを交わした。唇と唇をそっと重ね合わせるだけの清らかな触れ合いだが、リエルは自分の心臓がトクトクと小走りに駆け出すのを感じて息が上がり頬が熱くなってしまった。

そのあともいくつか細かい所作や手順を終えた後、ふたりで手を取り合って王城正門前の広場に面した露台《バルコニー》に出た。眼下には新春の祝祭と国王の婚姻の儀を祝うために集った群衆が大勢待ちかまえている。儀式を終えて正式にアルシェラタンの王侶となったリエルの、初めての公務は、その群衆に笑みを向けながら行儀よく手をふるというものだった。


リエルには少々負担の大きい初めての公務をなんとか遂行したあとは、第二の関門が待ちかまえていた。すなわち『初夜床入りの儀』である。

「初夜…、床入り……──」

フォニカの介添えによる不思議なほど入念な入浴を終え、眠るにしては妙にきらきらとした寝衣を着せられて、これまで療養していた自分の寝室とはちがう部屋──王の寝所──に案内されたリエルは、大人ふたりが楽に寝転がれる大きな寝台で待ちかまえていたクラウスの誘いに絶句した。

婚姻の儀を挙げることに関しても最初はずいぶん戸惑ったけれど、クラウスが自分の〝運命の片翼〟だと確定している以上、これから先、誰はばかることなく常に側にいるために必要な儀式だと言われて納得した。けれど、その先にある男女が行う行為に関しては、

「ちょっと待って…ください。それは…あの…――しないと、駄目…ですか？」

――…っていうか、クラウスって僕に対して性欲とか湧くんだ…。

寝衣の下で隆起するクラウス自身に気づいて、リエルは純粋な驚きを抱いた。そして申し訳なくも思った。けれどどうしても一線を越える勇気が出ない。身がすくむ。

男女が契る目的のひとつは子を成すためだ。けれど同性である自分とクラウスが肉体をつなげたところで子はできない。なのにどうしてクラウスはそれを自分に求めるのか。

リエルが首を傾げて「それって必要なんですか？」と問うと、クラウスは酢でも浴びたみたいに顔を歪《ゆが》めて天を仰ぎ、右手で両眼を覆って小さく何やらうめき声を上げた。そして、

「君が、嫌なら…無理強いするつもりはない」

気をとり直したように表情と声を整えてやさしく答えてくれた。

「ええと、手をつないで眠るだけじゃ…駄目ですか？」

折衷案を申し出ると、クラウスは、

「もちろん、いいとも」

鷹揚《おうよう》にうなずいてリエルと手をつなぎ、行儀よく寝台に並んで寝入る態勢を整えた。

「ふう…」と安息の吐息をついたクラウスの、温かな肩口にそっと頭をくっつけて、リエルも目を閉じた。こんなふうにクラウスの側にいるのは気持ちいい。心も身体《からだ》も気持ち良くてとても安らぐ。安心できる。そして気楽に過ごせる。でも、男女のように身体をつなげて婚《まぐわ》いたいかと問われたら——…よく分からない。

今はこうして手をつなぎ、吐息や体温を感じながら側にいられるだけで充分。

ままごとみたいなやりとりでも、リエルはとても幸せだ。そう思いながらとろとろと忍び寄る睡魔に身をゆだねかけたとき、明かりを落とした闇のなかから声をかけられた。

「唇接けも駄目か？」

「——…それくらいなら、まあ別に…しても、いいですけど」

儀式ですでに経験ずみだ。そう思って許したとたん、となりで身を起こす気配と衣擦れの音がして、部屋の隅に灯《とも》された常夜灯——蓄光石——のやわらかな微光に縁取られた男の身体が覆いかぶさってきた。

「——ぅふ…っ」

ふにゅりと唇がやさしく押し潰されて変な声が出た。それに気をとられてゆるんだ隙に歯列を割って熱くて厚い舌が入り込んでくる。

「あっ…——」

クラウスは舌を挿し込んだまま唇を離し、角度を変えて再びリエルに重ねる。それを何度かくり返されて、そのたびリエルは小さな声を洩《も》らした。出そうと思って出しているわけではない。自然に洩れてしまうのだ。濡《ぬ》れた粘膜がくっついて離れるたびに、なにやら淫靡《いんび》な音がする。

身体がじんわり熱くなり、鼓動が乱れて息が上がる。

肌の触れ合いとはぜんぜん違う、ざらついているのになめらかで、すごくやわらかいのに固く感じる、不思議な感触が癖になりそう…と思ったところで、唇が離れてしまう。

「――…っ」

惜しいような、もう少し続けて欲しいような。物足りなさを感じてリエルがもぞりと身動《みじろ》ぐと、それを見計らったようにクラウスが訊《たず》ねた。

「撫《な》でたりするのは大丈夫か？」

「――…まあ、それも別に…いいですけど」

許可したとたん、想像以上に気持ちよく撫でまわされてしまった。

まるで自分が泡立てられた乳脂《クリーム》になったみたいに、肩から腕、手首、指先まで。首筋から背中、腰の曲線をなぞって臀部《でんぶ》の隆起まで。腰から腿《もも》の横、うしろ、前、膝頭を丸く撫でて脛《すね》からふくらはぎ、足首、足の甲、そして指先。それ以外も全身くまなく。大きくて広くて温かな胸に抱き寄せられて、頭から背中にかけて何度も撫で下ろされて、合間に唇接けを受けた。

身体を撫でさするクラウスの手のひらから愛情が伝わってくる。言葉はいらない。リエルを愛おしみ、大切にしようとする意志と誠意が染み込んできて、気持ち良さと嬉しさで胸が震えた。

この気持ち良さの行きつく果てに肉体をつなげる契りがあるのなら、してみてもいいかも…。

そう思ってしまうものの、やはり一線を越えて踏み出す勇気が出ない。

なぜなら肉体で和合することは肉体以上の存在、すなわち魂でも縁《えにし》が結ばれるということだから。そんなふうに絆《きずな》を深めたあとで別れを告げられたり、捨てられたりしたら、きっと今度こそ生きていけない。

——信じて期待して、裏切られるのはもう嫌だ。

今でも充分好きなのに、身体を重ねてこれ以上好きになるのが怖かった。

初夜の床入りは完遂に至らなかったが、特に大きな問題は起きなかった。——少なくとも、リエルの知るかぎりでは。

通常、一国の王が妃《きさき》を迎えた場合、初夜の床入り（すなわち子作り）が成功するか否かは家臣および国民一同にとって大きな関心の的となる。ただし今回クラウスとリエルに関しては、元々男同士ということもあり、床入りが無事遂行されたか否かは、当事者以外にとってあまり関係のない話題だ。そう思っていた。

もちろんそれはリエルの勘違いだったのだが、クラウスはリエルに肉体の交わりを強いなかった。その代わり毎晩仲良く枕をならべて横たわり、唇接けや触れ合いを重ねていった。そして合間にとりとめのない会話を交わすのが、ふたりの新しい習慣になっている。

婚姻の儀から二ヵ月が過ぎようとしている。陽春の夜。

王城に戻ってから、クラウスはとても多忙な日々を送っている。リエルとともに過ごす時間は最大限の努力を払って確保してくれているようだが、それも日増しに少なくなっている。

それでも夜になればこうして互いの体温を感じる距離で触れ合える。そのことに深い満足を覚えながら、リエルは前から不思議に思っていた疑問をクラウスに訊ねてみた。

「いったいどうやって、この広い大陸《せかい》のなかから僕を捜し当てたんですか？」

クラウスはリエルの髪に顔を埋《うず》め、耳のつけ根から首筋にかけてリエルの香りを堪能《たんのう》するように深呼吸を繰り返したあと、鼻と顎の先で愛撫《あいぶ》しながら寝衣に包まれた肩に唇接けを落としてささやいた。

「〝導きの灯〟を使った」

「導きの灯？」

「ああ、そうか」

忘れているんだったな…と口のなかでつぶやいて、クラウスは名残惜しそうに身を離し、

「すぐに戻る」と言い置いて寝台から身軽に降りたつと、居間へと続く扉を開けて姿を消した。そうして待つほどもなく戻ってくると再びリエルの隣に身を横たえて、手のなかににぎりしめてきた物をそっと開いて見せた。

「ほら、これだ」

それは丸い玻璃《はり》が嵌まった金属の器——方位盤だった。由緒ありげに古めかしく精巧な造りではあるが、それ自体は何の変哲もない。クラウスの腕に身を預ける形で手元を覗《のぞ》き込んでいたリエルは、もう一度「これが導きの灯？」と首を傾げた。

不思議に思うリエルの反応に、クラウスはどこか切なそうな笑みを浮かべてうなずいた。

「ああ。今はもう役目を終えて灯は消えてしまったけれど。こいつのおかげで君を見つけることができた。これと、フォニカが秘かにしまっておいてくれたル…君の衣服のおかげで」

言葉にすればたったそれだけ。けれどその短い言葉に含まれた、一年半におよぶ膨大かつ過酷で粘り強い探索行の苦労を、クラウスはリエルに少しも窺《うかが》わせない。リエルがいらぬ負い目を感じずにすむように、恩の押し売りにならないように、注意を払っているのだ。

「俺は愚かだったが運に恵まれた。おかげでこうして君をもう一度抱きしめることができる」

かつて導きの灯を宿していたらしい方位盤を寝台横の脇卓にそっと置いて、クラウスはリエルを両腕でしみじみと抱きしめた。そのままリエルの寝心地が良いように体勢を整えて、深い安堵《あんど》の吐息を洩らす。連日の激務で疲れているのだ。

「クラウス、もう眠い？」

「……ん…ん…、いや…とても…気持ちい……い……――」

クラウスはゆるく身を丸め、抱きしめたリエルの肩口に顔を埋めてくぐもった声を洩らす。

リエルは少し身動いで、背伸びをするように彼の腕のなかから腕を伸ばし、両手でそっと男の頭を抱き寄せた。そうして額から頬を覆うほど伸びた前髪を唇でかき分けて、潰れた左眼と頬の傷痕にそっと唇接けを落とす。

「――…ル、……エル」

半分眠りに落ちながら、どうしてもルルと呼びそうになる男に笑いが洩れる。一緒に涙も。

――『ルル』があなたを赦すかどうかは分からない。でも僕は、あなたが好きだ。大好きだよ。クラウス。

リエルは胸のなかでそうつぶやいて、涙と一緒に胸いっぱいに満ちあふれる癒しの力をクラウスの傷痕に注ぎ込んだ。

＊　＊　＊

翌日。未明に目を覚ましたクラウスは、ルルと一緒に暮らすようになって取り戻した安穏とした幸福感と充足感に満たされながら、まだぐっすりと眠り込んでいる彼の頬をそっと指の背でなぞった。

記憶が戻れば憎まれ、恨まれる可能性があることは覚悟の上で、それでも一生をかけてルルを護りたくて、あえて婚姻の儀を挙げた。

王として民の安寧を一番に考えるなら、ルルの存在は秘かに隠して愛人として遇するのが賢く正しい判断だ。家臣のなかにはそう進言する者も多くいた。国の安寧をもっと優先するなら、そもそもハダルを聖域に戻さず蟄居《ちっきょ》謹慎させたまま見殺しにして、ラドゥラも口封じのために監禁もしくは殺害すればよかった。その上で、秘かに帰還させたルルをハダルの身代わりとして『王妃』に据えれば、聖堂院にルルの存在が露見する危険性も格段に――いずれは露見する危険性はあるが――減っただろう。

しかしそのやり方を採った場合、ルルはかなり窮屈な暮らしを強いられる。なにより彼の人としての尊厳を傷つけてしまう。この子にそんな日陰者の思いは絶対にさせたくなかった。

もちろんそこにはクラウスの強い独占欲もあったが、第一の目的はルルに正当な地位と公式な身分を与え、城内だけでなく国《アルシエラタン》内のどこにいても、誰憚《はばか》ることなく『王の伴侶』として胸を張って生きていけるようにしてやることだった。

「たとえ君の心がまだ本当に手に入ったわけではなくても、法と制度の裏付けだけに過ぎないとしても、君の伴侶になれたことが本当に嬉しいよ。たとえ肌を重ねることがなくても、こうしてまた一緒に眠ることができて、俺がどんなに喜んで満たされているか、君には想像もつかないだろうな…」

声を出さずささやきながら、安らかな寝息を立てているルルのやわらかな黒髪を手に取って唇接けを落としたクラウスは、ふと自分の視界がいつもより広く明るいことに気づいて身を起こした。そのまま寝台を降りて鏡の前に立って見る。

そして己が身に奇跡が起きたことを知った。続いて身支度を手伝っていた近侍が気づいたのを皮切りに、その日のうちに『王侶ルル・リエル』が王に授けた奇跡の力——聖なる癒しの力は城中で話題になり、それまで「男の妃など」とか「前例が前例だけに、今回も騙《だま》されているのでは?」などと陰口をささやき交わし、いくら刈り取ってもしぶとく生え続けていた、ひねこびた悪評を見事に粉砕する結果となった。

もちろんクラウスは寝室に駆け戻り、眠るリエルを起こさないよう感謝を捧げた。そして夜にも改めて感謝を捧げ、「体調に変化はないか」「無理はしていないか」と最愛の伴侶を気遣ったのだった。

＊　＊　＊

リエルは、フォニカとともに身のまわりの世話をしてくれている侍女のターラに、昨夜クラウスが教えてくれた導きの灯について訊ねた。

「導きの灯について、ですか？　確かにあれはわたくしが坊ちゃんのために呪《まじな》いをかけて作って差し上げたものですけど」

　ターラはクラウスの元乳母で、クラウスのことならおねしょの回数や馬から落ちた数、お尻のホクロの場所まで知っていると豪語する傑女だ。歳《とし》は五十を少し越えたくらい。肉づきの良い張りのある身体と、白いものがちらほら混じる豊かな黒髪に陽に焼けた肌を持ち、陽気でおしゃべりで、すこぶる元気。そして妙な遠慮がなくて話しやすい。

「うん。どういう仕組みで目的の人物を捜し当てられるのか気になって」

　これは単純な好奇心だ。知らないことを識《し》るのは楽しい。

　リエルは露台の下に広がる庭園にしゃがみこみ、そこに植えられた野苺《のいちご》の間に生えている雑草を抜きつつ、となりで同じように草取りをしているターラに訊ねた。

「僕が見せてもらったのは、普通の方位盤だった」

「ええ。道具はなんでも利用できるんですよ。角灯《ランタン》なんかもよく使いますね」

　ターラはそう言って、原理を教えてくれた。

「探し物、捜し人がある人間の強い願いを込めながら呪《まじな》いをかけると、その願いを核にして、――核っていうのは、例えばものすごく濃い塩水をふると結晶ができるでしょう？　あんな感じ。その核を餌に精霊が宿るんです」

「精霊？」

「そうです。私たちみたいな、こういう重い肉体を持たない魂だけの存在、とでもいうんでしょうか。天の浮島で暮らしてらした翼神と同じようなものですね。翼神に比べたら海と雫みたいに差がありますけど。とにかく〝強い願い〟という餌を食べた精霊は、それを叶《かな》えるまで器につなぎとめられてしまう。だから必死に目的の行方を指し示す、ってわけです」

「へえぇぇ……！」

導きの灯は、その願いや目的によって様々な色や形をとるという。ターラが呪いをかけて作ったそれは青白く光る小さな蛍みたいだったという。リエルは聖域の集落で、ほかの子どもたちと一緒に長老から様々な知識を与えられて育ったが、精霊については初耳だ。呪《まじな》いも。

「──あの当時、ル…リエル様にかけられた嫌疑が冤罪《えんざい》だったとお知りになった陛下は、それはそれは取り乱しになって…」

ターラとは反対側のとなりで雑草をとりのぞいていたフォニカが、当時を思い出したのかぐすん…と鼻をすすり、土で汚れていない手首で目をこすった。

「取り乱した、って、どんなふうに？」

リエルは自分の手に息を吹きかけて汚れを清め、内懐《ポケット》から手巾をとり出してフォニカに差し出し、ついでにフォニカの手の汚れも清めてやりながら訊ねた。癒しの力は便利だ。

クラウスが落ち込む姿は何度か見たけれど、取り乱したところは見たことがない。

精霊についてと同じように、純粋な好奇心で訊ねたことをリエルはすぐに後悔した。

「半狂乱とでもいいますか。目が血走って、寝不足で真っ黒な隈《くま》ができて、眉間にこんな皺《しわ》を寄せて。それまで下々の者にも朗らかで大らかで、笑顔をよく見せてくださる方だったのに」

涙声のフォニカの話に、ターラが付け加える。

「夜中に誰もいない場所で時々叫んでましたね」

「儀礼の場で浮かべる作り笑い以外に、笑うことがなくなって」

「それまで開けっぴろげな人懐こさが良さでもあり弱点でもあった坊ちゃんが、千本針《やまあらし》みたいに刺々《とげとげ》しくなって…。あの頃は、わたくしでさえ容易に声はかけられませんでしたよ」

「クラウス様が側近の方を怒鳴りつけたの、私はあのとき初めて見ました」

「そのあとすぐに謝ってらっしゃいましたけどね」

「私がこっそり保存していたル…リエル様の旅服を使って〝導きの灯〟が動き出した瞬間、陛下はそのまま馬に飛び乗ってルル様を捜しに行こうとしたんです。パッカス様をはじめとした臣下一同でお止めしたのですけど」

「『ルルが生きてる！　この灯の先にルルがいるんだ‼　離せっ！　離さなければ叩《たた》き斬るぞ！』って…。それは激しく抵抗されて…」

坊ちゃんのあんなに悲痛な声は生まれて初めて聞いたと、ターラは目尻に浮かんだ涙をまくりあげた上衣の裾でぬぐいながら、ずず…と鼻音を立てる。

「……――」

自分で訊ねたくせに、ふたりが交互に語る当時のクラウスの様子があまりにも悲痛で切なくて、リエルは言葉を失った。

「もしかして、クラウスは『ルル』を……──愛していたのかな…？」

「もちろんですよ！」

「今さら何を言ってるんですか⁉」

「女狐《めぎつね》みたいなあの女《ハダル》が、指環を利用して欺いたりしなければ、坊ちゃんだってやすやすと騙されたりはしなかったはずですよ」

「それくらい、その指環と、指環を贈ったルル様のことを大切に想《おも》ってらしたのです。ルルさ…いえ、リエル様、どうか陛下のことを許してさしあげてくださいね」

「あ…う、ん──」

クラウスが生まれたときから成長を見守ってきた乳母《ターラ》の擁護と、廃妃ハダルの陰謀が明らかになった当時の王をよく知るフォニカから寛恕《かんじょ》を求められたリエルは、曖昧にうなずいた。

アルシェラタンに向かう船のなかでクラウスにも告げたように、自分にはクラウスと一緒に過ごした『ルル』の記憶がない。だから「許せ」と言われても答えようがない。

でもそれを、目の前で涙ぐむフォニカとターラに訴えるのはちがう気がする。だから、

「大丈夫。僕は今、クラウスのことが好きだよ」

リエルは正直に、今の気持ちを伝えることしかできなかった。

✧ 埋《うず》めたものと、よみがえるものと

リエルがグドゥアの街でクラウスに助け出されてから四ヵ月あまり。アルシェラタン王城で暮らしはじめてから三ヵ月。婚姻の儀から二ヵ月ほどが過ぎた。

城ではじまったリエルの暮らしは、とにもかくにも至れり尽くせりだ。

掃除、洗濯、道具の手入れ、料理と食材や日用品の調達、それらを購入する金銭を稼ぐための仕事。これまで必要だったそうした日常のあれこれすべてが不要になり、代わりにリエルに求められているのは、身体の負担にならない範囲での勉学、主に読み書きの習得と歴史を学ぶこと、王侶として必要な礼儀作法の習得くらい。

それにも慣れて時間の余裕が生まれると、リエルはなんとなく不安になった。何しろ服の脱ぎ着や食事の上げ下げにも侍従が手を貸してくれ、必要なものは呼び鈴ひとつで持ってきてもらえる生活なのだ。それに比べて、自分はいったい何ができるのだろう。与えているだろう。

クラウスは相変わらず昼も夜もやさしくて、リエルに対する気遣いに満ちているけれど、王という立場上忙しく、ときどき難しい顔で考え込んだり、せっかくの休息中に急使がやってき

て執務に呼び戻されたりする。リエルの前では難しい話はせず、愚痴も言わず、弱音も吐かない。もちろん何か相談されることもない。そのことが少し寂しい。特にクラウスが側近たちと話しこんだり、彼らを頼りにしている様子を見聞きすると、自分の役に立たなさを強く感じて落ち込んでしまう。

リエルはあれこれ悩んで考えた挙げ句、毎朝挨拶に訪れて、王侶に課された一日の予定と助言を告げてくれる侍従長のホウル・シャルキンに訊ねてみた。

「僕にもなにか仕事があるのでは？　もっとこう…――」

難しい政《まつりごと》の話は無理でも、クラウスの着替えを手伝うとか、荷物を運ぶとか。

身振り手振りで訊ねるリエルに侍従長《ホウル》はにっこり微笑んで答えた。

「リエル様には、まずは健やかにおだやかに心楽しくお過ごしいただくことが最優先であると、陛下から承っております。そして陛下と仲睦《なかむつ》まじくお過ごしいただくことが、我々家臣一同の願いでございます」

「そう…ですか」

気遣いは嬉しいし感謝しかないけれど、やっぱり寂しい。

とにかくリエルの健康と心の平安が第一だと従者一同に命じてはばからないクラウス自身は、反対に激務に忙殺される毎日を過ごしているのに。

無意識にしょんぼり項垂《うなだ》れてしまったリエルを見て、侍従長のホウルが気遣わしげに訊ねる。

「何か、気がかりなことでもございましたか?」

「う…うん――。僕ばっかりみんなにいろいろしてもらってばかりで、何にも返せていないのが心苦しくて。クラウスの役にも立ててないし」

「おや。陛下のお役にならとてつもなく立っておられますよ?」

「え?」

「第一に、陛下の左眼と周囲の傷痕を完璧に治されました。あれほどの奇跡を、リエル様以外の誰が成されましょうか。それに陛下が毎日精力的に王の務めを果たすことができるのも、リエル様がお側におられて日々活力を与えてくださっておられるからだと、陛下ご自身が自慢しておられるのですよ」

「あ…うん。まあそれは、でも、元々持ってる力を使ってるだけだから――」

　リエルがクラウスを癒せるのは、運命の片翼であるクラウスが側にいてくれるからこそで、それは特別なことでもなんでもない、と思う。

「ご謙遜を仰《おっしゃ》いますな。城内でも城下でも、リエル様の聖なる癒しの力については話題沸騰で尽きることがございません。市街の施療院や養生院などでは、なんとかその奇跡にあやかれないかと、連日陳情が絶えないほどでございます」

「へぇ――え?　陳情…って?」

「あ、いえ。これは陛下がお断りになっておりますから。リエル様はとにかくまず、第一にご自身の健康と、陛下との仲睦まじい時間を大切になされてください」

侍従長《ホウル》は柔和な笑みを浮かべて丁寧な礼をすると、退出の許可を得て部屋を出ていった。代わりに現れたフォニカやターラに世話を焼かれながら、リエルはしばし考え込んだ。

『仲睦まじく』の部分が妙に耳に残ったのは、未《いま》だ正式な契りを交わしていないことへの後ろめたさ故だろうか。


癒しの力以外で、クラウスの役に立てることは何かあるのか。

あれこれ考え続けたリエルの目に、庭園の端になぜか放置されたままの藪《やぶ》が映った。普通に庭園をそぞろ歩く分には、巧みな生け垣に隠されて見えないようになっているし、この部屋に案内された当初は、冬枯れのせいで手入れが行き届いていないだけだと思って忘れていた。

「そういえば、前から気になっていたんだけど」

礼儀作法の授業を終えてひと息ついている自分のために、午後のお茶を用意している元乳母ターラにリエルは訊ねた。

「庭の隅にあるあそこの部分だけ、庭師の手が入らずに放置されているのはどうして？」

「ああ。あれは先代の王妃様の薬草園ですよ。王妃様がご病気で亡くなられたあと――ご病気といっても本当は毒殺だったんですけどね。それで亡くなられたあと先代の国王陛下――クラウス様のお父上ですね、その国王様が『今後、何人もあの庭に立ち入ってはならぬ』と勅令をお下しになって。それ以来、ずっと手つかずのままなんです」

「毒殺…⁉」

物騒な単語にひっかかって、リエルは差し出された茶器を受けとろうとした手を揺らした。

「ええ。あら、ご存知なかったですか？」

「うん。はい」

礼儀作法の授業を思い出し、返事を改めたリエルに向かって、ターラは痛ましげに「ふー…」と肩を大きく上下させた。リエルの礼儀についてではなく、昔を思い出したせいらしい。

「そういえば僕、クラウスの生い立ちとか家族のこととか、全然知らないんだけど、秘密にしてるとかじゃなかったら教えて欲しい」

クラウスに訊《き》きたくてもゆっくり過ごせる時間が少なすぎて、いつ機会が訪れるか分からない。クラウスの乳母だったターラなら、彼自身が覚えていない幼少時のことまで聞けるじゃないか。そんな好機を逃す手はない。

「そうですねぇ。どこからお話ししたらいいのか」

ターラはそう言ってふくよかな頬にそろえた指先をあて、厚い雲間から雨が降りはじめた窓の向こうを見やって目を細めた。

「先々代の王様には王子がふたりおりました。兄はクラウス様のお父上であられるラレス様。弟はルキウス様」

ラレスは生来ぶっきらぼうで、これと認めたお気に入りの人間や物以外には大変無愛想で、興味を示さない人間だった。容姿は整ってはいたが、鑿《のみ》で粗く削ったように無骨。だが正直で誠実で、嘘のない真摯な性格だった。

対して弟のルキウスは翼神の使いだと褒めそやされるような美しい顔立ちで、愛想がよく話術が巧みでお世辞が上手《うま》く、人を惹《ひ》きつける術に長《た》けていた。しかし本性は嫉妬深くて恨み深い、自分にされた非礼や落ち度は決して許さず、いつまでも根に持って、必ず仕返しをするような男だった。しかもその仕返しが周囲に決してばれないようなずる賢さを持っていた。

ルキウスはある日、街の孤児院で育った美しい娘と知り合い、いくらも経《た》たないうちに求愛したが、娘はそれを断った。同じ頃、兄のラレスも街で美しい娘と出会い、互いに惹かれ合い、何度も逢瀬《おうせ》をくり返すうちに思いを募らせ、ついに一大決心をして求婚した。自分が王太子であり、相手の娘が身寄りのない孤児院育ちだという障害の大きさは充分覚悟した上で。

孤児院育ちの娘はラレスのことを深く愛するようになっていたが、相手が王太子だと知って最初は求婚を断った。だがラレスはあきらめない。熱心な求婚を続けた結果、ついに娘は相手の熱意にほだされて求婚と、自分が未来の王妃になることを受け容《い》れた。

「それが……」

「クラウス様のお母君、ステラ様です」

「ステラ……」

その名もどこかで聞いたことがある気がしたが、一瞬の煌《きら》めきを放ったあとすぐに消えた。

「自分の求愛を断り、馬鹿にしていた兄の求婚を受け容れて王太子妃になったステラ様に対して、弟のルキウス様は可愛さ余って憎さ百倍、恨みを募らせて復讐《ふくしゅう》の機会を狙った――というか作り出したんです。まあルキウス様らしいやり方でしたね。絶対に自分に疑いがかからないように、何年もかけて少しずつ毒を盛ったんです。おかげで子どもの頃から風邪ひとつひかず、健康で丈夫だったステラ様は年ごとに病弱になり、最後には力尽きてしまわれました…。クラウス様はまだたったの十歳。まだまだお母様が恋しくて、甘えたい年頃でしたのに」

ターラは目元に滲《にじ》んだ涙を拭いながら、しみじみと残念そうに溜息《ためいき》を吐いた。それから続けて弟のルキウスがいかに両親、特に母の愛情を独占して、言葉巧みに兄の悪口を吹き込んでいたかを語った。

「兄のラレス様には子どもの頃から出所不明の誹謗《ひぼう》中傷が多くて。大人になってもそれは変わらず。王に即位すれば減るかと思いきや、余計に増える始末で。そりゃもう聞くに耐えないひどい中傷が王妃になったステラ様、お生まれになったクラウス様にもおよぶようになって。ラレス様はずいぶんと頭を悩ませ、胸を痛めておいででした。それらすべての誹謗中傷の出所が弟のルキウス様によるものだったんです」

城のなかで、本人に近く接していればそうした噂《うわさ》が根も葉もない嘘だということは分かる。ラレスは誠実な王で、民の幸せを第一に考える良き君主だった。妃のステラは明るく朗らかで誰にでも分け隔てなく愛情を注ぎ、深い慈悲の心で接する女性だった。そして息子のクラウスも明るく陽気で、人を疑うのではなく信じて傷つくような心やさしい人間だった。

「クラウス様はお母様に似たんですよ。ひと言で言えば『お人好《よ》し』。それで何度も痛い目に遭って、さすがに今では用心深くなりましたけど」

ターラは言いながら自分の左眼を指さしてみせた。リエルが少し前に癒して治したあの傷のことだ。あれもクラウスが十代の頃、信じて情けをかけた相手に襲われて受けた傷だという。

その傷ですら嘘の悪評に利用されて、クラウスは次第に、出所不明の誹謗中傷を信じて従兄《いと》弟《こ》のイエリオ――ルキウスの息子――を次の王へと望む民と廷臣たちに失望するようになった。

「それで旅に出たんだっけ？　王の証となる、聖なる癒しの民を捜す旅に」

船のなかで聞いたクラウスの告白に、確かそんな内容があった気がする。体調がよくなかったこともあって、細かい部分はあまり覚えていないけれど。

「そのとおりでございますよ。その結果があの女狐…いえ、まあそれは置いておいて。ええと、それで…なんでしたっけ？　ああ、そうそう！　お庭のことでしたね」

「うん。先代の王様の、その勅令は今も生きているの？」

「そういうことになりますねぇ。現国王陛下であり前の国王様と王妃様のお子様であるクラウス様が、改めて勅令をお出しになれば、手を加えることもできると思いますが…――」

どうでしょうね…と、ターラは難しい顔をした。

「あの薬草園はステラ様がこのお城で暮らしはじめてから、丹精込めて一からお造りになったお庭なんですよ。夫であった先代の王様とも仲良く草取りをしたり、一緒に並んでお昼寝をしたりした思い出深い場所。——もちろんクラウス様にとっても、お母様と一緒に過ごした大切な思い出がたくさんあるお庭なので」

「それならなおさら、放置して廃園にしておくのは可哀想《かわいそう》なんじゃない？」

クラウスはどうして、あの薬草園を放っておくのだろう。

リエルの疑問に、ターラは歳を経た女性だけが持つ賢者の瞳を瞬《しばたた》かせて答えた。

「大切すぎて、他人の手には触れさせたくないのかもしれませんね」

その夜。

リエルはクラウスが戻ってくるまで居間で待つことにした。普段は「先に寝所で眠っていてくれ」と頼まれているけれど、なんとなく今夜はクラウスと話がしたい。だからたっぷりと鞍《クッ》嚢《ション》が重ねられた長椅子に楽な姿勢で腰を下ろし、アルシェラタンで使われている文字のひとつひとつの起源が、神話や寓話で語られている絵本を眺めながらクラウスの戻りを待つ。

『大陸《せかい》の多くで使われている共通文字はひとつひとつに神様が宿っている。もしくは神の化身として文字が地上に降り立った。故に、ひとつの文字には千とも万ともいう象徴が含まれている。しかし人が理解できる象徴にはかぎりがあるため、源初の文字を無数に分割して、現在の人用文字があるという。源初の文字――神が降り立ったのは、翼神がこの世界に来るよりずっと昔の出来事だという』

「へえぇ。だから文字って難しいんだ」

昼間、城に出入りしている御用学者から習った授業内容を思い出しながら、巧みな図絵で文字の成り立ちを表現している絵本に見入っていたリエルは、改めてその複雑さに嘆息した。なにしろ今使われている文字は、ひとつひとつが複雑に入り組んだ絵のようなものなので、とにかく覚えるのも書くのも大変なのだ。

「ひとつひとつの文字を、もっと簡単にできないかなぁ…」

国から国へと移動する隊商人一家が使っていた符丁、たとえば『一（買う）』『二（売る）』というような。

「フォニカ、何か書くものを持ってきてくれる?」

「はい」

さほど待たずに素早く用意してもらった紙葉に、硬墨芯を布で巻いた硬筆――元々アルシェラタンにはなかった筆記具だが、リエルが隊商一家と暮らしていたときに使っていたものを、記憶を頼りに再現したもの――で、絵本の文字をひとつひとつじっくり眺めながら、そこに宿る神意を簡略化して単純な線で表現してみる。

試行錯誤を繰り返しながら、いくつも簡易文字を創作しているうちに時間は瞬く間に過ぎて

いたらしい。ふと気づくとフォニカがお茶を用意してくれていた。それでひと息つきながら、

「フォニカ。あとはもう僕ひとりで大丈夫だから、先に休んでいいよ」

「いえ。そういうわけにはまいりません。私はこの後も控えの間におりますので、何かありましたらお気軽に声をおかけください」

侍従は主《あるじ》が眠るまで先に寝てはいけないらしい。主が「先に寝ろ」と命じて「はい」と返事をしても、結局こっそり起きて不測の事態に備えている。そんな事情もあるので、リエルは普段、夜更かしせず、政務で戻りが夜中になるクラウスを起きて待つことも、なるべくしないようにしている。

代わりに朝はクラウスより先に目を覚まし、クラウスが眠っている間に癒しの力を存分に注ぎ込んでいる。疲れが取れるように、活力が増して素早い判断ができるように。

茶を飲み終わり、大きな砂時計の目盛りを読んで、時刻が真夜中を過ぎたことを確認すると、リエルは立ち上がって窓辺に近づいた。夜の間は引いている厚い緞帳《カーテン》を少し開けて外を眺めると、春霞《はるがすみ》ににじんで光る金色の月が見える。

「クラウスの髪の色みたいだ」

そう独りごちて、早く帰ってこないかな…と思ったとき、扉が開く音がした。ふり返ると、疲れた表情のクラウスが精一杯の笑みを浮かべて部屋に入って来る。おそらく、リエルが眠らずに待っていると事前に侍従の誰かから聞いていたのだろう。

「待たせたようだな。——何か、折り入って話があるのか？」

クラウスは一緒に入室してきた従者に脱いだ上着をわたすと、「あとは自分でやる」と手をふって退室させた。それから重い足取りで先ほどまでリエルが座っていた長椅子に近づくと、どっかりと腰を下ろし、無意識にだろう「ふう…——」と長い息を吐きながら天井を仰いだ。

朝から晩まで一日中、難しい政務に勤しんでいるのだ。国王であるクラウスの決断ひとつひとつが国の——すなわち民の暮らしを左右する。そうした責務の重さは、今のリエルには想像もつかない。一緒に担えるようになれたら…と、儚《はかな》い願望は抱いているけれど。生まれたときから次の国王として育てられたクラウスと、聖域で平和にのほほんと育った自分では、培ってきた知識と素養に差がありすぎて、下手な口出しなど無益どころか足手まといになる。

——たぶん昼間に難しい議題とか問題があって、その解決方法をまだ考えているんだ。邪魔しちゃいけない。

リエルは政に関しては自分が役立たずだという自覚があるので、クラウスが難しい顔でぼんやりと虚空を見つめていても声をかけず、彼が物思いから覚めるのを根気よく待ちながら、そっと長椅子に近づいてクラウスの隣にちょこんと腰を下ろした。

ほどなく、クラウスは虚空からゆっくり視線を転じてリエルを見た。その目元や眉間には疲れがにじんでいる。身体全体が「へとへとだ」と訴えているのが分かる。

リエルは腕を伸ばしてその顔をそっと両手で挟み、自分の胸元に導いた。クラウスは抗《あらが》うことなく身を屈《かが》めてリエルの胸に顔を埋めると、もう一度深い溜息を吐いた。今度は先刻とちがって、安息を得た者の吐息だ。

リエルは無言でクラウスの頭を撫で、あわい金色の髪に何度も唇接けを落としてゆく。それを何度かくり返すうちに、ゆっくりクラウスの身体が傾いて完全に崩れ堕《お》ちた。頭はリエルの膝の上。クラウスはそのままのそりと仰向けになり、長い脚を鞍嚢《クッション》と長椅子の肘掛けの上に伸ばして楽な体勢をとると、目を閉じたまま再び「ふう…」と息を吐く。

「重くないか？」

「大丈夫です。クラウスこそ、僕の膝、固くない？」

「固くない。気持ちいい。――…このまま眠ってしまいそうだ」

「眠ってもいいよ。僕がこうしてずっと頭を撫でてあげる。僕が護衛隊長のトニオ・ル＝シュタインさんくらい大きくて筋肉ムキムキだったら、クラウスをひょいって抱き上げて寝台まで運んであげられるのに」

クラウスは目を閉じたまま楽しそうに笑い、心の底からくつろいだ様子で全身の力を抜いて、気安い口調で訊ねた。眩《まぶ》しいものでも見るように、目を細く開けてリエルを見上げながら。

「ムキムキのリエルか。それも面白そうだ。――それで、こんな夜中まで俺を待っていたのは、何か訊きたいことか話したいことがあったんだろう？　なんだ？」

リエルは指先でやさしくクラウスの前髪をかきわけ、額から目元にかけてそっと撫で下ろしながら、ターラから聞いたステラ先王妃の薬草園について話をした。

「それで、クラウスさえよければなんだけど、僕があそこを手入れしてもいいかな？」

「…――君が？　庭師の仕事を？」

「庭師ほど完璧には無理だけど。可能なかぎり元の姿に戻せたら…って思ったんだ」

「――…」

駄目かな？　やっぱり無理かな。でも、お母様との大切な思い出の場所を、あんなふうに無残な姿のまま放置しておくのは可哀想だ。お母様とお父様、そしてクラウスにとっても。

黙り込んでしまったクラウスの頰に、リエルはそっと手を添えて温もりを伝えた。

クラウスはしばらく目を閉じて深く考え込み、やがて目を開けてゆるくうなずいた。

「分かった。ル…リエルの好きにしていい。――ほかの誰かなら絶対に触らせたくないが…、君ならあそこに足を踏み入れて、手を加えても、父上と母上は文句を言わないだろう」

「ありがとう。なるべく元通りの姿になるようにがんばるね」

「――…元通りでなくてもいいんだ。君が好きなように、自由に変えても…」

「ううん。元通りにしたい。だからクラウスも覚えている庭の姿を教えてね」

「…ああ。わかっ…た――……」

クラウスは眠そうにまぶたを瞬かせながら手を伸ばしてリエルの頰に自分の手のひらを重ね、そのままそっと動かして指先でリエルの唇に触れた。

リエルは身を屈めて自分からクラウスに唇接けると、癒しの力を存分に注ぎ込む。癒しの力は彼のとなりに座ったときから使っていたけれど、やっぱりこうして深く触れ合うと一度に注ぎ込める量がちがう。これでクラウスは今日の疲れを引きずることなく、明日も朝から元気に政務を執ることができる。

癒しの力は、注ぎ方次第で一時的な超覚醒と長時間の過活動をもたらすこともできる。けれどリエルは作用を工夫して、クラウスにおだやかで深い眠りを与えた。癒しの力で得た超覚醒と過活動は、必ずあとで弊害が出る。それを避けるには再び癒しの力が必要になる。弊害を受けずに癒しの力を受けとめるには、質の良い睡眠をたっぷりとることが一番だ。隊商一家と過ごした二年におよぶ暮らしのなかで、リエルはそうした機微を学んでいた。

薬草園の再生にはターラが絶大な力を発揮してくれた。彼女は脅威的な記憶力で、今は枯れ果てて跡形もない場所にかつて植わっていた草花の名や色形を覚えていたからだ。リエルはターラやフォニカの助けを借りつつ、毎日少しずつ薬草園をよみがえらせていった。

枯れた葉や枝をとりのぞき、生い茂る雑草に負けて日陰で青白く徒長している貴重な薬草を救出したり、肥料を調合して土壌を整えたりしながら、リエルはターラからクラウスが子どもの頃の楽しい逸話をいくつも教えてもらった。まだ母王妃が元気で、父王にも心の余裕があって一見何の憂いもない時期の話だ。

「クラウス坊ちゃんは疑うということを知らないお子様で。よく幼馴染《おさなな じ》みのイアル様なんかの他愛のない嘘に騙されて泣いてましたね。『雨上がりの水たまりに思いきり踏み込むと異世界に行ける』とか『石竜子《トカゲ》は大きくなると竜になる』とか」

クラウスは水たまりを踏みぬいてびしょびしょに濡れたり、石竜子《トカゲ》が竜になるまで何年も大切に育てた挙げ句、小さい姿のまま卵を産んで仔石竜子《こトカゲ》が孵化《ふか》したあたりで、ようやく嘘に気づいて憤慨したりしたらしい。

「お母上のステラ様が、そりゃもう天真爛漫《らんまん》を絵に描いたような方でしたからねぇ」

ターラは続けて、ステラは堅苦しい城での暮らしと王妃としての義務によく耐えたが、時々こっそり――といっても王にはばれていたが――城下に下りて、街の救護院や養生院、救貧院などを慰問に訪れていた、と教えてくれた。

「救護院、養生院、救貧院」

リエルは探し物をようやく見つけた人のように、ピンと背筋を伸ばして「それだ！」とつぶやいた。王の伴侶として城で暮らしはじめて以来、至れり尽くせり、与えてもらうばかりの日々を心苦しく思っていた。王であるクラウスを〝癒しの力〟で元気にする以外に、自分にも何かできることはないだろうか。そう考え続けていたリエルにとって、先代王妃ステラの足跡をたどることは、天の導きのように思えたのだった。

「街の救貧院や救護院へ慰問に行きたい？」

翌朝。まだ空が明けきる前の早朝。

朝食の席についたリエルは、早速クラウスに自分の考えを提案してみた。

「うん。昨日ターラから、クラウスのお母さんはよく街に下りて孤児や病人、怪我人の慰問に行ってたって聞いて。それって僕の力を役立てる絶好の機会だって思って」

「駄目だ」

「え…？」

まさか言下に断られると思っていなかったリエルは驚いて、掬《すく》いかけていたスープを皿に戻してしまった。自分がやりたいと思ったことは、これまでなんでも許してもらってきたので、突然の拒絶に二の句が継げない。

調子に乗ってあつかましい願いをしてしまったのだろうか。

自分が気づかないところで、何か気に障ることを言ってしまったのだろうか。

ほんの数瞬前まで確固としてあった地面が、突然崩れて奈落の底に落ちてゆくような心許《こころもと》なさを感じて、リエルは視線を落とした。銀色に光る匙《スプーン》をにぎる手が震えて、力が抜ける。

「――どう…して？」

ぼんやりと訊ねながら、頭のなかは突然湧きあがった不安でいっぱいだ。

クラウスを怒らせてはいけない。彼は王様で、命令ひとつで人を牢屋《ろうや》に入れたり処刑を命じたりできる。今はどんなにやさしくても、どこかで、誰かと出逢って心変わりして、僕のことは二の次になるかもしれない。――僕はその辛さをよく知っている。

「違う。ルル…リエル。叱ったんじゃない」

顔色をなくしたリエルに気づいたクラウスが「勘違いするな」と、即座に言い募り、手を伸ばしてリエルの腕に触れた。

「ルルって…呼ばないで、ください」

「わかった。すまない。リエル」

クラウスは立ち上がってリエルの傍らに膝をつくと、リエルの両手をにぎりしめてやさしく言い聞かせた。

「すまない。俺の言い方が悪かった」

「いいえ。あなたは悪くないです。――…僕の名前を、言い間違える以外は」

クラウスは切なそうに眉根を寄せて小さく肩をすくめた。

「市街に下りるのは、危険だから止めて欲しいんだ」

「危険？　あなたはしょっちゅう下りてるし、城に出入りしている人たちだって、たくさん街と行き来してるのに？」

「君の身分では危険だという意味だ。君は、自分がどれだけこの国にとって尊くて得がたく、そして俺にとって大切な人間か、たぶんあまり理解していないと思う」

「――…」

そんなことはないと思ったが、リエルが何か答える前にクラウスは説明を続けた。

「俺はものすごく警戒して行動しているし、自分の身はある程度自分で守れる。強い護衛も引きつれて移動してる」

「でも、どうして？　皆が普通に暮らしている市街が、そんなに危険だなんて思えません」

治安が悪化しているという話も聞いていない。――それとも、知らされていないだけなのか。

クラウスはしばし沈黙した。何かを考えている証拠だ。リエルを見つめる瞳がわずかに揺らいでいる。何かを告げるべきか、黙っているべきか、迷っているときの癖だ。

「――このことは、なるべく君に報《しら》せずにおこうと思っていたんだ。君にはなるべく気楽に、心安らかに過ごして欲しいから」

せめて城での暮らしにもう少し慣れてから、とクラウスは言い添えて告げた。

「戦いが迫っているんだ。敵は中央聖堂院と聖導士たち」

「え…――？」

今度こそリエルは絶句して、震える唇を手のひらで覆った。

聖堂院と聖導士たち。リエルの家族と故郷を壊滅させ、自分も殺されかけた仇敵《きゅうてき》。

リエルひとりの力では滅ぼすことはおろか敵を討つことすらできない。怖《おそ》ろしい存在。

「早ければ年内。遅くとも来年中には向こうから何らかの宣戦布告、もしくは奇襲が来る可能性が高い。俺は——俺たちは二年前から、聖導士たちが近づきたがらない海沿いの国と同盟を組み、近い将来に起きる対中央聖堂院戦に備えて準備をしている」

その余波で王都の市街は外国人が常より多く出入りするようになり、そこには当然間諜《かんちょう》や柄の悪い犯罪者予備軍も含まれているという。

「か……——勝てるん、です……か？」

中央大聖堂院を総本山にして、大陸各地に拠点となる聖堂院を置き、無数の聖導士たちが神の教えと〝贄《にえ》の儀〟の魅力で人々の心と行動を支配しているこの世界で、彼らと戦って無事でいられるはずがない。聖導士は人間の命と引き換えに、膨大な殺傷力を持つ兵器を創り出すことができるのだ。

「方策はいくつも考えている。こちらには向こうが想定していない秘密の協力者と君——いや、その件は今度くわしく、きちんと時間をとって話そう。とにかく」

クラウスはリエルを安心させるように微笑み、両手でリエルの肩をしっかり抱き寄せて、

「たとえ護衛をつけたとしても、君ひとりで市街に下りるのは止めてほしい」

言葉に込められた彼の心配がひしひしと伝わってきたので、リエルは素直にうなずいた。

「……はい」

「それで、君が王侶としてなんらかの『仕事』がしたいと言うのなら――…、そうだ。王城内で治療院を開いたらどうだ？　名づけて『王侶治療院』」

努めて明るい声を出したクラウスに、リエルはクスリと小さく笑った。

「ようやく笑ってくれたな。君の笑顔を見るのが、俺は何より嬉しい」

そう言って目元を和ませたクラウスを見て、リエルも安堵がこみ上げる。

「それから、城内の者たちに力を使うのは構わないが、寝込むほど使いすぎないように」

クラウスの左顔面と眼の傷を癒したとき、リエルは予告する間もなく丸二日眠り込んでしまった。〝運命の片翼〟の側で日々滋味を得ているとはいえ、潰れた眼球を再生するのは思った以上に生命力が必要で、力を使うと眠くなることを事前に伝え忘れていたせいだ。クラウスはそのとき死ぬほど心配して、リエルが目覚めるまで一睡もできなかったという。

「うん。…はい」

「約束してくれ」

言いながら唇を指さしたクラウスに、リエルは自ら唇接けた。

つい先刻、ふいにこみ上げた奈落の底に落ちるような不安は、クラウスが和やかでやさしい表情を浮かべたとたん吹き飛んだ。

他人の――他人といっても一応『伴侶』ということにはなっているけれど――反応ひとつで、一喜一憂してしまうことに戸惑いはある。それが良いことなのか悪いことなのか、今のリエルには判断がつかなかった。

＊　＊　＊

「よろしいのですか？　王侶殿下を城内で自由にさせて」

予定外に長引いた朝食を終え、朝一に予定されている御前会議の間に向かう主君《クラウス》に、側近のイアル・シャルキンが得意の心配性をつきつけた。クラウスはイアルをちらりと見て、

「護衛を増員した。危険な場所と人間には近づけさせない」

立ち入り禁止区域にも封鎖を命じた。ルル…リエルが間違って立ち入らないように。

護衛にはクラウスの護衛隊長を務めていたトニオ・ル＝シュタインをつけている。

「あの子が望むことは可能なかぎり叶《かな》えてやりたい。あの子がいつでも笑っていられるように。苦しい思いはもう二度としなくて済むように」

しみじみと嚙みしめるようにつぶやくクラウスを見てイアルが口を閉じると、代わりに元聖導士で今はクラウスの参謀役を務めるナディン・ナトゥーフが口を開いた。

「それは夫として大変ご立派な心構えですが、陛下にはもっと切実に大事な役目があることをお忘れではないですか？　リエル様とまことの契りを交わせるのは、いつ頃になりそうです？」

「ナディン。控えなさい」

名を呼んで諫《いさ》めたのはクラウスではなく、となりを歩いていたイアルだ。

クラウスがナディンを参謀として自陣に迎え入れて二年が経つのに、イアルは未だにナディンに気を許していない。彼が元聖導士――すなわち魔族――だということがその理由だ。

「無理強いはしたくない。彼が俺を受け容れてくれる気になるまで、根気よく待ちたい」

たとえアルシェラタンと世界の存亡がかかっていようとも。

「リエル様は、その…もしかして異性愛者で、陛下に対してその気はない、とか？」

「ナディン！」

遠慮のない元聖導士の明け透けな表現に、イアルが再び強い口調で警告する。クラウスは苦笑しながらイアルをなだめ、ナディンに肩をすくめてみせた。

「唇接けは嫌がらずに受け容れているし、軽いものなら向こうからもしてくれる。愛撫《スキンシップ》にも気持ち良さそうに反応するから、あとはまあ時宜《タイミング》だな」

「そんな暢気《のんき》なことを仰らず、こう、勢いに任せてガバッとちゃちゃっといけませんか？」

「ナディン…」

処置なし、とばかりにイアルが頭を抱えて首をふる。クラウスはナディンの軽さと楽観的な物言いが嫌いではない。どちらかというと、心配性で悲観的なイアルより気が合う。しかし、この件に関してだけは、さすがに慎重に行動せざるを得ない。

「俺も、いけたらいきたいのは山々なんだが…。——もう二度と、失敗はしたくないからな」

急《せ》いて事を仕損じるのは絶対に避けたい。

思い込みで先走って、取り返しのつかない過ちは犯したくない。

イアルやナディンたちには表向きそう嘯《うそぶ》いてはいるが、実際のところ事はそう単純ではない。

ルルの赦《ゆる》しを得るまでは手を出すわけにはいかない、というのが実情だ。

ルルとしての記憶をきれいさっぱり失ってしまったリエルは、自分とクラウスの間にあった過去の経緯を聞いたあともクラウスに好意を抱き続けてくれている。

好意の理由の大半は、幼い頃に出会った運命の片翼だからだということを、クラウスはきちんと理解している。

その好意につけ込んで、いささか強引に婚姻の儀を挙げた自覚もある。だからこそまことの契り——身体を含めた交合——は、リエルの気持ちが伴った状態で成し遂げたい。もちろん大前提として、ルルの許しを得ることが最も大切だということはわかっている。しかし記憶が戻るか否かはそれこそ時の運だ。それとも、自分の行いに懸かっているのだろうか……。

「黙れ、ナディン」

「なんなら媚薬《びやく》とか調達してきますがっ…ふががっ」

軽口を続けるナディンの口元を、ついに堪忍袋の緒が切れたらしいイアルの手がふさぐ。

細身だがそこそこ上背があり、護衛の役目も果たせるように日々鍛錬を怠らないイアルにかかれば、背が低くひょろりとした体型のナディンは為《な》す術《すべ》もない。沈鬱に黙り込んだクラウスの背後で、御前会議の間に到着するまでイアルはナディンの口をふさぎ続けたのだった。

＊　＊　＊

王城内の、クラウスに「このあたりでどうだ」と勧められた場所に『王侶治療院』を開院して数日が過ぎた。リエルの聖なる癒しの力を目当てに山ほど人が押しかけるのでは…と、危惧したフォニカやターラたちの予想とは裏腹に、リエルの治療院を訪れる人は毎日ぽつりぽつりと、片手で数えられる程度だ。

「場所が悪いんじゃないかな？」

店を出すときの基本はまず立地。人通りが多く、足を止めやすい場所を見つけるのが第一だ。隊商一家から学んだ商売の基本を思い出しながら推測を述べたリエルに、フォニカが「そうですねぇ」と同意する。

「ここは南翼棟の一番外側、すなわち主翼棟の一番奥ってことですから。そもそも立ち入ることができる人間の数は元々そんなに多くないですし、許可証の発行だって精査されてますし」

やっぱりね…と思いながら、リエルは「場所を変えよう」と心に決めた。

「それと、宣伝が足りない」

商売の基本その二。事前の告知や利用者の感想をうまく宣伝に利用することは、商品の売れ行きを左右する。リエルがそう言うと、フォニカが強く首を横にふった。

「それは必要ないと思います。下手に宣伝なんかしたら、それこそリエル様が毎日寝込むほど患者というか利用者が押しかけて大変なことになりますよ」

「そうか……」

少ししょんぼりしたリエルを慰めるように、ターラが言い添えた。

「あとは、畏れ多くて足を運べない、っていうのが一番の理由でしょうね。身分を隠して街中で治療院を開いたならともかく、王城内で王侶殿下のことを知らない者はいないでしょうし」

「そうなんだ？」

「そうですよ。リエル様がお城にいらして以来、陛下は掌中の珠《たま》もかくやというほど、そりゃもうリエル様を大切になさっておいでで。他人の目にも触れさせたがらないでおりましたからね。今回よくもまあ、城内とはいえ『治療院』の開院を許可してくださったものだと、わたくしはびっくり仰天いたしましたよ」

「へぇ……？」

他人《ターラ》の口から語られるクラウスの独占欲にリエルが小首を傾げたとき、閑古鳥が鳴いていた扉がカランと音を立てて開いた。現れたのは侍従長のホウル・シャルキン。本日ひとり目、開院以来通算七人目の患者だ。

ホウルは「不注意で膝をぶつけてしまいまして」と、右手で右膝をさすりながらいつもの柔和な笑みを浮かべた。リエルがさっそく用意していた椅子にホウルを座らせ、両手を患部にそっと翳《かざ》すと、赤黒く変色していた患部が、見る間に健康な肌色に戻ってゆく。

「――……これは、――なんと……まことに……素晴らしい力でございますね」

奇跡を目の当たりにしたホウルは感激して声を震わせ、治ったばかりの膝を上下させた。

「待って。まだ動かしちゃ駄目」

リエルがいつもの説明をすると、ホウルは肩の力を抜いてほっと息を洩らした。楽にしていてくださいと言っても、侍従長としての矜持《きょうじ》なのか習い性なのか背筋をピンと伸ばしたままだ。鞍嚢《クッション》を添えてあげよう…と視線をめぐらせたリエルより早く、フォニカが気づいてホウルの背に押し込んでくれた。ターラは施療後のリエルと患者のためにお茶を淹れてくれている。

「なるほど。クラウス様が十三年前の『四十九年に一度の祝祭』の折りに出会った幼子に、なんとしてももう一度逢いたいと、必死になって聖域に侵入する方策を模索していた理由がようやく腑《ふ》に落ちました」

供された香草茶で喉を潤したホウルは、茶杯から立ち昇る湯気に目を細め、治癒したばかりの膝を撫でながらつぶやいた。

「このような奇跡の御技《みわざ》で痛みと傷を……――命にかかわる重傷を癒していただけば、確かに心に刻まれて二度と忘れることなどできなくなりますね」

「聖域に侵入しようとした？　クラウスが？」

「ええ。最初はおひとりでこっそり計画を立てておりましたが、どうやらとてつもなく難しいと判明してから相談を受けまして」

ホウルは当時を思い出したのか、困ったような申し訳ないような表情を浮かべた。

「理由をお聞きしましたら、『命の恩人があそこにいる。迎えに行くと約束した』と仰って」

無謀な旅に出ようとするのをお止めするのが大変だった、とホウルは苦笑した。

その頃のクラウスはまだ、聖域の成り立ちや中央聖堂院による〝聖なる癒しの民〟への強固な支配と管理を甘くみていた。しかし何年にもおよぶ聖域侵入への挑戦と挫折によって、現実を受け容れざるを得なくなった。それでも『四十九年に一度の祝祭』で自分の命を救ってくれた幼子への憧憬《しょうけい》と、再会への熱望は失われず、聖域と聖堂院に関する情報ならなんでも集めて研究するようになったのだと、ホウルは教えてくれた。

「僕に…もう一度、逢うために？」

「はい」とうなずいて、ホウルは茶杯の中身を品よく飲み干した。

「リエル様。こんなことを私が言うのは差し出がましいと存じておりますが、これだけはどうかご理解いただきたく。クラウス様は本当に、リエル様のことを愛してらっしゃいます」

ホウルはまぶたを伏せ、空になった茶杯に視線を落とした。

「リエル様のことはもちろん――ル……いえ。これ以上は僭越《せんえつ》でございますね。さて、そろそろお暇《いとま》する時間でしょうか」

暇乞いして去ってゆく王の侍従長を見送って、リエルは少し考え込んだ。

さっきターラが言っていたクラウスの独占欲。今ホウルが教えてくれたクラウスの想い。

ふたりとも嘘をついたり、いい加減な憶測でものを言うような人ではない。

彼らの言葉が星の輝きのようにリエルの胸を照らす。

失われた三年間の記憶。その空白を象《かたど》るように、ちらちらと瞬いてリエルの心を温める。

——クラウスは本当に、僕のことが好きなんだ…。

本人ではなく、周囲の人が言うことくらい信じていいのだろうか。

土を割って芽吹いた種のような想いは、けれどすぐさま得体の知れない闇に呑み込まれた。

——信じるのは勝手だけど、裏切られても泣かないように。自分に都合がいいように勝手に期待して、そのとおりにならなかったって嘆いても、誰も同情してくれないよ。


王城の奥まった場所に座して待っていても、患者は滅多に来ないことが判明した『王侶治療院』院長リエルは、場所を移動することにした。——名前も『王侶移動治療院』に変更だ。すなわち歩く治療院。要するにリエルが城内を歩きまわり、不調者や怪我人を見つける作戦だ。

「そうまでなさらなくても…」

「でも、僕が『王侶』なんてたいそうな身分をもらったのも、この癒しの力があればこそだし。だったらちゃんと活《い》かさないと」

ターラの苦言にリエルは確信を持って答えた。

政の面でなにひとつ力になれない自分は、ほかで何か役に立っているという手応えがないと、不安で押し潰されそうになるのだ。城入りした当初はさほど感じなかった得体の知れない不安は、不思議なことに、健康になりクラウスに愛されていると知らされるたびに大きくなる。

無償で与えられれば与えられるほど、それを失ったときが怖い。

クラウスの好意——愛のようなもの——が、突然奪われてしまう日が怖い。

たぶん、その日はきっと来る。だってこんなに幸せで満ち足りた日がずっと続くわけがない。どうしてそこまで確信しているのか自分でもよくわからない。たぶん本能のようなものだろう。冬が来る前に栗鼠《りす》や熊が餌を溜《た》めるように、苦難のときが訪れる前の備えをしておきたい。

リエルは後ろ向きなのか前向きなのかよく分からない信条のもと、城内をそぞろ歩いてさまざまな場所に足を踏み入れた。もちろん側には常にフォニカやターラが付き添って、さらにはいかつい護衛兵までついている。

護衛兵たちはリエルが城内を歩きまわると決め、『王侶治療院』にしていた部屋を出たとたん、風のように現れて「お供いたします」と頭を下げた。その筆頭は本来、王であるクラウスの護衛隊長を務めるトニオ・ル＝シュタインだ。背が高く厳めしい顔つきなのに、意外にやさしい男のことはリエルも顔と名前を知っていたので、不審に思うことはなかったが――。

「王様の護衛隊長なのに、僕の護衛なんかしてて大丈夫なんですか?」

リエルの素朴な疑問にトニオ・ル＝シュタインは笑って答えた。

「その陛下から直々に殿下をお護りするよう仰せつかっておりますので、心配はご無用」

「…………」

まただ。クラウスから与えられる、こうした間接的な気遣いと労《いたわ》り。言葉ではなく行動で示される愛情…に、リエルの胸は大きく波立つ。ざぶんと押し寄せる大きな波に洗われて、胸底に巣喰《すく》う不安が少し薄まる。


古代の遺構を利用して造られたという王城は、長く勤めている者でもその全容を知る者は少ない。

王とその配偶者が住まう私的空間である南翼棟。各長官たちや配下の官吏たちが拠点にしている主翼棟。大会議場にもなる北翼大広間《ホール》。それら主だった建物のほかにも、大小様々な塔や棟、貯蔵庫、宝物庫などが建ちならび、それらの建物を入り組んだ渡り廊下や回廊がつないでいる。区画ごとに立ち入り許可が必要になるため、慣れない者が不用意に足を踏み入れると、簡単に迷う。道は平面だけでなく上下にも入り組んでいて、一歩間違うと行き止まりになっていたり、寸断されていたり、なぜか庭園に迷い込んだりする。

リエルはこれまで王族の私生活空間である南翼棟だけで暮らしていた。南翼棟だけでもかなりの広さがあるので、不便はまったく感じなかったが——。仮にも『王侶』となった自分が、王を支える人々が暮らす場所のことも知らずに過ごすのは如何《いかが》なものか。

そんな思いもあり、広大な王城の隅から隅まで知り尽くしている数少ないひとり、護衛隊長トニオ・ル＝シュタインの道案内と説明を受けながら、城内の様々な場所をそぞろ歩き、怪我人や病人を見つけるたびに有無を言わさず癒してまわった。

「殿下。リエル様。そちらは行き止まりになっております」

「え？」

主翼棟から南翼棟方面に向かう通路の途中。いつもとは違う道順を試してみようとしたリエルは、護衛隊長に声をかけられて足を止めた。

「行き止まり？　この先が？」

通路はそれなりに広く、寂れた様子も補修や改装が必要な気配もない。

王城は多くの建物群から構成されているといっても、それなりに規則性はある。リエルが進もうとした通路は他階層から推測すると、主翼棟の裏側——王城はカルディア湖に面した西側が表、東側が裏となっている——に抜けるはずだ。

王城の裏、東側には近衛の宿舎と馬場、そして広大な練兵場がある。

「はい。この先は故あって封鎖しておりますので、別の道を行きましょう」

「故あって？」

リエルは素直に踵《きびす》を返し、護衛隊長の誘導に従って進行方向を変えながら単純な好奇心で訊ねた。トニオ・ル＝シュタインは表情を変えずに「はい」とうなずいたあと「戦の準備で」「使用者の制限を」「警備のため」「安全の確保が」といった意味の言葉をならべ、最後にちらりとターラに視線を向けた。どうやら助けを求めたらしい。護衛隊長の無骨な説明を胡乱《うろん》気な視線で流し見ていたターラは、螺旋《ネジ》を巻かれたおしゃべり人形みたいに滔々と話しはじめた。

「隊長様のおっしゃる通りでございますよ。戦の準備がはじまって以来、お城の内外に商人やら職人やら兵士やらがたくさん出入りするようになって。放っておくと勝手にどこにでも入り込もうとする輩《やから》がいるので、安全のためにあちこち封鎖したり立ち入り禁止にしてあるんです。ああ、大丈夫でございますよ。要所要所にはきちんと番兵や警備の者が立っておりますし、身分証と許可証を持たない人間は、そもそも王城敷地内に入ることができませんから」

「なるほど。分かった。ありがとう」

放っておくとさらに説明…というより、戦の準備を理由に城内を闊歩《かっぽ》する騒がしい連中への文句と批判がとめどもなく続きそうだったので、リエルは礼を言ってターラの口を封じた。

城内を歩きまわるようになってリエルが改めて気づいたのは、護衛隊長やターラの説明どおり、みんな妙に浮き足立っているというか、どこか殺気立っていることだった。

そこかしこで怒鳴り合うような大声が響いたかと思うと、バタバタと走りまわる足音や大きな荷物を運ぶかけ声が聞こえてくる。

「戦の準備で、みんな気が立っているんです。興奮した男たちの集団には近づかないようにお願いします」

護衛隊長に注意されたリエルはうなずいて、荷車が行き交う中庭に至る道ではなく、厨房《ちゅうぼう》や洗濯場のある下層行きの通路に進路を変えた。

「戦になることを、みんなはどう思っているんだろう」

「戦わなければ殺されるか、奴隷にされるか、〝贄の儀〟用の生贄として使われるだけだと言われたら、誰でも覚悟を決めるしかありません。大丈夫。アルシェラタンの民は臆病者ではありません。まあちょっと単純なところはありますが…。以前はともかく、今ではクラウス様のことをよく慕い、敬愛して、言うこともよく聞きますし。何よりも、リエル様。あなたがいらっしゃる。怪我や病を治してくれる聖なる癒しの民が、国王陛下を側で支えてくださるという事実は、我々臣下のみならず庶民にとっても絶大な安心感と希望になっているのです」

護衛隊長の感情を極力抑えた淡々とした口調ながらも、いや、だからこそ、主君《クラウス》に対する信頼と敬愛がにじみ出た言葉にうなずきながら、リエルは城内を歩きまわった。

厨房、下働きや召使いたちの休憩所、侍女や侍従たちの控え室、兵士や騎士たちの宿舎。庭師や鍛冶師《かじし》、工匠といった職人たちが集まる広場や中庭を巡回してまわるリエルを、最初ひとびとは遠巻きに見ていた。特になにもしていないのに、姿を見ただけで拝む者までいる始末。

「畏れ多いことです……！」

「ありがたや…」

「王侶殿下がこんなところまで、わざわざ足をお運びくださるなんて……！」

けれど修繕中の屋根から落ちて腰を痛め、このままでは歩けなくなると嘆いていた工匠見習いを癒したことで、それまで遠慮がちに様子をうかがっていた人々が、次々に治療を頼んでくるようになった。はじめのうちは遠慮がちにおずおずと。やがて、人々は次第にリエルが下々の者たちが暮らす階層に姿を現すことに慣れ、ときには茶飲み話に興じる気安さで、あれこれと噂話や思い出話を口にするようになった。

「まあまあまあ……！　今度の国王陛下は、またずいぶんと便利な王妃様を娶ったものだねぇ」

「これ婆《ばあ》さん！　この方はお妃様じゃない、王侶殿下だ。それに『便利』とは不敬だぞ」

「おや、この方がハダル様じゃないのかえ？　聖なる癒しの民だという」

「そりゃ前のお妃様だ。よその男の種で身籠もったくせに、王様を騙して妃の座に納まった」

髪が白く、まぶたも垂れ下がり、腰も背中も曲がってヨボヨボなのに、手先が器用で豆剝きや筋とりを誰より早くこなす老女の間違いを、息子ほどの歳の下男が正してやると、横から若い下働きの女が、とっておきの秘密を披露するように声をひそめて主張した。

「あたしは最初から、あの女のことは怪しいって思ってた」

「あんたはいつもそう言うじゃないか。クラウス様に近づく女は『みんな怪しい』」

若い下女のとなりに座った歳上の洗濯女が、素早くつっこみを入れる。

「だってクラウス様は昔から人が良すぎて隙がありまくりっていうか。いつか悪い女に騙されるんじゃないかって、あたしは心配してたのよ」

「なに言ってんのハンナ。あんたはイエリオ様派で、昔はクラウス様のことなんて鼻にもかけなかったくせに。顔の傷痕が怖いとかなんとか言って」

「ちょ…っ！　メリナ！　殿下の前で変なこと言わないでよ…！」

リエルはおだやかな表情で小さくうなずいてハンナに「大丈夫だよ」と伝え、話を変えるために質問した。

「イエリオ様ってクラ…陛下の従兄弟《いとこ》だったよね。どんな人だったの？」

「すっごい美男だった！　――…っと、でした」

「女あしらいがうまい色男でねぇ。言うこと成すことといちいち格好よくて！」

「イエリオ様は侍女にも遠慮なく手を出す方だったから、あたしたちみたいな下層住みにも、万が一の好機《チャンス》がなくもなかったけど」

「クラウス様は堅物だったものねぇ。城内で貴族の子女と浮名を流したことはおろか、街に下りて羽目を外したなんて話も聞いたことがなかったし」

「真面目なのよ。お父上に似て」

「心に決めた初恋の人がいたからなのよね」

洗濯女のメリナが意味深に、ちらりとリエルを流し見る。リエルは控えめに目を瞠り、自分を指さして『僕?』と訊ねる。メリナは無言で『うんうん』とうなずいて見せた。その横で、別の洗濯女と厨房の下働きが「ふう…」と思わしげに溜息を吐いて告白する。

「当時はシモの病気持ちだからだとか、まだ剝けてないからだとか、不能だとか、ひどい噂がいっぱい流れてて、あたしたちも半分信じちゃってたけど」

「本当にねぇ…。あたしたちずいぶん長い間、先王弟様《ルキウス》が捏造《ねつぞう》して流しまくってた嘘っぱちの噂にだまされて、先代の王様のこともクラウス様のこともひどく誤解してたのよねぇ」

その件に関してはクラウス本人からも少し、ターラやフォニカからは詳しく聞いている。

「今は、その誤解も解けているんですよね?」

リエルが少し心配になって確認すると、その場にいたすべての人々が口をそろえて肯定した。

「もちろんです!」

彼らは身を乗り出して口々に、クラウスが王になってからどれだけ暮らしが楽に、安全になったかを熱弁しはじめた。

クラウスが王になってから無駄に取られ過ぎていた税が下がり、公共の土木工事――橋、道路、運河や水路の浚渫《しゅんせつ》などを精励したことで国内の経済が活気づいた。これらの政策はクラウスの父である前王もしっかりやっていたので、クラウスが特別ということではない。しかし前王弟派の影響が強かった執政たちの施政によって、不正が横行しても見逃されていたりと、細々とした不満が鬱積していた庶民は両手を上げてクラウスの政策を喜んだ。

即位したクラウスの功績は他にもある。そのなかでも大きいのは国内治安の回復だ。中央に近い〝贄の儀〟を行っている他国から送り込まれ、国内に侵入していた人攫《ひとさら》いたちを手当たり次第に摘発したことにより、昔から連綿と続いていた人攫いによる行方不明者が激減した。

人攫い集団の問題は何代もアルシェラタン王の頭を悩ませてきた問題だ。それぞれ王の時代によって少なくなったり多くなったりするのは、人攫いを手引きして自分の懐を富ませる輩が後を絶たないからだ。クラウスの父王の時代、そして執政が空の玉座を守っている間にも、地方の集落がまるまるひとつ蛻《もぬけ》の殻となるほど、悲惨な行方不明事件が起きていた。その主犯は前王弟一派で、それを摘発したことでクラウスの人気はうなぎのぼりに上がったという。

「へえぇ…！　クラウス…陛下ってすごいんだね」

王侶に与えられた南翼棟の私室にいるだけでは知ることのできなかった評判を、他人の口から教えてもらったリエルは素直に感心した。そして誇らしく思った。

「はい！」

「それはもう！」

その答えに安心して、リエルは話を聞きながら人々に施していた治療を終えた。

洗濯女たちの手足のあかぎれと皮剝け。下働きたちの打ち身と腰痛、肩こり。婦人特有の慢性腹痛。歯の痛み。目のかすみ。ついでに肌の張りがよくなるように、余分に癒しの力を注いであげると、彼女たちは太陽のように輝いてリエルに深々と頭を下げて礼を言い、仕事場に戻って行った。

最後に残った厨房勤めの老女には節々の痛みをやわらげて、夜はぐっすり眠れるようにと願いを込めながら力を注いだ。老齢による衰えも癒せないことはないが、それはようやく復活しつつあるリエルの寿命を何年分も使う必要がある。しかも、その効果は期間限定だ。過去と現在の記憶が混濁しはじめ、おだやかな死に向かいつつある老女はそれを望んだりしないだろう。

「本当にありがとう。あなたはやさしい人ね。王様は良いお妃様を迎えたわ。あとは早くお世継ぎが生まれるのを待つばかり」

リエルの手に、皺だらけの乾いて温かな手を重ねて礼を言い、老女は悪気のない願望を口にする。自分の娘や嫁、近所の年頃の女性に言うような口調で。

「婆さん。この方はお妃様じゃない。王侶殿下だ」

「いいんです」

根気よく老女の間違いを正そうとする男に向かって、リエルは微笑んだ。男は老女の代わりに頭を下げ、老女の背中を押すように支えてやりながら厨房へ戻って行った。

その背を見送って、リエルも椅子代わりにしていた空樽から腰を上げた。とたんにクラリと目がまわって倒れかけ、フォニカと護衛隊長に抱きとめられる。

「――ぁ…」

「リエル様……ッ！」

「だ…い、じょ…ぶ。今日は、ちょっと…力を、使いすぎた…みたい」

朝から大小細々といろんな痛みや怪我、隠れた病を癒してきた。どうやらそのなかのどれかが、自分で思っていたよりもたくさん力を消費したらしい。

「リエル様！」

ターラが目を丸くして叫んでいる。それに「大丈夫だ」と微笑みかけて説明する。

「眠い、だけだ…から」

力をたくさん使うと眠くなることは前もって教えてある。けれどターラやフォニカがこれを実際目の当たりにするのは初めてだ。彼らが必要以上に驚いたり動揺したり、あわててクラウスに報告したりしないように、リエルは必死に伝えながら深い眠りに落ちていった。


目を覚ますと、目の前にクラウスがいた。

唇に、寸前まで重ねられていたらしいクラウスの感触がある。王子様の唇接《キス》けで目覚めるお姫さまという、お伽話《とぎばなし》のような状況にリエルは思わず微笑んでしまう。

「寝起きで笑えるようなら、大丈夫だな？」

上掛けの上からリエルのすぐ隣に横たわり、上半身だけ覆いかぶさる形でリエルの顔を覗き込んでいたクラウスが、安心したように息を吐く。よく見ると執務中に着用する服装のままだ。執務を中断して来てくれたのだろうか。それなら申し訳ないな…。心配しなくても大丈夫。

そう伝えようとしたのに、やさしく何度も髪を撫でられるうちにトロリと意識が溶けそうになる。額にはりついた前髪をかき分けた指が、そのままこめかみに流れて頬を伝い、顎の下をそっと持ち上げられて、今度はしっかり唇が重なった。

「ふ…んぅ——」

洩れた吐息も吸いとる勢いで舌をからめとられて、鳩尾《みぞおち》のあたりがズクリと疼《うず》く。続いてそこから痺《しび》れるような、金色の細針のようなきらめきが放射状に飛び散って、手足の指先がチクチク鼓動と同じ律動を刻む。気持ちよくて再び眠りに落ちかけていたリエルの意識は、金粉混じりの蜂蜜みたいに甘く蕩《とろ》けて弾けそうになる。

飛び散りそうな気持ちを抑えるために、両腕を伸ばしてクラウスの背中ごと抱きしめた。手のひらに染み込む体温の熱さが愛おしい。両腕がまわりきらない胸板の厚さが頼もしい。親鳥の翼に護られた雛みたいに安心して、リエルは再び気持ちよく眠りに落ちてしまった。


翌朝。元気に目を覚ましたリエルに対して、クラウスによる本格的な聞きとり調査が行われた。結局、昨日は夕食も摂らずほぼ丸半日眠り込んでしまったせいだ。

「それで。癒しの力を使うと眠り込んでしまう規準はどうなっているんだ？　以前は……」

言いかけてクラウスは一度口をつぐみ、それから意を決したように再び口を開いた。

「——俺の知るかぎりだが、以前は癒しの力を使っても眠り込んだりはしなかったはずだ」

「え？　そうなの？」

ぐうぐう鳴るお腹《なか》を厨房《ちゅうぼう》から運ばれて来る美味《おい》しそうな料理でなだめようとしていたリエルは、意外な言葉に驚いてスプーンを持つ手を止めた。

確かに、聖域で暮らしていた頃は力を使っても眠くなるなんてことはなかった。

「この症状って、聖域の護樹《まもりぎ》から離れたせいだとばかり思ってたけど、違うってことかな」

「いや、確かなことは俺にも分からない。だが、君が以前アルシェラタンで暮らしていた頃、突然眠り込んだという話は聞いてない。——一緒に旅をしていたときはよく眠っていたが、あれは身体《からだ》が弱っていたからで、元気になってからは普通に戻っていた」

「そうなんだ」

失った記憶の期間の出来事は何度聞いても他人事《ひとごと》のようで、どう反応していいか分からない。

あっさりしたリエルの答えに、クラウスはわずかに瞳を揺らしてまぶたを伏せた。

「ナディンによれば、旅の途中で弱っていたハダルが元気になったのも、階段から落ちたときの大怪我《おおけが》が治癒したのも、君の力によるものだったということだ。だが、君は眠り込んだりしなかった」

「うーん…」

それは〝運命の片翼〟であるクラウスと出会い、側《そば》にいたからだと思ったが、それなら再会して一緒に暮らしている今、どうして眠り込んでしまうのかという話になる。何か曝《あば》いてはいけない秘密に行き当たった気がしてリエルが視線を逸《そ》らすと、クラウスもそれ以上追及するのはまずいと感じたのか、話題を最初の質問に戻した。

「癒しの力を使うと眠り込んでしまう規準は？」

リエルは再び手を動かしてスプーンでスープを掬《すく》いながら、素直に質問に答えていった。

「ちょっぴり使う分には大丈夫なんだけど、一度にたくさん使いすぎると眠くなるみたい。眠り込む長さは使った量に比例してると思うけど、クラウスが側にいると回復が早くなる…ような気がする。でも本当に眠いだけだから心配はいらないよ？」

運命の片翼であるクラウスと再会したことで、死ぬ寸前まで涸《か》れ果てていたリエルの寿命は順調に復活している。四ノ月初旬にほぼ健康をとり戻し、たとえて言うなら空だった樽《たる》のひとつが満たされはじめた。そして四ノ月下旬にそれを全部使って、クラウスの左顔面に刻まれていた傷痕を治癒させた。

――実はあのとき、ちょっと無理しちゃったんだよね。内緒だけど。

潰れてしまった眼球を甦《よみがえ》らせるのは予想以上に、癒しの力の媒介であるリエルの生命力も必要としたらしく、ようやく溜《た》まりつつあった生命力――寿命をほとんど使いきってしまった。

──でも大丈夫。クラウスの側にいればいくらでもまた溜まるから。

あれからひと月近くが過ぎて、再び生命力の樽は満たされつつある。クラウスの傷を癒すためにちょっぴり危ない橋を渡ったことは、この先も内緒にしておくつもりだ。

「使いすぎることで身体に害があるとか、健康に影響が出ることはないんだな？」

難しい顔で何か言いたげなクラウスに念を押されて、リエルは斜めにうなずいた。花の形に飾り切りされた蜜桃がつるりと唇の端からこぼれかけたからだ。

「うん。それは、大丈夫」

リエルは果汁で濡《ぬ》れた唇を指でぬぐいかけ、ハッと気づいて卓上に置いてある手巾《ハンカチ》を手にとる。けれどそれで口元を拭く前に、横から伸びてきたクラウスの親指で「きゅっ」とぬぐわれてしまった。

「──…っ」

驚いて目を丸くしたリエルに見せつけるように、クラウスは親指についた果汁をペロリと舐《な》めとってみせる。王としてのお行儀はどこかに外出中らしい。リエルは熱くなった頬をごまかすために、ちょっと唇を尖《とが》らせて、クラウスに供されている鳥の香草焼きをじっと見つめた。

前夜眠り込んだこともあり、胃の負担にならない消化のよい料理《メニュー》が用意されたリエルとは対象的に、朝から旺盛な食欲を発揮するクラウスのためには、十種類以上の香辛料をふんだんに使った肉料理や、魚の燻製《くんせい》、たっぷり乳酪《バター》が塗られた焼きたての麵麭《パン》、甘酸っぱい香味油《ソース》がかかった蒸し野菜、果実などがずらりとならんでいる。

そのなかのひとつ。鮮やかな黄色が特徴的な香辛料を使った縞鶉《しまうずら》の丸焼きがずっと気になっていた。王侶《おうりょ》教育によって、それははしたない行為だと理解している。でも、パリパリに焼き色のついた丸焼きを見ていると、お腹を壊してもいいから食べたいと思って目が離せない。

どうやらその視線に気がついたらしい。クラウスは「ふ…っ」と楽しそうに笑いを洩《も》らして、手にしたフォークと小刀《ナイフ》で素早く丸焼きを解体すると、一番美味しい部位をフォークで刺してリエルの口元に運んだ。

「ほら」

「お食べ」と差し出された肉片から、湯気と一緒に芳しい肉と香辛料の香りがする。リエルは給仕たちが驚いて目を丸くするのを視界のはしに捉えながら、誘惑に抗《あらが》えずパクリと食いついた。王侶のお行儀も、今朝は王と一緒に外出することに決めた。

三口ほどクラウスに縞鶉の丸焼きを食べさせてもらって気が済むと、リエルは食事の手を止めて目を閉じ、自分の胸に手を当ててどれくらい生命力——すなわち寿命が復活したか感じとってみた。

「うん。今のやりとりひとつで、寿命が一年くらい伸びた気がする」

「それはよかった」

リエルの言葉を、クラウスはものの喩《たと》えと受けとったようだ。リエルはそれをあえて訂正しなかった。癒しの力は使う者の生命力を媒介にして、天から力を引き降ろすことで発揮される。そして聖なる癒しの民と呼ばれているリエルたち翼神《よくしん》の末裔《まつえい》の生命力は、聖域にしか生えていない特別な護樹か、運命の片翼からしか得ることができない。

――でも僕は〝運命の片翼《クラウス》〟に出会えた。

だから一度に使う量さえ気をつけていれば、いくらでも、どんな病や怪我でも癒すことができる。五歳のとき、瀕死《ひんし》の致命傷を負った少年《クラウス》を癒して助けたように。

「この力を使って、僕はもっとあなたの役に立ちたい」

あなたの伴侶として恥じない働きがしたい。

世継ぎが作れない男の伴侶だと、うしろ指をさされてうつむかなくてもいいように。

堂々とあなたの隣に立てるように。

あなたのことが好きだから。王であるあなたに相応《ふさわ》しい自分でありたい。

心のなかでそう願いながら目を伏せたリエルの手に、クラウスは自分の手を重ね、そっとにぎりしめて言い聞かせた。

「俺は君を幸せにしたい。君がいつでも笑っていられるように。日々おだやかに、心安らかに過ごせるようにしたい。だから絶対に無理はしないでくれ。それだけは、頼むから」

切々としたクラウスの訴えに、リエルは「はい」と答えた。

嘘《うそ》をついたつもりはない。そのときは本当にそう思っていたからだ。

アルシェラタンでは七ノ月から八ノ月にかけて雨期になる。雨期が到来する前の六ノ月は、からりと乾いた風が緑陰を吹き抜けて過ごしやすく、春から初夏にかけて咲き乱れる花々が目を楽しませてくれる良い季節だ。そんなある日。

「今日は午後から一緒に外出しよう。君に見せたいものがあるんだ」

クラウスが突然そう言いだしたのでリエルは驚いた。

護衛を伴っていても都街に下りることを禁じていたのに、どうした風の吹きまわしか。不思議には思ったがせっかくの好機なので、リエルは素直に喜んで「はい」と元気に了承した。

リエルはクラウスと同じ目立たない騎士見習いの衣服に身を包み、平騎士に扮《ふん》した五名ほどの近衛《このえ》護衛騎士たちに守られながら城を出立した。変装しているとはいえ、王と王侶の外出にしては護衛が少ないと思ったが、目的地までの道筋には、すでに幾重にも警備態勢が敷かれているという。それを聞いて、リエルはこの外出が前々から準備されていたのだと気づいた。

城を出て街路は避けて東に向かうと、ほどなく森林地帯に入る。下生えが刈られてよく手入れされた森には、樹齢千年を超える大樹が涼やかな風を生んで木漏れ日を落としている。

「このあたり一帯は王領で、庶民の出入りが制限されている。だから燃料や材木として伐《き》られずに残っているんだ」

その樹々も元々は建国の祖たちが植えたものだという。クラウスが語るアルシェラタンの建国物語に耳を傾けながら森を抜け、小高い丘に至る九十九折《つづらお》りの坂道をゆるゆる登りきると、ちょうど午後の陽射《ひざ》しが西の空でまばゆい光を放つ頃合いだった。同行していた護衛騎士たちがいつの間にか姿を消していたので、どこに行ったのか訊《たず》ねると、「俺たちからは見えない場所に潜んで警護を続けている」と教えられた。

丘の頂上には小さな林と湧水井戸があり、天然なのか古代の遺構なのか巨大な石塊がそこかしこに点在している。そしてあたり一面は膝丈ほどの青草に覆われている。

青草は風が吹くとざわざわ波のような音を立て、陽射しを反射して銀色に閃《ひらめ》く。

「ちょうどいい時間帯だな。今夜はここで野宿をする」

「野宿⁉」

またしても驚くリエルを尻目にクラウスは朗らかに微笑《ほほえ》み、手慣れた様子で野営の準備をはじめた。大きな石塊を背にした場所の青草を刈り、現れた石積みの古い竈《かまど》跡に一瞬目を細めたあと、それを手早く修繕して、林から調達してきた薪を使って火を熾《おこ》す。

リエルも見よう見真似《みまね》で薪を拾い、竈に鍋を置いて水を注いだ。

「ふふ。なんだか楽しいね」

それになんだかとても懐かしい気持ちになる。懐かしくてとても幸せな。

「そうだろう。城にいると暮らしの面では至れり尽くせりだからな」

城では服の脱ぎ着にも侍従が手を貸してくれる。そうした奉仕に感謝は尽きないけれど、未《いま》だに窮屈さも感じていたリエルは、クラウスの言葉に〝自由〟への憧れを嗅ぎとり、共犯者めいたものを感じて嬉《うれ》しくなった。

太陽が地平線に接し、閃光《せんこう》のような最後の煌《きら》めきを放って没すると、雲ひとつない青空は紺色と水色と薔薇《ばら》色と金色でまだらに染まり、やがて濃紺から紫紺、そして銀粉を撒《ま》き散らした黒檀《こくたん》のような夜空に変わった。

森を抜ける途中でクラウスが弓で仕留めた穴兎《あなうさぎ》とリエルが摘んだ香菜を使い、ふたりで作った夕食――捌《さば》いた穴兎の腹に香菜と砕いた木の実と乾果をいっぱいに詰めて紐《ひも》で綴《と》じ、塩と香辛料を溶いた脂をまわしがけしながら火を通した焙《あぶ》り肉――を食べ終わると、クラウスは焚《た》き火を小さく、ほとんど熾火《おきび》の状態に抑えてリエルの隣に腰を下ろした。尻の下には城から運んできた簡易布団《マットレス》を敷いてある。眠くなったらそのまま横になって眠れる状態だ。

「寒くないか？」

「少し」

アルシェラタンの夏は、昼間は陽射しが強くて暑いけれど、夜は少し肌寒い。

クラウスは無言で脇に置いてあった上掛け代わりの外套《マント》を取り上げ、リエルにそっと羽織らせて、そのまま肩を抱き寄せた。腹いっぱいになり、隣にはクラウスがいて温かく、夜風が気持ちいい。空を見上げれば満天の星々。風が吹くと背後にある林の梢が海鳴りのような音を立て、夜闇の向こうでは青草がさわさわ揺れて芳しい匂いを運んでくる。草木が発する清々《すがすが》しい吐息が気持ちよくて、胸の奥まで吸い込む呼吸をくり返しているうちに眠くなってきた。

「――ル…リエル、ほら、見てごらん」

うとうとと微睡《まどろ》みかけていたらしい。やさしい声をかけられ、肩をそっとゆすられて目を開けると、さっきまで闇に沈んでいた草原に淡い光が射し込んでいる。――違う、青草たちが光を発している。淡い青とも薄桃色ともつかない夢幻のような色合いだ。

「な…、ど…、え……？」

なぜ、どうしてと問うこともできず目を凝らして見つめていると、昼間はただの青草に見えたそれらの先端がふっくらしてきたのに気づく。見る間にそれは花の蕾《つぼみ》のようにふくらんで、やがて「ポンッ」と軽い破裂音を立てて花開いた。ポンポン、ポンッ。子どもが手まりをつくような軽やかな音がそこかしこで生まれ、瞬く間に丘一面が星を敷きつめたように輝いてゆく。同時に、天の浮島もかくやというえも言われぬ芳しい香りがあたりに満ちあふれる。

「う…わぁ…――！　きれい…っ！　それに良い匂い…！」

「星落花《ほしのおちたるはな》というんだ。年に一度、新月の夜にひと晩だけ咲く花」

これを君に見せたかった。クラウスはそう言って、あまりの美しさに声を上げるリエルの手を取り、指先にそっと唇接《くちづ》けた。

「すっ…ごくきれいだ！　ありがとう、クラウス！」

「どういたしまして。喜んでもらえて俺も嬉しい」

本当に嬉しそうに微笑まれて、リエルの心も喜びに満たされる。そのまま淡い光を発する一面の花畑のなかで唇接けを交わした。小鳥がついばむような軽い触れ合いを何度もくり返すうちに、胸の奥がうずうずと沸き立ってじっとしていられなくなる。リエルは笑いながら立ち上がり、星落花《ほしのおちたるはな》の海に飛び込んだ。花びらの波をかき分けて走り出すと、クラウスも笑いながら追いかけてくる。つかまってくすぐられて抱き上げられて唇接けを交わし、今度はクラウスが走り出してリエルが追いかけた。クラウスがなかなか捕まらないので、リエルは頬をふくらませながら花を摘み、手早く編み上げた花冠を頭上に掲げて王を呼び寄せた。

「王様！　これが欲しかったら僕の側に来て！」

「なんてことだ、降参だ。どうかその冠を哀れなこの男に授けておくれ」

離れた場所から駆け戻ってきたクラウスは、素直に跪《ひざまず》いてリエルに冠を請うた。

リエルはクスクス笑いながら、絵本で見た王冠神授式を真似た厳かな仕草で、クラウスの頭上に手製の花冠をそっと載せた。

花の間から茎があちこち飛び出している不器用な花冠を、クラウスは嬉しそうに頭上に載せたまま、自分も花を摘んで可愛《かわい》らしい花冠を手早く器用に編み上げた。

「王侶殿下にも花精《フエアリル》の祝福を」

言葉とともにリエルの頭上に美しい花の冠が載せられ、さらに両耳にも花を挿し飾られる。

「ありがとう」

砕いた金剛石《アマダス》のように輝く満天の星々の下。淡い光と芳香を発する花々に囲まれて、リエルはクラウスと今日何度目になるか分からない唇接けを交わし、手をつないで横たわった。

「ふふ…、こうしてると、なんだかすごく懐かしくて胸がきゅってなる」

絡めた指に力を込めてささやくと、クラウスも同意を示すように手をにぎり返してくれた。

「——…ここは母と父がまだ元気だった頃、年に一度、訪れていた場所なんだ。最後に来たときから、もう…二十二年になる」

静かに語るクラウスの声には、失われた時を懐かしむ響きがある。先刻、竃跡を見つけたときに見せた表情の理由が分かった気がして、リエルはそろりと横を向き、腕を伸ばしてクラウスを抱きしめた。

幼い頃のクラウスも、さっきリエルがそうされたように、美しい景色を見せたい一心の両親にそっと揺り起こされて、寝惚《ねぼ》け眼《まなこ》でこの花々を見たのかと思うと、リエルの手は自然にクラウスの頬に伸びた。頬から目元、そして眉間を指先で撫《な》でさすりながら、

「お母様とお父様はもういなくても、これからは僕がずっと側にいるよ」

そう言って約束の証《あかし》のように自分から唇を重ねて離し、微笑むと、クラウスは眩《まぶ》しそうに目を細めてリエルを抱きしめた。リエルもクラウスを抱きしめ返し、そのまま目を閉じて静かに呼吸をくり返すうちに、融《と》け合うような眠りに落ちた。

とても幸せで穏やかな気持ちで。今夜のことはきっと一生忘れない、と思いながら。


婚姻の儀から四ヵ月が過ぎようとしている、六ノ月下旬。

その日リエルは、午後のひとときを庭園の四阿《あずまや》で茶を喫しながらのんびり過ごしていた。

前日またしても癒しの力をうっかり使いすぎて眠り込んでしまい、心配したクラウスに「丸一日の休養」を命じられて、城内の『王侶移動治療院』活動を断念したためだ。ステラの香草園の手入れは、このあと陽射しが傾いてから行う。

夜空の星のように輝く小さな花々を湛《たた》えた星降花《アステリア》と結晶薔薇《ロサ・クリスタ》、それらが絡み合う日陰棚《パーゴラ》に覆われた四阿の下。ひんやりと涼やかな大理石の丸卓上に供された茶菓子——サクサクふんわりとした食感の軽い焼き上がりの薄重焼《パイ》にたっぷりの生乳脂《クリーム》と蜜漬け野苺《のいちご》を挟んだもの——をフォークでさっくり切り分け、はむっと口に含んで至高の味わいにうっとり目を閉じた瞬間、

「リエル様。ナトゥーフ補佐官から『王侶殿下に拝謁を賜りたい』との要請がございました。どうなさいますか？」

最近、侍従兼秘書官のような役割を担いつつあるフォニカが報告してきた。

「ナトゥーフ補佐官？　——ああ、ナディンさんのことか」

ナディン・ナトゥーフはクラウスが重用している側近のひとりだ。執務中のクラウスを見か

けると、だいたい必ず側に彼がいる。思い返してみると、煌夜《グドゥア》の都から救出されてアルシェラタンに向かう船のなかで、クラウスに看病されていたときにもナディンが側にいたような気がする。あまりはっきりとは覚えていないけれど。

クラウスの側近が、僕に何の用だろう？

不思議に思ったものの、リエルは気安くうなずいた。

「いいよ。ちょうどお茶の時間だし、ここに案内してさしあげて」

フォニカは「かしこまりました」と答えて踵《きびす》を返し、さほど待つまでもなくナディンを従えて戻ってきた。現れたナディンはアルシェラタンの高位文官という身分にふさわしい亜麻の中着に緑色に染めた胴着、そして夏季でも涼しい毛織りの上着という出《い》で立ちだ。ただし、頭髪は起き抜けのようにぼさぼさで、毛先が四方八方好き勝手に渦巻いたり弾んだりしている。

「王侶殿下にはご機嫌うるわしく。本日は急なお願いにもかかわらず、心よく拝謁の栄を賜り感謝申し上げます」

作法どおりの挨拶をしたナディンに、リエルは尻がこそばゆくなる思いをこらえながら鷹揚《おうよう》に（見える）目礼を返して、客人の分の茶器と茶菓子が新たに用意された向かいの席に座るようナディンをうながした。

「どうぞ。お召し上がりください」

「お心遣い感謝いたします。ではお言葉に甘えて遠慮なく、いただきます」

儀礼的なやりとりに反して、ナディンは「ゴッ、ゴッ」と音が聞こえそうなほど勢いよく茶を飲み干しておかわりをもらい、それも一気に半分ほど飲んでから茶菓子を豪快にふた口で平らげ、残りの茶を飲み干してタンッと茶杯を置くと、リエルをまっすぐ見つめて口を開いた。

「ご馳走様《ちそうさま》でございました。——さて。今日は王侶殿下に折り入ってお話がございます」

「あ、はい」

それはそうだろう。喉が渇いたから茶を飲みにきたわけでも、腹が空《す》いたから茶菓子を食べにきたわけでもない。——喉が渇いて腹が減っていたのは事実かもしれないが。

自分が水を向けるまえに相手の方から話を切り出されて、リエルは心持ち背筋を伸ばした。

「なんでしょうか？」

ナディンは周囲に控える侍従と給仕たちにちらりと視線をめぐらせたものの、人払いを要求することなく用件を語りはじめた。

「国の存亡とクラウス様の命がかかっておりますので、僕も陛下からお叱りを受ける覚悟で、腹をくくって申し上げます。陛下には黙っていろと言われましたが。リエル様、どうか一刻も早くクラウス様と契りを交わし、まことの縁《えにし》を結んでくださいませ」

「はい？」

前置きはない。いきなり要点らしき『国の存亡』からはじまったせいで、リエルは思考停止して、そのあとに続いた『まことの縁』と『契りを交わす』がうまくつながらない。

「ええと…それは？　どういう意味、ですか？」

自分が馬鹿になったのか、それともナディンがおかしいのか。怪訝《けげん》さのあまり眉間に皺《しわ》がよるのを自覚しながら、リエルは首を傾《かし》げた。

「夜の生活、閨房事《けいぼうごと》、性交と言えばおわかりいただけ…」

「――――…ッ！」

多少声をひそめているとはいえ、直截的《ちょくせつてき》な説明にリエルは口元に運びかけていた茶杯を落としそうになった。ガチャンと音を立てて茶杯を置くと、給仕が気遣わしげに身動《みじろ》ぐ気配がする。客人との大切な会話中に近づいて、零《こぼ》れた茶を拭くべきか否か判断に迷ったのだろう。

リエルは受け皿からポタポタと雫《しずく》が落ちる茶杯を差し出して給仕に受けとらせ、代わりに手巾を受けとって濡れた手と膝、そして卓上を拭うと、それも給仕に返して「しばらく下がっていて」と手振りで伝えた。同じように、声が聞こえる距離に控えていたフォニカとターラ、それから護衛たちにも、しばらく遠ざかっているように頼む。

「人払いを」

他人に聞かれるおそれがなくなってから、リエルはナディンに向き直った。

「僕とクラウスの、その…夜の――について、何か問題が？」

私生活のなかでも特に私的な事柄を言及されるのは、思った以上に抵抗がある。これがターラあたりに言われたなら、まだ受け容《い》れる余地はあるのだが。クラウスの公的な部分を補佐している人間《ナディン》に、自分たちの夜の営みについてあれこれ口を出されるのは恥ずかしい。――それとも、ナディンはクラウスの公的な部分だけでなく、私的な部分も補佐しているのだろうか。

瞬時にそこまで思いが巡って思わず身構えたリエルに、ナディンは容赦なく斬りこんでくる。

「大ありです。これまで陛下に止められていたのでずっと我慢しておりましたが、もうこれ以上、黙ってただ待っているわけにはまいりません。猶予がないのです」

「だから何が？」

「翼神の復活です！」

「――は？」

「まことの〝運命の片翼〟同士が結ばれることで翼神が復活するんです。そして翼神の復活は、来たるべき対聖堂院戦に勝つための必須条件。というより、翼神の復活なくして勝利はありえない。いえ、難しい。他に方策がないわけではありませんが、かなり危うい」

「――翼神…」

「そうです。聖なる癒しの民であるリエル様なら翼神についてはご存知のはず。リエル様はいったい何を戸惑っているのです？　陛下は床上手ですよ？　何も心配せず、身をお任せになればよろしいではないですか」

「……――――ちょっと待った…」

リエルは左手を突きだしてナディンの口上を止め、右手で額を押さえて横を向いた。

翼神というのは、リエルたちの祖先だと言われている――かつて天の浮島に住んでいたという――あの翼神のことだろう。確かに長老に教わった言い伝えでは〝運命の片翼〟に出逢《であ》えたら本来の姿を取り戻す』とあった。けれど実際は、特に何も変化はない。強いて言えば、鳥の姿から人間に戻れたくらいだろうか。護樹がなくても生きていけるようになるということだけは事実だったが。

自分とクラウスが『契りを交わして、まことの縁《えにし》を結ぶ』すなわち性交すると、何がどうしてそうなるのか分からないが、その翼神が復活するのだとナディンは言う。そして翼神は、聖堂院との戦いに勝つためにどうしても必要な存在らしい。

そこまでは理解できた。けれど。

「床上手……？」

どうしてナディンがそんなことを知っているのか。素朴かつ純粋な疑問に意識が逸れる。

城内の噂《うわさ》によればクラウスは堅物で、遊びで浮名を流したり、街の娼館《しょうかん》に出入りしたり、玄人の女性を呼び寄せて発散したりといったことはないそうだ。それなのに。いったいどこから『床上手』という話が出てくるのか。

「あ、いや。それは、噂で」

「どこで、そんな噂が流れているんですか？」

クラウスについて、未だによからぬ噂が流れているのだろうか。心配になってさらに追及すると、ナディンは椅子の背にのめり込むように身を仰《の》け反らせて白状した。

「いえ。すみません。僕の勝手な憶測です。――ええと以前……廃妃になったハダル殿が、自慢げに惚気《のろけ》ているのを何度か聞いたことがあったので」

「――ハダル…」

前のめりになっていたリエルは、ストンと椅子に座り直して脱力した。

「はい。それで、話を戻しますが――」

ナディンが体勢を整えて再び『夜の生活』について言及しかけたとき、居間と庭園をつなぐ階段の方から予告なしにクラウスが現れた。

「ナディン！　そこで何をしている！」

クラウスはリエルが聞いたことのない険しい声を上げながら、ザクザクと芝生を踏みしだいて、素早い大股で近づいてくる。そして、まるで話の内容を聞いていたかのようにぴしゃりと補佐官に向かって釘《くぎ》を刺した。

「余計なことを言ってリエルを困らせるな！」

「申し訳ありません。しかしクラウス様、これ以上時間を浪費するわけにはまいりません」

椅子から立ち上がって一礼したナディンは、頭ごなしに叱られても少しもへこたれず、クラウスに対してもリエルと同じ内容の注進を続ける。

「翼神復活のためには何卒《なにとぞ》おふたりで――こう…仲睦《なかむつ》まじく」

左右の人さし指を眼前に掲げて、くっつけたり離したり、組んずほぐれつ絡み合うような仕草をしてみせながら、リエルを見てクラウスを見て、再びリエルを見て言い募る。

「陛下はいつでも準備万端なのですから、あとはリエル様さえその気になってくだされば」

クラウスは手のひらで両眼を覆いながら「ナディン、やめろ」とうめき声を上げた。

他の誰がしても不敬で処罰されそうなナディンの物言いを、クラウスは当然のことのように受け容れ許している。ふたりの間に流れる親密な空気。長い時間と様々な情報を共有し、困難を乗り越え、理解しあってきたからこその信頼感と絆のようなものを嗅ぎとって、リエルはふいに居心地の悪さを感じた。

自分だけが場違いな場所にいるような寂寥《せきりょうかん》感とともに、リエルはじわじわとナディンの話の真意、というか裏側というか、その結論にまつわる事情が理解できた。

「そうか…。そういう理由だったのか……――」

「リエル？」

クラウスがぎょっとしたようにリエルをふり返る。

「ずっと不思議だったんだ。なんでクラウスは僕を正式な伴侶…『王侶』なんて身分にしたんだろう。どうしてわざわざ婚姻の儀なんて挙げたんだろう…って。子ども――世継ぎを作るのって、王様にとって一番ていうくらい大切な役目なんでしょ？　結婚したって僕は子どもを産めない。妾妃《しょうひ》に産ませたとしても、アルシェラタンでは正妃以外の子どもは庶子で、世継ぎとしては認められない。それなのに変だって、ずっと不思議だった」

世継ぎを成すことは王に求められる大切な責務だと、昔、誰かに教えてもらった。どこで、誰になのかは思い出せないけれど、石臼で胸を磨《す》り潰されたような切なさとともに、僕はそれを聞かされたことがある。

「リエル、誤解だ」

「何が誤解？　クラウスは最初から『翼神の復活』が目的で僕を伴侶にしたんじゃないの？」

翼神復活の条件に『正式な伴侶として誓約を交わす』すなわち『婚姻の儀』という項目があるのかどうかは知らないけれど。クラウスの行動とナディンの話を総合すると、そうなる。

自分が〝運命の片翼〟であるクラウスに惹《ひ》かれる理由はわかる。だって側にいると気持ちよくて安心できる。居心地がいい。親鳥を慕う雛《ひな》のように、それは本能に刻み込まれた衝動だ。そのうえ相手《クラウス》も自分に好意的でやさしくて、愛情を示してくれて、見た目も好みとくれば、好きにならないわけがない。でも――。

「あなたが、僕を、好きになる理由が分からなかった。わざわざ行方不明だった僕を探し出して伴侶に…王侶なんて大層な身分に据えたことも、ずっと不思議で仕方なかった。でも、ちゃんと他に目的があったからだったんだ」

「ル…リエル、それは違う。本当に違う。俺は君を愛――」

「あなたが教えてくれた話だと、あなたは〝約束の指環〟を持っていたからハダルを妃《きさき》にした。

そして間違いに気づいて、今度は僕を王侶にした。あなたの〝愛〟はどこにある？」

「――…っ」

クラウスは槍《やり》で貫かれたように無言で唇を喘《あえ》がせ、説得のために広げていた両腕を何度か上下させたあと、あきらめたように下ろして拳をにぎりしめた。翼を折られて地上に墜《お》ちた鳥が、それでも懸命に羽ばたこうとあがき、ついにあきらめて地に伏したようなその姿に、リエルの胸はひりつくように痛んだ。混乱したまま発した自分の言葉が人を…、クラウスを貫いて息の音を止めるのを見て、リエルは少し冷静になった。

「言い過ぎました…。ごめんなさい」

「いや…――」

クラウスは項垂《うなだ》れたまま、ゆるく首を横にふる。そして何か言いかけて、口を閉じる。

言い訳できないということは、リエルの指摘が事実だったということなのか。

「あなたが僕に親切で、すごくやさしくて、たくさんの愛情をもって接してくれてるのは分かってる。僕はそれをちゃんと知ってる。――でも」

リエルはにぎったふたつの拳で両目を覆いながら、天を仰いで言い募った。

「僕はどうしても、あなたの『愛』を信じることができない…！」

「リエ…――ルル…」

すがるような、うめくような、クラウスの声をふりはらうために、リエルは叫んだ。

「ううん…。信じて夢を見たあとで、それを取り上げられるのが怖いんだ…！」

——もう二度と、あんな辛《つら》い想《おも》いはしたくない…！

胸のなかで暴れるこの感情は、いったい誰のものなのか。

リエルは混乱したままその場を逃げ出した。

「リエル様！」

「リエル様⁉」

驚くフォニカとターラの呼び声をふりはらって庭園を横切り、露台《バルコニー》に戻る階段を駆けあがる。そのまま居間に飛び込んで突っ切り、部屋を出て廊下に出た。うしろから無言で護衛がついてくるのを鬱陶しく感じながら、独りになれる場所を探して走り続ける。

一度だけ走りながらうしろをふり向いて「ついて来ないで！　独りにして‼」と叫んだけれど、気配が薄くなっただけで護衛の追跡が消えることはない。そんなことは移動『王侶治療院』のために城内をそぞろ歩いていたときから承知している。

それでも独りになりたかった。

ほんの少しの間でいいから。誰もいない場所で静かに考えたい。

リエルはその一心で南翼棟と主翼棟をつなぐわたり廊下を駆け抜け、人気《ひとけ》のない方へ、ない方へと道を選んで走り続けた。途中、細身のリエルが身を横にしなくては通り抜けられそうにない狭い通路を見つけて飛び込んだ。それは通路というより、増築の関係で偶然できてしまった『隙間』に近い。そこを抜けて再び普通の廊下に出た瞬間、うしろから追いかけてきていた護衛隊長が隙間の向こうで何か叫んでいる声が聞こえたけれど、無視して遠ざかる。

やがて、以前『この先は立ち入り禁止です』と言われた場所に出た。

立ち入り禁止なら人はいないはず。

単純にそう考えて足を踏み入れた。しばらく進んで角を曲がると、倉庫代わりなのか通路の大半が荷物置き場になっていた。置かれているのはほとんどが重そうな木箱だ。

廊下を埋め尽くす勢いで積み上げられた物資の脇をそろそろと進むと、急造でとり付けたらしい格子が行く手を阻んでいる場所に突き当たった。どうやらこの先が『立ち入り禁止』の場所らしい。けれど格子に取りつけられた扉の鍵は開いていて、向こう側に行けるようになっている。向こう側の廊下にも、こちら側と同じように木箱や重そうな麻袋が積み重ねられ、倉庫代わりの荷物置き場になっている。その向こうは薄暗く、シン…と静まって無人のようだ。

ちょうどいい。ここにしばらく隠れていよう。

リエルは格子に取りつけられた扉をくぐり抜け、奥の薄暗がりに向かって歩を進めた。

もう一度角を曲がって少し進むと、張り出し窓があった。

その窓辺を見た瞬間、リエルの鼓動は前触れもなくふいに跳ねた。まるで怖いものを見たときのような奇妙な反応に首を傾げながら、おそるおそる近づいてみる。どこにもおかしなところはない。ほっと息を吐きつつ外を覗《のぞ》いてみると、王城の裏側に広がる広大な練兵場が見えた。

緋色《ひいろ》の近衛服をまとった騎士たちが、馬上や地上で剣や槍を交えて鍛錬している。

「……――あ、れ……?」

ここ……?　前に、来たことが……ある?

眉間のまわりがくにゃりと歪《ゆが》んだ錯覚とともに、時間と空間が混じり合ったような不思議な気分になった。今がいつなのか分からなくなる。

この場所を、僕は知っている。前にも一度、来たことがある。

「いつ……?　誰……と?」

練兵場で訓練を続ける騎士たちをぼんやり見つめながら窓枠に手を置いて、ふらつきかけた身体を支える。そのときふと、自分の左中指に嵌《は》まった指環が目に入った。その瞬間、

『――この指環がそんなに欲しい?　だったら奪ってみなさいよ』

高らかに勝ち誇った女性の声が頭のなかで響きわたって、世界がくるりと反転する。

「え……?　あ…ぁ…――?」

時間が溶けて混じり合う。まるで過去が目の前に降り立ったように……――。

リエルの脳裏に、美しく波打つ金色の髪をなびかせ、指環を高々と掲げて逃げる女性の姿が浮かび上がる。その幻影を追いかけて、リエルは窓辺を離れてよろめきながら歩きだした。

壁に偽装した扉を開けて使用人が使う細い廊下を進み、閂《かんぬき》錠《じょう》を開けて扉をくぐり抜けると、外へと通じる階段が現れる。

「――…ッ‼」

ヒュッと鋭い呼吸が洩れた。

風がふいてリエルの長く伸びた黒髪が右に左に舞い揺れる。夏用の薄い衣服の長い裾と、肩に羽織っていた上着の袖が、乾いた風に煽《あお》られてひらひらなびき、淡い真珠色の薄衣と雲母色の刺繍織《レース》が、夏の陽射しを受けてキラキラ輝く。練兵場で鍛錬していた騎士たちの何人かがリエルに気づいたらしい。動きを止め、こちらに向かって指をさしている。

階段の先では、指環を掲げて勝ち誇った女性の幻影が揺らめいて、リエルを挑発し続ける。

『負け犬のくせにクラウス様に色目を使って、浅ましい！』

『この指環はクラウス様にいただいたものよ。わたくしが子どもの頃に』

「う、そだ…、その指環は――僕のだ…っ！」

――僕が…五歳のときクラウスにもらった約束の指環だ…！

リエルは…――ルルは、指環を奪って逃げようとするハダルの幻影を追いかけて、階段を駆けおりた。そして途中で足を踏み外した。ちょうどハダルが、自ら足を踏み外して転げ落ちたのと同じ場所で。

「あ…ッ」

身体がふわりと宙に浮いたかと思うと、天地が逆転して、雨期前のからりと晴れわたった青空が見えた。

つかまるものを探して咄嗟《とっさ》に伸ばした両手が視界に入る。左手の中指には、クラウスにもらった大切な『約束の指環』がちゃんと嵌まっていた。

ああ…。なくしたけど、戻ってきた…！

奪われたけど、とり戻した！

「僕の、指環だ…！」

陽射しを弾いてきらめく宝物を護るため、右手で左手を胸に押しつけて身を丸めた瞬間、

「ルル…ッ！」と自分の名を呼ぶ声が聞こえた。ハッと目を瞠《みは》って顔を向けようとしたとたん、肩と背中が何かにぶつかった。固いのに弾力がある、温かくて力強い何かに抱きとめられた。同時に腹部を強く抱きしめられ、嗅ぎ慣れた男の香りにふわりと包まれて、自分を抱きとめてくれたのが誰なのか理解する。直後、ドシンと鈍い衝撃が背中越しに伝わって、それから世界ががぐるぐるまわり、腕や肘、膝のあたりで痛みが弾けた。

鼻の奥が焦臭くなり、目の奥がチカチカする。

口のなかが鉄臭くなったのはどこかが切れて血が出たのか、鼻血が下りてきたせいか。

頭のなかで銅鑼《どら》でも鳴らされたみたいに、目を閉じているのに視界が揺れる。歪む。

「う…うぅ…う――」

衝撃と痛みのあまり止まっていた息を吸うと、土埃《つちぼこり》と砂の匂いがする。それでようやく、自分が階段から転げ落ちたのだと理解できた。けれど生きてる。頭も割れてないし骨も折れて

いない。階段のあの高さから真っ逆さまに落ちて地面に叩《たた》きつけられたのに、この程度で済んだのは誰かが抱きとめてくれたからだ。

遠くで誰かが叫んでいる。でも何を言っているのか分からない。頭のなかで鳴り響く銅鑼のせいでほとんど聞きとれない。痺れる手足を庇《かば》いながらなんとか息を吸うごとに、砂埃の匂いが強くなる。周囲に人の気配が立ちこめて、身体に触れる手の感触がした。――痛…くはない。手は服の上から怪我の有無と程度を用心深く探っている。触りながら何か叫んでいる。声の調子で叫んでいるとわかるけれど、耳に綿でも詰められたみたいにうまく聞きとれない。

鬱陶しくなって腕をふりまわし、自分にまとわりつく手と声を追い払おうとした。

僕は大丈夫だから、少し静かにして。

大切なことを思いだしたんだ。すごく大切なこと。

この指環は僕がもらったもので、ハダルのじゃない。

ハダルは嘘をついて僕に罪をなすりつけた。僕はハダルを突き落としてなんかいない。

「ルル…ッ――リエル‼」

突然、耳元で大きな声がして、ルルはひゅう…っと息を吸いながら目を開けた。同時に咳《せき》が出る。ゲホゲホと盛大に何度か咳き込んだあと、ようやく声が出た。

「ク…ラ、ウス…?」

「大丈夫か⁉　ルル！　――…リエル！」

わずかな青空に縁取られた視界がクラウスでいっぱいになる。それさえも水底《みなぞこ》から眺めるように、ゆらめいて崩れてしまう。両眼が熱い。熱くて瞬《まばた》きすると、頬に熱がこぼれおちる。

「クラウス…、僕、——…ちが、う…」

これもすべて夢かもしれない。夢なら、消えてしまう前に伝えなければ。声が出るうちに。今度こそ。本当のことを知ってもらわなければ。追放される前に。

「……僕じゃ…ない、僕は、突き落として…ない」

「——ルル…!?」

「ハダルが…指環を、奪って…逃げて、…——自分で、落ちたん…だ」

「ルル、記憶が戻ったのか!? 思い出したんだな!?」

「僕は…突き落とし…たり、してな…っ」

クラウスにだけは分かって欲しくて、信じてもらいたくて、必死にすがりついて言い募るうちに、涙で声が出なくなる。それでもなんとか声を出そうとしたら、喉の奥から「ひゅ——」とか細い悲鳴のような音が出た。

ルルはそのままか細い悲鳴と一緒に息を全部吐きだして、口を歪めてふたつの拳で両眼を覆った。そのあと何度声を出そうとしても、喉が締められたみたいにかすれた息しか出ない。

「わかってる! ルル! 君はハダルを突き落としたりしていない。君は悪くない。君は罪を犯していない。全部ハダルが保身のためにやったことだ。ルル、君は悪くない!」

ルル、君は悪くない。

その言葉が耳から胸に滴り落ちて、染み込んで、ルルはようやく息を吸うことができた。

「ひぃ……――……っく」

「ルル、思い出したんだな？」

やさしいささやき声とともに、まぶたをふさいでいたふたつの拳をそっと退《の》けられて、ルルはおそるおそる目を開けた。

「クラウス…？」

まぶしい光を見るように、少しずつ慎重に開けたまぶたの隙間から盗み見たクラウスは、怒っていなかった。怒るどころか、心配そうにこちらを見下ろしている。自分を抱き上げている腕もとてもやさしく、地面に叩きつけたり放り出したりする気配はない。

――やっぱり…夢かもしれない。

ルルは力が入らず震える腕をなんとか上げて、そっと手のひらでクラウスの頰に触れてみた。

「――夢…？」

「夢じゃない。現実だ。ルル――リエル」

その名で呼ばれて、ばらばらだったふたつの記憶が縫合された。

そう。僕の名前はルル・リエル。

そしてあなたはアルシェラタン国王クラウス・ファルド＝アルシェラタン。

僕の運命の片翼。そして僕は、あなたの伴侶で王侶。

翼神復活のために、あなたの正式な伴侶として『王侶』に据えられた。

思い出した瞬間、ルルはとっさにクラウスを押し退けようとした。けれど、その拍子に彼が上げた呻《うめ》き声に思わず動きを止める。

「痛《つ》……──ッ」

「え……？　あ……!?」

よく見れば、クラウスはルル以上に土埃にまみれ、上等な布で仕立てられた衣服のそこかしこが擦り切れている。そしてこめかみから流れ出た血が、耳のつけ根を通って顎から伝い落ちている。クラウスはルルに圧されかけた胸を庇うように手を当てながら、

「折れてるようだ」

かすれた声で苦笑した。

「！　見せて」

身を起こした瞬間、腕や脚の擦過傷や打撲が痛んだけれど、クラウスが負った怪我に比べれば大したことはない。

「御殿医を呼べ！　担架の用意を！」

「現場を立ち入り禁止にしろ、野次馬を入れるな！」

頭上で誰か──たぶんイアルと護衛隊長《トニオ・ル＝シュタイン》──が、声を張って次々と指示を飛ばしている。

朦朧《もうろう》としながらそれを聞き流し、ルルは身を起こしてその場に座り込んだ。そうしてクラウスの頭を自分の腿に乗せて横たわらせ、彼の額と胸に手を置いて目を閉じる。何か考える余裕はなかった。傷ついた人を前にした本能のようなものだ。

「ルル…リエル、俺のことはいいから自分の怪我を――」

「じっとして…」

意図に気づいて身動ぎかけたクラウスを手と声で制し、ルルは今ある癒しの力のありったけを彼に注ぎ込んだ。そうして、医師が駆けつけてクラウスの治療をはじめる前に、ひどい打撲や数ヵ所におよぶ骨折をみるみる癒治させてしまったのだった。

＊　＊　＊

ルルはクラウスの怪我を癒しの力ですべて治したあと、糸が切れた凧《たこ》みたいに意識を失った。

――いや、眠り込んでしまった。クラウスの腕にすっかり身をゆだね、すぅすぅと安らかな寝息を立てているルルの手足から、擦り傷や打撲の鬱血がみるみる消えてゆく。

クラウスは念のため、自分のために呼び寄せられた御殿医にルルの手当ても命じたが、結局治療行為はひとつも必要ないまま、最終的に「陛下並びに王侶殿下、ともに身体的な問題はすべて治癒しております」と太鼓判を押すことで診察を終えた。

ルルはそのまま三日間眠り続けた。

『眠り込む時間の長さは、使った癒しの力に比例する』

ルルが以前教えてくれた〝癒しの力〟の理《ことわり》に従えば、今回クラウスが負った怪我がかなり大きかったことになるが、実際は肋骨《ろっこつ》の何本かと左腕の骨折だけだ。

「〝だけ〟ではありません。一歩間違って打ち所が悪かったら、命を落としたり、寝たきりになったり、歩けなくなった可能性だってあったのですから」

現場を目撃したイアル・シャルキンは、クラウスの楽観にそう釘を刺す。

確かに、ルルがもし癒しの力を持たないただの人間だったら…。そう考えるとぞっとする。

「そう…だな。すまない。心配をかけた」

クラウスは素直に、心配性の側近に謝った。

ルルを寝室に運んで安らかな寝顔と寝息を確認したあと、クラウスは護衛隊長《トニオ・ル＝シュタイン》に厳格な警護態勢を敷くよう改めて命じた。さらに、今回の事故が起きるに至った原因のひとつ。勝手に立ち入り禁止区域を臨時の物資置き場にした現場責任者と、通行を遮断していた格子扉の施錠を怠った者を厳罰に処した。さらに彼らの上役となるアルベルト・パッカスには監督不行き届きの責任をとって城代の役目を退かせ、許しがあるまで蟄居《ちっきょ》謹慎とした。

ルルの護衛を任されていたにもかかわらず途中で見失い、あの場所に立ち入らせてしまったトニオ・ル＝シュタインも、護衛隊長の任を解いて降格と財産を没収。一定期間の謹慎処分の

後、本人が希望すれば平騎士として職務に復帰することだけは許可した。

そして、そもそもの原因となったナディン・ナトゥーフへの処罰については、向こう十年間の俸給返上ということで対外的な折り合いをつけた。

ナディンは元聖導士で新参者にもかかわらず、王に重用されているということもあり、周囲の見る目が厳しい。そこに今回の騒動だ。王の意向に反して王侶に具申した結果、王侶を命の危険にさらしたのだ。本来なら身分剝奪の上蟄居謹慎を申し渡し、投獄または処刑されてもおかしくない。しかし聖導士だったナディンの知識は、対聖堂院戦に備える現在のアルシェラタンにとって必要不可欠。だからといって処罰なしにしてしまえば、周囲に不満が残る。十年間という長期の俸給返上は、そうした不満を抱きやすい人々をなんとか納得させる処罰だった。

「元々、基本的な衣食住はすべて国庫から賄ってもらっておりますし、買い物や観光のためにアルシェラタンに残ったわけでもありませんから、十年間無給だからといってそれほど困ることもありません」

当のナディンは、王侶《リエル》を命の危険にさらす結果になったことに対しては恐縮して謝罪をしたが、己に課された処罰については飄々《ひょうひょう》と受け容れている。潔いその反応に、イアル・シャルキンは、さすがに十年間の無給は不自由もあるだろうと同情したらしい。

「今後目立った功績があれば、その都度加禄の機会がある。今回の処罰もいずれ相殺されるだろう。遠隔通信が可能な水晶盤の技術ひとつをとっても、莫大《ばくだい》な恩恵を受けているからな」

そう言って慰めた。ナディンの具申が私利私欲からではなく、クラウスとアルシェラタン王国、ひいては世界のためと思えばこその行動だったことを、知っているからこその同情だ。

「だが、王に無断で先走ったことをしたのは反省したまえ」

「してますよ。ですが、いくらクラウス様をせっついても、一向に埒《らち》が明かないので仕方なかったんです。こうなったらイアルさんからも言ってくださいよ」

「なにを」

「王侶殿下に、一刻も早く陛下と初夜床入りの儀をつつがなく執り行ってくださいませ、と」

懲りないナディンの要請に、イアルは目をすがめて溜息を吐くに留《とど》めたが、ナディンにそう頼まれたという報告はクラウスに上げた。そして「近々折りを見て、自分からも現在アルシェラタンが置かれている状況と、王侶殿下の関係について説明させていただきたい」と願い出た。

「陛下から直接聞くよりも、他人の口から聞いた方が冷静に対応できることもありますから」

しかしクラウスはその提案を一蹴した。

「いや。それは俺の役目だ。君の気持ちだけありがたくもらっておくが…」

言いながら、ルルが自分の言葉に耳を傾けてくれるか不安が過《よ》ぎる。

『クラウスは最初から「翼神の復活」が目的で僕を伴侶にしたんじゃないの？』

『あなたの〝愛〟はどこにある？』

庭園で、不信と悲しみに満ちた瞳で自分を見つめ、震える声でそう問いつめたときリエル…

ルルの頑《かたく》なな様子を思い出して、クラウスは力なく瞑目《めいもく》した。

クラウスの怪我を癒した反動で眠り込んでしまったルルが目を覚ますまで、クラウスは可能なかぎり側にいて見守り続けた。目覚めたときにすぐ駆けつけられるよう、臨時の執務室を寝室の近くに設置して政務に当たった。本当はすべてを投げ出して、つきっきりで見守っていたかったが、王という立場上それは許されない。特に、少し前からフロス地方の鉱山で起きている鉱夫集団による抗議騒動と、監督人による不正疑惑に関しては急を要する問題で、予断を許さない。フロスのナハーシュ鉱山はアルシェラタン最大の産出量を誇っており、対聖堂院戦に必要な武具を増産継続するためにも早期の問題解決が必須だった。

緊急性のない執務——勲功者への褒賞だとか、定期的に行っている市井の民との語らいなど——は予定をずらして時間を作り、ルルが眠る寝室に足繁く通う。

庭園で咲き誇る花々からルルが好きそうなものをいくつか摘んで寝室に飾り、寝台脇の椅子に座ってしみじみと、記憶をとり戻したルルの寝顔を見つめる。

想定以上に長く眠り込んでいるのは、戻った記憶——クラウスから受けた仕打ち——の衝撃を癒すためだろうか。そう考えると、記憶を取り戻したルルが自分のことを赦してくれるかどうか絶望的になる。けれどあの子が朦朧としながらも癒しの力を使い、折れた肋骨と腕の骨がみるみる治ったことを思い出すと、身勝手な希望がかすかに芽吹く。

闇夜を照らす星明かりのように、今はその事実だけがクラウスのすがれる縁だった。

「目を覚ましたら君に謝りたい。それから、いろいろ話そう」

君が言いたくても言えなかったことを全部聞かせて欲しい。そして、二年半前まではできなかったことを、これから一緒に体験していきたい。

だから早く目を覚ましてくれ。そう心のなかで念じながらクラウスはルルの頬を撫で、頭を撫で、手をにぎって温もりを伝え続けた。

＊　＊　＊

目を覚ましたとき、ルルは自分がどこにいるのか分からず混乱した。見覚えがある馴染んだ場所なのに、自分がどうしてこんなに立派な部屋の、ふかふかで上質な寝具にくるまれているのか分からない。何度か瞬きをして、最前まで見ていた夢を思い出すように瞳を斜め上に向けると、人影が視界に入る。向こうもこちらに気づいたのか、目を瞠って口を大きく開け、けれどささやくような小さな声でそっと語りかけてきた。

「お目覚めですか、リエル様」

「フォニカ…？」

思い出すより早く名前が唇から転がり出た。それが突破口になったかのように、止まっていた時間がどっと流れだして記憶が次から次へとよみがえる。ルルだった時の記憶。その記憶を失ってリエルとして過ごしていたときの記憶。そして、ふたつの記憶がつながった瞬間のこと。クラウスに誤解だと分かってもらった安心感。そして、そして――…。

「はい。気がつかれてようございました。安心いたしました。すぐに陛下をお呼びいたしますね。少しだけお待ちください、すぐに」

クラウスを呼ぶと言われてルルはとっさに手を伸ばして、フォニカの腕をつかんだ。

「待って」

「え?」

「呼ばないで」

そのときフォニカが浮かべた表情は困惑、それから理解と同情、そして再び困惑だった。

フォニカは今にも立ち上がろうとしていた腰を静かに下ろし、自分の腕をつかんだルルの手をとって両手でやさしく包みこみ、歳の離れた兄か姉のように気持ちを寄り添わせてくれた。

「――記憶が戻って、混乱してらっしゃるんですね?」

フォニカはルルの記憶が戻ったことを知っていた。クラウスが教えたのだろう。

ルルが目だけでうなずくのを見て、フォニカは困り顔で首を傾げながら「少しくらいなら報告を遅らせることができます」と告げた。王侶付きの侍従としてリエルの意向には添いたい。

けれど王への報告義務を怠るわけにもいかない。その狭間《はざま》で困っているのが分かって申し訳ないとは思ったけれど、今ここにクラウスを呼び入れられるのは嫌だった。

「四半刻《しはんとき》…ううん、半刻だけ、気持ちを落ち着ける時間をもらえる？」

「承知いたしました」

何か御用がありましたらお呼びくださいと言い置いて、フォニカは控えの間に退いた。向こうからはルルの寝台が見えるが、こちらからは視界に入らない場所だ。見守られていることは分かっていても、視界に入らなければ気は散らない。散らないどころか、ひとりになったとたん、ルルの気持ちは一気にクラウスに向かって迸《ほとばし》った。

今さらどうして…！

助けたのか、王侶になんてしたのか、罪滅ぼしのつもりなのか…⁉

どうして今さら、どうしてどうして、どうして⁉

二年半前に受けた仕打ちを思い出すと、その瞬間に視界と気持ちが赤黒く塗りつぶされて、熱された分厚い石塊に押し潰されるように心も思考も感情も麻痺《まひ》してしまう。熱くて重くて苦しくて、触れることもできず、かといってそこから離れることもできない記憶を、どう扱えばいいのか分からない。

あの階段から転げ落ちたとき、クラウスが抱きとめて落下の衝撃を受けとめてくれた。そのせいで負った大怪我だから、何かを考える前に癒しの力を使っていた。でも、だけど！　だからといって彼が僕にしたことを赦せたわけでも、受け容れられたわけでもない。

「――……ぐ…ぅ……ッ」

両手で頭を抱えて身を丸めると、自然に呻き声が洩れる。声に気づいたフォニカが顔を出し、心配そうにこちらを窺うのが腕の隙間から見えた瞬間、今度は別の意味で呻き声が洩れた。

もしも記憶が戻ったのが隊商一家《ダリウスたち》と暮らしていた時だったら、迷うことなく絶望できた。恨むこともできた。憎むことだってできた。

でも、クラウスは僕を探しまわって迎えに来てくれた。誠心誠意、謝ってくれた。

王侶という、王の伴侶としての正式な身分をくれた。

考え得るかぎりの真心と誠意を差し出され、記憶がないとはいえそれを有り難く、嬉しく受けとったあとのこんな状況で、どんな顔でクラウスに会えばいいのか分からない。

「赦せるの…？」

信じてもらえず冤罪を着せられ、冬の荒野に打ち捨てられた小さなルルがつぶやく。

「わからない…」

王侶として半年近くぬくぬくと、クラウスの側で暮らしてきたリエルがささやき返す。

いくら考えても答えは出ないまま時間が過ぎる。

「リエルさま」

やがて遠慮がちなフォニカの声に顔を上げると、静かに入室してきたクラウスと目が合った。

「ルル…リエル――…目が覚めたと、報せを受けた」

クラウスは、フォニカからルルの複雑な反応についても知らされているのか、手負いの獣に近づくような慎重さで寝台に歩み寄ろうとして足を止めた。身を起こしたルルが両脚をぎゅっと胸元に折りたたんで枕に背を押しつけるという、拒絶と防衛の姿勢をとったからだ。

「まずは礼を言う。俺の怪我を癒してくれてありがとう」

「――…」

ルルは無言で歯を食いしばり、まぶたを伏せた。別にあなただから助けたわけじゃないと、言い返したかったけれどできない。そもそも彼が怪我をしたのは、自分が階段から落ちたせいだ。助けてくれてありがとうと、礼を言わなければならないのは自分の方だ。でも声が出ない。

「……近づいても、いいだろうか？」

改めて許可を求められて、ルルは唇をかみしめて視線だけで室内を見まわした。

逃げ場はない。そもそもここから逃げてどうするのか。王城内のどこに隠れてもいずれは見つかる。捜索のために人手がかかり、迷惑をかける。王城の外に出たって結局同じだ。癒しの力を持つルルの顔はある程度知れわたっている。ひとりでふらふらしていて悪い人間に捕まったりすれば、力を利用されるだけでなく、王に対する脅迫や身代金の要求などに使われる。クラウスだけでなく、王に仕える大勢の人々…だけでもなく、クラウスのおかげで安寧な暮らしを得ている大勢の民にも迷惑をかける。

半年近くの間に受けた王侶教育のおかげで、瞬時にそこまで考えがまわってしまい、ルルは仕方なく、渋々、全身を強張《こわば》らせながらうなずいた。

クラウスはほっとした表情を浮かべ、けれど緊張は解かず、そしてその緊張を極力表に出さない控えめかつ自然でゆったりした身のこなしで、寝台脇に置かれた椅子に腰を降ろした。

「身体の調子はどうだ？　痛みがあったり、苦しいことはないか？」

空気を含んだ綿のような、気遣いとやさしさに満ちたやわらかな声で、まずは体調を訊ねられてルルはふるふると首を横に振った。僕よりクラウスの方がよほど大怪我だったのに。あなたの方こそ大丈夫なのかと、訊き返したいけど喉がつまって声が出ない。

クラウスは安堵《あんど》なのか、ルルの反応に傷ついたのか、判然としない表情で小さく息を吐き、わずかに不安を滲《にじ》ませた問いに、

「声は…出るのか？」

わずかに不安を滲ませた問いに、ルルは出ると答えようとした。けれど開きかけた唇が震え、声の代わりに喉奥から熱い呼気がせせり出て、それに引きずられるように涙と嗚咽《おえつ》がこぼれ落ちた。熱い雫が目の縁から転がり落ちたとたん、泣くなと自分を叱咤《しった》して唇を食いしばったけれど、よけいに涙が迸っただけだった。

「……っ…ぅっ…く、…ひぃ…っく――」

泣き顔を見られたくなくて胸元に折りたたんだ膝頭に両眼を押しつけると、肩に温かな手のひらが置かれたのを感じた。遠慮がちに。ためらうように。けれど、なぐさめたいという気持

ちに負けて触れたのが分かるやさしさで。

「ひっ…っぐ…――、こ、声は、で、出…ぅ……勝手に…さわ…るな、ばか…」

膝頭に突っ伏したまま幼児のように泣きじゃくり、最後に幼稚な罵倒を付け加えたとたん、クラウスの手のひらが一瞬わずかに強張った。けれどすぐに「すまない」と謝りながら、両手で肩をつかまれて抱き寄せられる。

勝手にさわるなと言ったのに、どうして真逆のことをするのか。

そう詰《なじ》ってやりたいのに、抱き寄せられた胸はひろくて温かくて頼もしくて。背中にまわった両手からじんわり染み込む体温に、ささくれて擦り切れそうだった心が癒されたのは事実。

その事実に腹が立つ。今さら、今さら、今さら――。

あんなにひどい仕打ちをしておいて、今さらどうして僕にやさしくするのか？

まるで、愛しているみたいに。

ハダルに騙されて、彼女を選んで僕を見捨てる前に、こんなふうにしてもらえたら、僕は迷うことなくあなたの胸に飛び込んで、身も心もあなたに捧《ささ》げていたのに。

「いっそ…記憶が戻らなければ…よか…った」

そうすれば今も『リエル』として、あなたの側で幸せに暮らしていけたのに。

ルルは食いしばった歯の間から切ない気持ちを吐きだして、ゆっくりクラウスの胸を押し返し、自分の左手に嵌まっているふたつの指環を見つめた。約束の指環と、王侶の章印指環。それから静かにクラウスと視線を合わせ、声をしぼり出す。

「――僕…、あなたのことを赦せばいいのか…憎めばいいのか、分からない…！」

「ルル…リエル」

クラウスの声も、瀕死の重傷を負った人のようにかすれている。

彼が呼んだ名のとおり、今のルルはふたつの心に引き裂かれている。ひどい仕打ちを受けて傷つき、もう二度とクラウスのことなど信じられないと泣きじゃくり、絶望と諦念にうつむくルルと、誠意ある謝罪を受け、半年に及ぶ愛情に満ちた暮らしに癒されてクラウスのことを愛してしまったリエルに。

どちらも自分だ。だからこそ、どうしていいのか分からない。

涙を堪《こら》えようとして堪えきれず、嗚咽混じりにぼろぼろと目から雫をこぼし続けるルルを見つめて、クラウスは静かに椅子から腰を上げ、立ち上がるのではなくそのまま床に片膝をついた。そうして深く項垂れる。

「君が、俺を赦せないというなら、甘んじて罵倒でも恨み言でも受ける」

そう言ったあと、船室で見せたのと同じようにさらに深く項垂れてルルに謝罪した。

「ルル…、君を傷つけて本当にすまなかった。君を信じてやれなくてすまなかった。君が俺に与えてくれていた真心や、愛情の素晴らしさと豊かさに気づけなくてすまなかった。俺の愚かさで君に辛《つら》い想いをさせて…――本当に、すまなかった」

王の矜持《きょうじ》をかなぐり捨てた、その謝罪の重さが分からない無知な人間のままだったらよかっただろうか。それとも、その重さが分かるようになっていてよかったのだろうか。

「――…」

ひとりの人間がなし得る可能なかぎりの、誠心誠意を込めた謝罪を受けて、ルルのざわめいていた心がわずかに凪《な》いだ。クラウスの仕打ちに自分は確かに傷ついたが、だからといってあの出来事のすべてをクラウスになすりつけて、自分だけが被害者だと自己憐憫《れんびん》していていいのか。

冷静になって考えれば、そもそもここまでクラウスに謝ってもらう理由がルルにはない。五歳のとき、瀕死の少年を見つけて助けたのは、ルルがそうしたかったからだ。

十五歳になって、再会したクラウスを好きになって、一緒にいたいと願い、まとわりついて自分を一番優先して欲しい、信じて欲しいと訴えて、それが叶《かな》わなくなったからといって勝手に傷ついたのは、ルルの事情であって、クラウスに責任はない。

好意を寄せられたからといって、それに応える義務などクラウスにはなかったのだから。

それでもクラウスは精いっぱいルルのために心を配ってくれた。アルベルト・パッカスという有力者を後見人につけてくれて、パッカス邸で何不自由なく暮らせるように手配してくれた。本来は焚刑《ふんけい》だったところを国外追放に減刑してくれた。その追放刑も、せめてきちんと生き延びられるようにと衣服や食糧、当座の金銭といった荷物を持たせようとしてくれたことも、教えてもらったから今は知っている。

クラウスは、あのときの彼にできるかぎりのことをしてくれたのだ。

ハダルを信じて騙されたことを責めて詰れば、その返す刃で、クラウスを信じた自分も斬られるだけだ。頭では、そう分かる。けれど胸でざわめく濁った淀《よど》みはなくならない。

「クラウスは…自分を裏切って、殺そうとした人間が現れて――」

ルルは喘ぐように声を途切らせながら、かつてひどい傷痕があった左眼と、五歳のときに癒した傷の場所、両眼と胸をそれぞれ指さして、訥々《とつとつ》と訊ねた。

「……あれは誤解だった、本当は事情があって仕方なくそうしたんだ…って言われたら、それを信じて、相手を赦せる…?」

涙で潤んだ視界のなかで、クラウスがぐ…っと息を呑むのが見えた。血の気が引いて顔色が蠟《ろう》のように白くなる。クラウスは何か言おうとして唇を開きかけ、何も言えずに閉じるのを二、三度くり返してから、石臼を背負わされた人のように項垂れて両手をにぎりしめた。淡い金色の前髪が目元を覆って表情が見えなくなる。

「――その事情が納得できるものだったら、俺は、赦したいと思うよ」

うつむいたままかすれた声をしぼり出したクラウスの言葉に、ルルは拳に嚙《か》みついて呻きをこらえた。

「そう…。あなたは心が広いんだね。でも僕は…――」

言いながら、ルルは左の中指に嵌まっているふたつの指環のうちのひとつ、章印指環の方をゆっくり外してクラウスに差し出した。

「こんな気持ちであなたの伴侶……『王侶』でなんか、いられない」

婚姻の儀で贈られた指環を返す意味は、説明不要だろう。

突き返された指環を、クラウスはしばらくの間受けとろうとしなかった。けれどルルがいつまでも腕を伸ばして引かなかったのであきらめたのか、結局は受けとった。

「――預かっておく」

白蠟みたいに青ざめながら妙にあっさりとした口調でそう言って懐にしまったあと、伏せられた死刑宣告書を盗み見するように、ルルの指に残っている約束の指環にちらりと視線を向けるのが分かった。とたんにルルは左手を右手で覆いながら身体をよじって、クラウスの視線から指環を隠した。

「これは僕のだ…！」

誰にも奪わせるものか。

「ルル…」

「僕が、あの人にもらった大切な宝物だ…！」

聖域で出会ったあの少年と、今目の前にいるクラウスは同一人物なのに、ルルのなかでは別々の存在になっている。迎えにくると約束してくれた少年。ルルの運命の片翼。

「これはあの人が僕にくれた大切な…、約束の…――」

「分かったルル。それは君のだ。誰もそれを君から取り上げたりしない」

だから安心していい。あやすようにそう言われて、ルルは涙と嗚咽で息をつまらせながら、こくこくと小さくうなずいた。

「それに、君がもしまたその指環をなくしたとしても、俺はもう間違わない。指環だけじゃなく記憶をなくしても、姿形が変わっても、俺は君を見つけるし、君を選ぶよ」

訥々と語られた言葉に、ルルの胸はよけいざわめいた。クラウスが本気でそう思っていることはわかる。けれど信じることができない。信じられないことが悲しくてよけい涙がこぼれる。

やがて、ルルの忙《せわ》しない呼吸が静かに凪いで涙も止まると、それまで忍耐強く見守っていたクラウスが遠慮がちに口を開いた。

「何か他にして欲しいことや、――俺に…できることはあるか？」

休戦協定と和平交渉のために差し出された手、ともいうべきその問いに、ルルは思わず唇を食いしばり、再び呼吸を浅く速くしながら考えて申し出た。

「しばらく、寝室を別にして欲しい。…――っていうか、王城《ここ》から出てひとりになりたい」

事実上の別居希望にクラウスは目を瞠り、かすれた声で問い返す。

「――なぜ？」

「ちょっと…いろいろ混乱して、ひとりで考える時間が欲しいから」

クラウスが何か言おうと口を開きかけて閉じる。それからもう一度開いて、結局何も言えずに歯を食いしばり、拳を強くにぎりしめるのが見えた。ルルを引き留めたい、けれど要望には応えたい。その狭間で葛藤《かっとう》しているのがひしひしと伝わってくる。眉間に寄った皺の深さに、胸が小さく痛んだけれど、彼を苦しめている罪悪感より、今はとにかくひとりになりたい気持ちの方が強くてクラウスの気持ちまで気遣う余裕が持てない。

「ナディンが言ったことなら気にしなくていい。俺は翼神復活のために君を探し出したわけでも、正式な伴侶になってもらったわけでもない」

ようやく口を開いたクラウスの言葉で、ルルは今回の騒動に至るそもそものきっかけを思い出し、溺れる寸前だった頭を、水中にグイと押し込まれたような心地になった。

だったらなぜ、王侶なんていう大層な身分に据えたのか。世継ぎなんて絶対に作れない男の自分を。そう訊ねて納得のいく答えを得たい気持ちと、聞いてもどうせ納得なんてできない、信じることなんてできないと思う自分がいる。信じたい、赦して受け容れたいと思う自分と、二度と騙されたくない、裏切られたくない、捨てられたくないし傷つきたくないと、分厚い鎧《よろい》で心を守ろうとする自分が胸の内で激しく戦っている。

たくさんのことが一度に起きたせいで、苦しすぎてぼんやりしてくる。腕から指先にかけて感覚が消えてゆく。

「それは…」

「ルル、リエル。こっちを見てくれ。俺の目を見て」

必死さがにじむ声と同時に、そっと肩に手をかけられて身体の向きを変えられた。クラウスの正面に。でも顔は上げられない。深くうつむいたまま両手を胸元でにぎりしめたルルの頭上に、クラウスの声が落ちてくる。

「婚姻の儀を挙げて君を王侶にしたのは、君が誰にも後ろ指をさされず、この城で堂々と暮らしていけるようにするためだ。もちろん俺が、君を正式に自分の伴侶にしたかったという身勝手な理由もある。けれど一番は、君の安全と立場と心と尊厳を守りたかった。そのためには王である俺の伴侶になってもらうのが…──。違う…。一番は、俺が君を独占したかったんだ」

二度と失わなくてすむように…。そう言ってクラウスは項垂れた。

「俺は君を、大切にしたい。君が笑顔で心地好《よ》く暮らせるように努力しているつもりだ。何か足りないとか不自由なことがあるなら、できるかぎり対処する。俺は君の願いを叶えたい。閨事は、君がしたくないなら一生しなくてもいいんだ。以前も言ったように無理強いするつもりはないから。けれど城を出るのは…、俺から離れることだけは、思い直してくれないか──」

深く頭を下げられたが、ルルの気持ちは変わらなかった。

ルルはうつむいたまま、悔しさと腹立たしさと悲しさがあふれないようきゅっと唇をかんだ。

「…──僕の願いを叶えたいって言うなら……だったら…しばらく独りにして」

この願いを叶えてくれるか否かが、あなたの言葉が真実か偽りかの試金石だ。そんな想いと

ともに、抑えようもなく再び涙で潤んだ瞳をまっすぐクラウスに向けると、

「……わかった」

クラウスは百もの繰り言をこらえる敗軍の将のような表情で、ついに降伏したのだった。

✧　導きの灯

その日のうちに、ルルは王城敷地内の一角に建つ小さな離宮に移り住んだ。

「代々の王太后さまがお暮らしになるための離宮でございますよ。今回は急なことでしたので、家具の配置などを含めて、あまり行き届いてないかもしれませんが」

ターラの説明を聞きながら足を踏み入れた小離宮は長方形の、泡菓子《ムース》と砂糖細工でできているような、ふんわりとした可憐《かれん》な外観と色をしていた。

離宮とそこに付随した庭園のまわりには常緑の木立が生い茂り、王城との間を遮っていて、木立で囲まれた敷地から出さえしければ、王城の存在を忘れてしまえる。

「お疲れではありませんか？　いろいろあったあとですからご無理はなさいませんように」

身のまわりの世話のために一緒に移り住むことになったフォニカが、香草茶を差し出しながらルルを気遣う。温かな香草茶を受けとりながら、ルルは大丈夫だとうなずいた。

「なんだか、大事になってごめんなさい」

ルルと一緒に離宮に移り住むのはフォニカとターラだけでなく、十名の護衛たち、料理長と助手と二名の下働き、合わせて十七名になる。護衛たちは王城にいたときとは違う顔ぶれだったが、場所が変わったせいだと思い納得した。そしてこんなにも大勢の人間を自分のために移住させたことを申し訳なく思う。他にも庭師と助手がいるが、彼らは元々離宮専属で働いていたので、それだけは気にしなくてすむのだが。

「城外の街に下りて、適当な宿でも借りて一人暮らししようと思っていたんだけど…」

身ひとつで王城を出て街の片隅に身をひそめ、どこかの治療院とか施療院にもぐりこんで働きながら日々の糧を得ようと考えていたのだ。

その計画は即座に却下された。理由は、身の安全が保障できないから。

様々な病や怪我《けが》を癒して治すことができるルルの力は、万人にとって垂涎《すいぜん》の能力だ。そしてルルの顔は『移動治療院』のおかげで、知らぬ者はないほど城内で知れわたっている。城勤めのなかには城外の街から通いの者もいて、彼らが城外でルルを見つけたら必ず騒ぎが起こる。

その結果がどうなるか、詳しく説明されなくてもさすがに想像がついたので、ルルは素直に用意された——もちろん手配したのはクラウスだ——離宮に移り住むことで満足するしかなかった。

離宮に移り住んだからといって、ルルの日課にさほど変化はない。

適度な運動、通いの学者たちによる歴史と読み書きと礼儀作法、さらに王族に相応《ふさわ》しい教養

——音楽や芸術鑑賞、詩作など——の授業、合間にクラウスと遭遇しないよう慎重に場所を選んで『移動治療院』の継続。

夜は独りで眠りにつき、朝も独りで目覚める。

そのことを寂しいと感じるより、今は顔を合わせずにすむ方が気が休まる。合わなければ詰《なじ》らずにすむし、声を聞かなければ腹を立てずにすむ。毎日、クラウスから贈り物が届くから、完全に忘れてしまうことはできないけれど。

クラウスからの贈り物は、蜜をふんだんに使った菓子、摘み立ての野苺《のいちご》、ルルに合わせて仕立てられた新品の衣装一式、小鳥を象《かたど》った美しい装飾品、素朴な野の花を組み合わせた花束、ルルの好みに合わせた香袋、見事な駿馬《しゅんめ》と馬具一式、文字の成り立ちを記した高価な辞典など、気安いものから身に余るものまで様々だ。どの贈り物にもクラウスのルルに対する気遣いと愛情があふれていて、それを退けて離宮に逃げ込んだことにちくちくと罪悪感を覚えるほどだ。

ルルはぼんやりと頭をめぐらせ、緞帳《カーテン》越しに差し込む鈍い薄明かりを見つめて溜息《ためいき》を吐いた。

民のことを思うなら自分の感情など脇に置き、成すべきこと——ナディン曰《いわ》く『翼神復活のための交合』——をすべきだと、頭では分かっている。こんなふうに感情にまかせて距離を取り、ぐずぐずと時を浪費するのはただのわがままだと。

人の上に立つ者の義務と責任についてルルは少し齧《かじ》った程度だが、それでも知ってしまった以上、知らない振りはもうできない。ましてや、生まれたときから王家の存続と民の安寧を優先して考え、行動するよう育てられたクラウスが、ルルではなく子を成せるハダルを選んだのは当然だったと、今なら分かる。腹は立つけれど。

「クラウスは、たぶん悪くない……――僕が勝手に好きになって、勝手に期待して、そして裏切られたって逆恨みしてるだけ。」

眉間から額にかけて広がる鈍い頭痛に顔をしかめつつ、ルルはよろりと身を起こして窓辺に立ち、緞帳を静かに引いて外を眺めた。

どんよりと分厚く垂れ込めた雲が、早い速度で形を変えながら流れてゆく。風が吹いて木々の梢が大きく揺れている。朝とは思えない薄暗さの理由は、今にも降り出しそうな黒灰色の雨雲のせいだった。まるで自分の胸の内のような空をながめていると、ほどなく大粒の雫《しずく》が落ちはじめた。

雨期の到来だ。

ザアザアと音を立てて降りしきる雨を見つめながら、ルルはこのままこっそり王城を出て、身を隠してしまおうかと思ったりもする。けれどそれを実行したあとで時が過ぎ、もしもクラウスが自分のことをあきらめて別の誰かを新しい妻に迎えたら…と想像すると、即座に「そんなのは嫌だ」と思ってしまう。

「嫌だ…。クラウスがまた、僕以外の誰かと結ばれるなんて――」

だけどクラウスは王様だから、口ではなんと言おうと、ルルが姿を消してしばらく経《た》てば

『王の責務』という名目で彼の身分にふさわしい女性を娶《めと》り、世継ぎを成そうとするかもしれない。たとえ本人が乗り気でなくても、家臣団から強く要求されればせざるを得ないだろう。

「そんなの嫌だ……——」

いっそ復讐《ふくしゅう》するという理由で開き直り、王侶《おうりょ》としてクラウスの側《そば》にずっと居座るのはどうだろう。そこまで考えて、ルルは王侶の証《あかし》である章印指環を突き返してしまったことを思い出し、深く長く溜息を吐いた。

——クラウスがあの章印指環をあっさり受けとったっていうことは、僕はもう彼の『王侶』じゃなくなったってこと…なのかな？

わざわざ確かめに行くのも変だし、たとえ訊《たず》ねるにしても、いったいどんな態度で顔を合わせればいいのか分からない。

離宮に移り住んでから八日間、さんざん考えてきたけれど答えは出ない。

クラウスのことを赦《ゆる》せばいいのか。二年半前のひどい仕打ちを詰って怒ればいいのか。

「分からないよ…」

独りごちながら、ルルが胸に大きく残っている傷痕を服の上から無意識に撫《な》でたとき、扉が開いてフォニカが入ってきた。

「ルル様、イアル・シャルキン補佐官から謁見を賜りたいとのお申し込みがございました。お会いになりますか？」

「イアルさんが？」

思わぬ人物の名前に驚いて、何の用事だろうかと眉間に皺《しわ》を寄せて首を傾《かし》げる。本日の予定にイアルとの面会はなかったはずだ。そして、これまで彼と個人的な会話をした記憶もない。

「用向きは何か訊《き》いた？」

「内向きの事柄でご相談したいことがあるとのことです」

内向き、すなわち私的な話ということだ。もちろんそうだろう。政治的なことを相談されても、ルルに何か有用な答えができるわけでもない。

イアル・シャルキンはクラウスが行く場所ならどこにでも付き従い、私的空間である南翼棟以外の場所では必ず側に控えている側近中の側近だ。そんな彼がわざわざ自分を訪ねてきた。相談内容を問わなくても、なんとなく予想がつく。

「…――わかった。会います」

ちょうど雨で、外を散策する予定を返上したところだ。ルルは「ふう…」と小さく溜息を落とし、机上で広げていた絵本と辞典をパタリと閉じて立ち上がった。

「王侶殿下にはご機嫌麗しく。拝謁の栄を賜り感謝申し上げます」

応接の間に案内されて儀礼通りの口上を述べた国王補佐官イアル・シャルキンに、ルルは

「どうぞ」と着座をうながし、自分も座り心地の良い椅子に腰を下ろした。イアルは位を示す紋様刺繍《ししゅう》が施された官衣を隙なく着こなし、淡い金色の髪を一筋の乱れもなくきっちりと後ろに撫でつけた禁欲的な姿に、冴《さ》え冴《ざ》えとした濃青色の瞳が印象的な人物だ。

ルルはイアルに茶菓子を振る舞い、彼が「恐縮です」と言いながら、ちっとも恐縮も緊張もしているようには見えない自然体で茶杯《カップ》を口元に運び、ひと息つくのを見守った。

「それで、相談というのは？」

身分が上の者から話しかけないと、下の者は口を開くことができないという宮廷作法を思い出して、ルルが単刀直入に水を向けると、イアルは茶杯を受け皿に戻して姿勢を正し、ひたりとルルを見据えた。

「差し出がましいこととは重々承知しておりますが、陛下には内密で王侶殿下の誤解を解くべく参りました」

「誤解？」

自分とクラウスの間になんの誤解があるというのか。あなたには関係ないでしょ。とっさにそう反発する気持ちが表情に出たのかもしれない。イアルはルルの抵抗感を察したのか、四角四面に張っていた片肘をわずかに崩し、それまでまとっていた公的な雰囲気をふ…っと和らげてまぶたを伏せた。

「有り体に申しますと、落ち込んでへこみまくっているクラウス様を見るに見かねて参上いたした次第です」

先刻までと違う友人に対するような砕けた口調に、ルルの警戒心も自然に解ける。

「落ち込んで、へこみまくってる…？」

「はい。それはもう。見るも無惨に。隙あらば溜息を吐き、庭の梢に留まった黒鳥を見てぼんやり立ち尽くし、離婚の危機から脱して仲睦《なかむつ》まじく暮らしている夫妻に体験談を聞いて助言を請うてまわり。しまいには蔵書室の司書に、夫婦や恋人、友人たちが仲違《なかたが》いしたときどうやって関係を修復したかの記録を、抜粋して奏上するよう命じたりなさっていまして」

「それは…――」

どう反応すればいいのか分からず絶句していると、イアルは「はあ…」と溜息を吐いて額を押さえた。癖のない淡い金色の前髪がはらりと落ちて目元に影を落とす。よく見れば目の下に隈《くま》が浮き、苦悩と疲労の気配が濃厚に漂っている。

「あの…、僕とクラウスのことで、心労をかけてしまってごめんなさい」

「ああ、いえ。よろしいのですよ。そんな、殿下がお謝りになる必要などございません」

イアルは己の無作法を詫《わ》びるように手を振ったあと、膝の上で手を組み、ルルから視線を外して遠くを見つめながら、誰にともなく吐露するように続けた。

「王侶殿下が陛下に腹を立てる気持ちも分かりますし――。陛下は…クラウス様は、僭越《せんえつ》ながら少々…迂闊《うかつ》なところがございますから」

明け透けな物言いにルルは思わず好奇心をくすぐられ、訊いてしまった。

「イアルさんとクラウスって、どんな関係なんですか？　その…王と補佐官という以外で」

幼馴染《おさなな》《じ》みで幼い頃から一緒に育ったということは知っているが、どの程度の親密さなのかは、そういえば詳しく聞いたことがなかった。

「歳《とし》が近いということと、私の父が先の国王陛下――クラウス様のお父君に仕える侍従だったことから、遊び相手のひとりとして選ばれたのがはじまりです」

歳はイアルの方が五つ年上なので、幼い頃は兄弟のように育った。イアルの母は厳格で礼儀作法に厳しく、幼児のイアルに対しても主従の区別を明確にしてお相手するようにと説き聞かせるのが常だった。しかしクラウスの母である王妃ステラは対照的に解放的で自由闊達、身分の違いなど子どもたちには関係ないという考えであったため、イアルは王子《クラウス》に対する遠慮と、警戒心も持たずなんにでも飛び込んで、痛い目を見てから反省する弟分に対する保護欲と指導欲、敬意と呆《あき》れ、好意と苛立《いらだ》ちの間で揺れ動く多感な幼少期と少年期を過ごした。

「ルル様もお気づきかとは思いますが、クラウス様は王族にあるまじき無警戒…いえ――器が大きすぎて誰でも受け容《い》れてしまう…、いえ、誰でもというわけではありませんが…。なんと申しますか、これはと見込んだ人物に対して無条件で信頼を寄せてしまうことがあります」

主君に対して不敬にならないよう苦心して言葉を選びながら、クラウスの――いや、王としての欠点を指摘するイアルに、ルルはゆるくうなずいた。

「それは…、わかります」

だからハダルを信じ、彼女の言い分を信じてルルを遠ざけた。信じた最大の理由が〝約束の指環〟を持っていたから、だったとしても。

同意を得て少しだけほっとした表情を浮かべたイアルは、合わせた両手を唇の前に立てて宙を見つめ、思い出話を披露した。

「忘れもしない、あれは十四年前。私が十九、クラウス様が十四歳のときのことです」

クラウスは身分の低い、ほとんど平民といって差し支えない末端貴族の少年と出会い、たちまち意気投合して親交を重ねるようになった。少年は聡明《そうめい》で気立てもよく、母妃《ステラ》にも気に入られて王城に出入りするようになった。しかし、少年自身に問題はなくとも少年の親族には大いに問題があった。息子が王子に気に入られたと知るや、息子が得た寵愛《ちょうあい》を最大限利用して宮廷内に足場を築き、猟官活動をはじめる始末。息子は王子の親友だと周囲に言いふらし、その威光で詐欺紛いの商売をはじめる親族まで出現した。

イアルは少年に苦言を呈したが、少年はどこ吹く風と聞き流し、身を慎むどころか、イアルから叱責されたとクラウスに相談したらしく、逆にイアルがクラウスに『俺の友人を傷つけないでくれ』と叱られる始末だった。仕方がないので、イアルはクラウスに少年の親族が恥知らずな行いをしていること、それについて少年はなにひとつ改善しようと努力していないことなどを報告して、少年との付き合いを制限するか、いっそ城への出入りを禁じるよう忠言した。

しかしクラウスは頑として譲らず、少年を庇《かば》い続ける。

長年の付き合いがある幼馴染みかつ兄貴分である自分の忠告を聞き入れず、新参者の少年に入れ込み、優先するクラウスに対して、イアルは繰り返し『あの少年は、あなたにとって有害な存在になります』と、忠告と諫言《かんげん》をくり返した。その結果。

「クラウス様に『おまえの顔など見たくない』と絶交宣言されて、堪忍袋《かんにんぶくろ》の緒が切れました。『こっちこそ、あなたのご機嫌とりなどもうたくさんだ』と言い返して、友人兼側近の身分を返上し、暇乞《いとまご》いをしたのです」

「——…」

無言で目を丸くしたルルに、イアルは苦笑しながら「要するに、自分からクラウス様の下《もと》を去ったのです」と言い添えた。クラウス以外の王族にそんな態度をとれば、不敬罪で処罰されかねない暴挙だが、クラウスはイアルの行動を罰したりしなかった。そういう意味では、イアルもクラウスの器の大きさに無意識のうちに甘えていたことになる。

イアルはさらに、懺悔《ざんげ》するような口調で続けた。

「まあ、クラウス様が私のことを煙たがったのも分かります。私は年中ガミガミと口うるさく注意ばかりしていたので…。十四、五の思春期に、あれをしてはいけない、これをしては駄目だ、そんな振る舞いでは王家の恥さらしになる、未来の王となるべく耐えなさい、我慢しなさい、王子としての品位を保てなどと言い続けたら、それはまあ、誰でも嫌になって遠ざけたくなると、今なら分かります」

　しかしあの頃の自分は、自分が母に強いられてきた教育方針を、無自覚にそのままクラウスに転嫁していたのだと、イアルは自嘲気味に唇を歪《ゆが》めた。

「実家に戻り、久しぶりに母からあれこれ注意を受けて暮らすうちに、私のクラウス様に対する言動は、母の口癖にそっくりだと気がついて――ああ、いえ。これはどうでもいい話でしたね。――…話を戻しますと、結局その後、四十九年に一度の祝祭にクラウス様が参加された際、あの少年の手引きで暗殺未遂事件が起きまして」

「あのときの…」

「はい。ルル様がその癒しの力で助けてくださらなかったら、未遂ではなく暗殺されていただろうあの事件です。暗殺者を手引きしたのが件《くだん》の少年だったことは、クラウス様にも明白に理解できる状況でしたので、クラウス様はご自身の不明を詫びて私を城に呼び戻し、私も自身の言動について反省しておりましたし、暗殺されかけたクラウス様のことも心配でしたので、お言葉に甘えて側近として復帰いたしました」

「そう…だったんですか」

「はい」とイアルはうなずいて、ルルと目を合わせると、共犯者のように肩をすくめてみせた。

「その後も、クラウス様のあの性格、弱ってる者や困窮している者を見るとつい助けようとする気質のせいで、大分苦労しましたが…。ふた月前にルル様が癒してくださった、あの左眼と顔面の怪我も、視察中に病人を装った暗殺者に襲われて負ったものです」

「暗殺者……──」

「ご安心ください。犯人はその場で成敗されましたし、暗殺を──四十九年に一度の祝祭で起きた件も含めて──命じた黒幕も、今はすでに冷たく暗い土の下。一族郎党含めて二度と陽《ひ》の目を見ることなく朽ち果てる運命にあります」

「そ……うですか。それなら」

安心しましたと言いかけて、ルルは言葉につまった。すっかりイアルの昔話に引き込まれて、忘れていたクラウスに対する複雑な感情を思い出したのだ。

「……──」

「──……」

互いに無言になり、間を持て余して冷めた茶を飲む。ルルは保温盤に置かれた茶瓶《ポット》を持ち上げて温かい茶を注《つ》ぎ足し、自分の茶杯も満たして茶瓶《ポット》を戻した。保温盤は王城のみで使われている古代の遺構技術のひとつで、どういう仕掛けなのか分からないが、特定の素材の器を置くと、一定の温度で発熱するという便利なものだ。おかげでわざわざ使用人を呼んで茶を淹《い》れなおしてもらう必要がない。

ルルはいつもの癖で茶菓子をぽりぽりと美味《おい》しく齧り、途中で気づいてイアルにも勧めた。

麦粉を練ってふんわり焼き上げた生地に、煮果実《ジャム》を塗って重ね、そのまわりを固く泡立てた乳脂《クリーム》で覆い、砕いた木の実を散らして、ほどよく乾燥させたものだ。つまんでも手につかず、数日の保存が利いて携帯もできる優れものは、ルルの好みを聞いて料理長が創作した菓子だ。

イアルは遠慮がちな手つきで菓子を手にとり、ひと口齧って「甘いですね」と感想を述べ、その後は無言で完食した。表情からは美味しいのか、苦手な味だから一気に飲み下したのか判断がつかない。他者に内心を悟らせない貴族の教育成果とはこういうことかと、ルルは内心で感心しつつ、王族でありながら大らかで分かりやすい感情表現のクラウスに想《おも》いを馳《は》せた。

——クラウスも感情を外に出さないようにしてるけど、イアルさんに比べたらずいぶん分かりやすいもんね…。

そして自分は、イアルのように抑制の利いた人より、クラウスのような人の方が好きだな…と思いを転がしかけて、ぶんぶんと小さく首を横に振る。

茶菓子を食べ終わったイアルが、茶杯に口をつけながら「どうしました？」と言いたげに視線だけで訊ねてくる。ルルはそれにも小さく首を横に振り、なんでもないと伝えた。

イアルは飲み干した茶杯を受け皿に戻して、膝の上で手を組んだ。昔話で緊張を解《ほぐ》し、互いにどこか共犯めいた紐帯《ちゅうたい》を築いたところで本題に入る。

「ルル様は、クラウス様がルル様を正式な王侶として迎えたのは…、婚姻の儀を挙行したのは、『翼神復活のためだ』と思っておられるそうですが、それは誤解です」

「——…じゃあ、どんな理由だっていうの？」

どんな弁明を聞いても納得できそうにないが、だからといって「そんな話は聞きたくない」と退けるのも大人げないし、何よりもみっともない。ルルは仕方なくイアルの話に耳を傾けた。

「クラウス様の御心をお伝えする前に、まずは現在の我が国アルシェラタンの状況を少しだけ説明させてください」

イアルはそう前置きして、手早く説明をしてくれた。

現在アルシェラタン王国は同盟国を募り、対聖堂院戦に向けて戦争準備をしている。同盟国はアルシェラタン同様、中央諸国による〝贄の儀〟用の拉致誘拐問題に以前から頭を悩ませてきた諸国である。〝贄の儀〟自体は人間の欲望に根ざしたものであり、それを取り入れている国のすべてを相手に戦うことは不可能。だから、儀式による〝恩寵〟を提供している聖堂院そのものの殲滅《せんめつ》を目標にした。

「聖堂院の殲滅を目指す理由――真の理由は、聖域と中央聖堂院から逃げていらしたルル様ならよくご存知のはず」

「――僕たちを…〝癒しの民〟を聖域に閉じ込めて、定期的に餌にしてる、から？」

「はい。我々はその事実を二年前に知りました。ハダル廃妃の証言と、聖堂院を捨ててクラウス様に忠誠を誓った元聖導士ナディン・ナトゥーフの説明によって」

イアルはさらに、ハダルがどのようにクラウスを裏切り、その代償として聖域に戻されることになったのか、その際にクラウスがどう対応し、そして苦しんだのかをルルに説明した。

ルルはその話にどう応えていいか分からず押し黙り、わずかにうつむいて、ひたすら自分の左中指に嵌《は》まった指環の表面を右手の指先で撫でさすり続けた。

──クラウスが本当に後悔して、僕を必死に捜しだしてくれたのはわかった。でも…。

「クラウス様が聖堂院殲滅を心に決めた真の理由は、そこです」

クラウスに馳せていた想いがイアルの言葉で引き戻される。ルルは顔を上げて首を傾げた。

「そこ？」

「聖堂院にルル様の存在が知られれば、遠からず奴《やつ》らはルル様を奪還しにやってくる。ハダル廃妃やナディンの話から、クラウス様はそう予測された。聖堂院の魔の手からルル様を守り、ひいては癒しの民と、贄の儀の犠牲になっている多くの人間を救うには、聖堂院すなわち聖導士たちを殲滅するしかないと結論を出されたのです」

「僕を…守るため…」

思わず鸚鵡《おうむ》返しにつぶやくと、イアルは大きくうなずいた。

「ルル様が癒しの民であることは、本来なら秘密にしておくべき事柄でした。ですがクラウス様はあえてルル様が癒しの民であることを公にして婚姻の儀を挙行された。癒しの民であることを公にしたのは、そうしなければ、同性だという理由でルル様が後ろ指をさされ、肩身の狭い思いをするからという理由です。ルル様が王の伴侶として民の祝福と宮廷の承認を得るには、どうしても聖なる癒しの民であることを公にする必要がありました」

「……」

自分がただの人間だったらどうなっていただろう、クラウスはそれでも僕を王侶にしただろうか…と考えかけ、そんな想像は無意味だとルルは気づいた。ルルは翼神《よくしん》の末裔《まつえい》——癒しの民として生を受け、幼い頃に瀕死《ひんし》のクラウスと出会い、再会を約束し、そして再び出会って恋に落ちた。自分がただの人間だったら、そもそもクラウスと出会えていなかったはずだ。

そこでふと、あることに気づいて血の気が引いた。

「それじゃ…僕の存在そのものが、クラウスに…アルシェラタンに危険を呼び込むことに」

王侶移動治療院などといって、大々的に王城内で癒しの力を使ったりしていれば、いずれ噂《うわさ》は中央聖堂院に届いてしまうのでは…。自身の行動が引き寄せる未来に顔を青くして身震いしたルルに、イアルが急いで言い添えた。

「いえ。その心配には及びません。それに関しては対策済みです。秘密にしていたところで、突発的な事故や怪我でルル様がその力を発揮すれば、いずれ人の口を伝って情報は洩《も》れます」

ならば最初から公にして、その上で真実と虚偽の噂をまぜて流布し、アルシェラタン王家と国内の状況が正確に伝わらないよう撹乱《かくらん》操作をしていると、イアルは言った。元々、海沿いの大陸周縁国には聖導士が滅多に寄りつかず、結果的に国内状況が正確に中央に伝わるまでには時間がかかる。それを逆手にとった作戦だ。

幸いと言うべきか、クラウスは一度ハダルという癒しの民を娶っており、ルルというもうひとりの〝癒しの民〟を娶ったという話は、ハダルと混同して伝わりやすく攪乱しやすい。

そうはいっても面倒臭いことは事実だ。ルルを正式に伴侶として娶り、王侶などという身分にせず、秘《ひそ》かに匿って内縁関係を結ぶだけですませてもよかったのに。

「そうせずに、きちんと婚姻の儀を挙げてルル様に正式な身分を与えたのは、クラウス様の誠意の表れ以外の何ものでもありません」

「誠意…」

「はい。クラウス様は二度と再び、ルル様を不遇な立場には置きたくないと仰《おっしゃ》って、我々家臣一同の反対を押し切って婚姻の儀を決行しようとしていました。そこに助け船を出したのがナディンです。彼は『運命の片翼同士が真に結ばれると翼神が復活して、地に巣喰《すく》う魔物を打ち払い一掃するという伝説があり、聖堂院は何よりもそれを怖れている。クラウス様とルル様はその運命の片翼同士であり、ふたりが結ばれることはこの国と、ひいては世界を救う鍵となる』と言って我々を説得したのです。ナディンはこれまで聖堂院で独占してきた秘技や情報を我々に開示して、かなりの利益を与えてくれていましたので、家臣一同も彼の説得を受け容れて、陛下がルル様を王侶として正式にお迎えになられることを認めたのです」

「翼神の…復活…――」

「そうです。順番が逆なのです。ですからルル様は誤解していると申し上げたのです。翼神の復活は、決して陛下が言い出したことではありません。そして陛下は、翼神の復活のためにルル様と婚姻の儀を挙げられたのでもありません」

そこのところを、どうぞ誤解しないでいただきたいと、イアルは懇願するように頭を下げた。

「クラウス様はただひたすらに、ルル様の立場を守るため、ルル様が陛下のお側で安心して、そして誰に指さされることなく堂々と暮らすために、それが一番有効な方法だと思ったから婚姻の儀を挙行し、王侶という身分をお与えになっただけです。ですから、本来なら王族の婚姻に必須である初夜床入りの儀に関しても、無理強いはなさらなかったでしょう？」

そこまで言い募られて、ルルは何も言い返せず、ぎこちなくうなずいた。

そういえば、王城を出る前にクラウスも同じことを言っていた。あのときは何を聞いても言い訳だとしか思えなくて聞き流してしまったけれど。もしそれが本当なら、そこまで想われて喜ぶべきなのかもしれない。けれどルルは、クラウスの配慮に喜びではなく息苦しさを感じた。

「『世継ぎを成すことが遂行義務に入っている婚姻ではない。だから無理強いはしたくない』と仰られて、ルル様がその気になられないのなら、一生清い関係のままでも良いと仰られて」

だからナディンが焦《じ》れて、あのような行動に至ったわけですが…と、イアルは独り言のように付け加えて溜息を吐いた。

ルルはいつの間にか干上がっていた喉を潤そうと茶杯に手を伸ばしかけ、自分の指が震えているのに気づいてゆるくにぎりしめた。

「――イアルさんのお話は、理解しました」

「では」

「でも、もう少し考える時間をください」

表情をほとんど変えないまま腰を浮かしかけたイアルが、ありありと落胆するのが分かった。

クラウスが自分に向けた誠意がどれほどのものかも理解できた。

けれど。と、ルルは自分の胸を拳で押さえてうつむいた。

問題はクラウスがどれだけ過去を悔い、誠実に自分に向き合ってくれているかではない。

――僕が、クラウスをもう一度信じて、身も心も委ねられるか否か…ということだ。

イアル・シャルキンの訪《おと》ないを受けた日の翌日。

連日降り続く雨が、今日も王都を白く霞《かす》ませている。ルルは左手中指に嵌まっている指環を無意識に撫でながら、昨日――いや、この離宮に逃げ込んでから毎日考え続けている事柄を、飽きず倦《う》まずに転がし続けていた。

すべてを水に流して元に戻りたいと思ったとたん、どうやっても消えない胸の傷痕が疼《うず》いて過去の仕打ちを思い出してしまう。赦して受け容れて、また同じことが起きたら？　クラウスが他の誰かを優先して、僕を見捨てて放り出したら？　可能性は零《ゼロ》じゃない。

どうすれば、この怖《おそ》れが消えてくれるのか分からない。

そう思い惑いながら胸元の釦《ボタン》飾りを指先で弄《いじ》っていると、扉を開けてフォニカが現れた。

「リエル様、陛下が――」

フォニカが国王の訪ないを告げ終わる前に、うしろから本人が現れる。

「ルル・リエル、突然ですまないが、しばらく城を離れることになったから挨拶にきた」

「えっ…!?」

不意に告げられた言葉に、ルルは訳もなく動揺して椅子から落ちそうになった。ついさっきまで胸に抱えてもやもやしていた不安と『城を離れる』という言葉が相まって血の気が引く。駆け寄ってきたクラウスが手を貸す前に、ルルはよろめきながら立ち上がり、とっさに指環の嵌まった左手を右手で覆い隠した。指先で指環の縁をなぞりながら蚊の鳴くような声で訊ねる。

「……城を離れる…って、どうして…?」

「今から視察に出かけることになった。フロスのナハーシュ鉱山だ。少し問題が起きていて、早急に解決しなければならない。それで俺が直接出向くことになった。フロスはここからそれほど遠くない。馬で半日足らずの距離だ。何事もなく問題が片付けば数日、遅くとも七日以内には戻ってきたいと思っている。君は俺に会いたくないだろうから、言伝《ことづて》だけで出かけることも考えたが、どうしても顔を見ておきたくて――」

君にとっては迷惑だったかもしれないが…と最後に小さくつぶやいて、クラウスは少し寂しそうに笑った。その表情を見た瞬間、ルルの胸は罪悪感で小さく疼いた。

──視察…なんだ。よかった。でも、どうしてこんなに不安になるんだろう。

どう反応していいか分からずルルが黙り込むと、クラウスも笑みを消して自嘲気味にうつむいた。それから気をとり直したようにルルの顔を覗《のぞ》き込み、瞳で「触れてもいいか？」と問うてくる。ルルが顎を引いてうつむくと、それを了承と受けとったのか、クラウスは額にそっと唇接《くちづ》けを落とし、ルルの肩を一瞬だけぎゅっと抱き寄せてすぐに離した。ふり払われるのを怖れるように。

「行ってくる。留守の間、何かあれば城代代行のリンハルトに相談するように」

「え？　……代行？　城代はパッカスさんじゃなかったの？」

「アルベルトは引責辞任して、今は謹慎中だ。代行のリンハルトも優秀だし、君のこともよく言い含めてある。何も心配はいらない」

引責で辞任てどういうこと…と重ねて訊ねかけて、ルルはふいに気づいた。離宮に移る前までぴたりと影のようについてくれていた護衛隊長《トニオ・ル＝シュタイン》が姿を見せなくなった理由《わけ》。パッカスが突然引責辞任したという理由。

「もしかして、まさか、僕のせい…？」

「違う」と即答してから、クラウスは言い足した。

「この件に関しての原因は俺にあるし、彼らも自身の職務における責任を取っただけだ」

「でも…」と言い募ったルルに、クラウスはことさら安心を与える笑みを浮かべた。

「この話は帰ってきてからきちんとしよう。君さえよければ」

「もちろん…、だけど」

「君が気に病む必要は何もないんだ。——すまない、今は時間がとれなくて。帰城したらすぐに会いにくる。それまで心安らかに過ごしてくれ」

「あ…——」

ルルが何か言う前に、クラウスは未練を断ち切るようにきっぱり踵《きびす》を返して部屋を出て行った。自分のなかの『リエル』は追いかけて「行ってらっしゃい。無事に帰ってくるのを待ってる」と言い、唇接けを返したいと思う。でも『ルル』は、胸のもやもやが邪魔して素直になれない。昔の自分…クラウスに傷つけられる前の『ルル』だったら、「僕も一緒に行く！」とわがままを言って困らせていただろうに。

——今の僕に…そんな勇気はない。

それでもルルは扉まで小走りにあとを追って、去っていく広い背中を見送った。

クラウスは一度だけ振り返って、見送るルルに気づくと嬉《うれ》しそうに目を細め、軽く手を振って応えてくれた。そうして再び背を向けると、今度は迷いのない歩調で立ち去ったのだった。


クラウスが視察に出かけて三日が過ぎた。

鉱山労働者たちとの協議は難航しているらしく、帰還の予定が遅れているらしい。別にわざわざ訊ねているわけではないのだが、城代代行のリンハルトが毎日律儀に報告に来てくれる。アルベルト・パッカスが引責辞任して、トニオ・ル＝シュタインも護衛隊長の任を解かれた理由については、クラウスが視察に出かけたあとでターラとフォニカから事情を詳しく聞いた。自分のせいだと落ち込むルルに、フォニカもターラも「そんなふうに気に病まれるとわかっていたから、陛下もあえてお耳に入れないよう配慮なさっていたんです」と言い、「ルル様のせいではないです」と慰めてくれた。

けれどどう考えても、あのときひとりになりたいと逃げまわった自分のせいだ。ルルは『王侶』という身分に付随する責任の重さをまざまざと感じ、感情にまかせて行動することの危うさを初めて自覚し、反省した。自分のせいで重い処罰を受けた人々に、どう償ったらいいのだろう。無理かもしれないけど、クラウスが戻ってきたら処罰を撤回してもらえないか頼んでみよう。そんなふうに鬱々と考えているうちに、自分の行いを悔いて苦しむクラウスの気持ちが、少しだけ分かった気がする。

「今日は一段と溜息が多うございますね」

ターラに指摘されて、ルルは自分が何度も溜息を吐いていることに気づいた。

「ごめんなさい。ターラの授業が退屈だからじゃないよ」

雨で庭園の手入れができない代わりに、玻璃《はり》板で覆われた温室のなかで薬草の名前と効能を教えてもらっている最中だった。ルルがあわてて顔を上げると、ターラは分かっていると言いたげに苦笑して腰を上げた。

「ちょうどいいので、今摘んだ香草でお茶にしましょうか」

ターラの合図に応えて、フォニカが湯と茶器と茶菓子を持って現れ、温室の一画にある丸卓の上に素早く置いて用意する。透明な玻璃製の茶瓶《ポット》に乾燥させた木苺と聖贖草《ヒペリクム》、そして新鮮な甘羊歯《ミルヒス》の葉と花びらを入れて熱湯を注ぐと、たちまちあたりに芳しい香りが広がる。

木苺は安息、甘羊歯《ミルヒス》は強壮、そして聖贖草《ヒペリクム》は緊張や不安を取り除く効能があるという。

淡い桃紫色に染まった茶をひと口飲んで、ルルがふぅ…と長い息を吐くと、ターラも茶杯《カップ》を傾けてから、さらりと核心を突いてきた。

「クラウス様のことが心配なんでしょう？」

「！　…そ」

そんなことないと言いかけて、ターラに嘘《うそ》をついても仕方ないと思い直す。

「心配…っていうか、帰って来たらまた顔を合わせることになるでしょ。パッカスさんやトニオさんのことも話したいし。そのときどんな態度でいたらいいのかとか、いつまでも離宮《ここ》に逃げ込んででも仕方ないなって思ったり…、でも、全部なかったことにして、リエルだったときみたいに接することもできなくて――」

「堂々めぐりをしてらっしゃる」

「そう…だね」

竜鼠《マモット》の回し車みたいに、どんなにグルグル考えを巡らせても実際は一歩も移動できていない。馬場をひたすら旋回する馬みたいに、どんなに走っても同じ場所に戻るばかりで、結局どこにも行きつけない。

「赦したいけど赦せない？　それとも、赦せないけど赦したい？」

優雅に口元に運んで再び傾けた茶杯の向こうから、ターラが意味深に問うてくる。どちらも同じようでいて、順番が違うだけで印象も違う。前者は怒りが勝り、後者には希望がある。

「――…」

どちらを選んでも、どこかに嘘を含んでいるような気がして答えられない。ルルが黙り込んでしまうと、ターラは静かに茶杯を置いて、胸の前で指を組みながらまぶたを伏せた。

「わたくしの昔話をお聞かせしてもよろしいかしら」

「どうぞ」

ルルが許可すると、ターラは雨でけぶる玻璃越しの空に視線を向けて話しはじめた。

「わたくしが結婚したのは十八のときでした。相手は隣村の三つ歳上の木工職人」

ターラの夫は無口で無愛想で、家事に関しては横の物を縦にもしない男だった。妻のことを小間使いか何かと勘違いしてるのではないかと、ターラは折に触れて不満を抱いたが、不満が大きく育つこともなく時が過ぎた。

夫は木を使った造作ならなんでも器用にこなし、得意先を何軒も持つような腕前だった。毎日コツコツ、黙々と働いて稼ぎ、おかげでターラが暮らしに困ることはなかった。しかしこれといって会話が弾むわけでもなく、床を共にしても、向こうがこちらをどう思っているかもよくわからない。服を縫ってやっても、料理を作っても、文句は言われない代わりに褒められもしない。まったく張り合いのない男だった。

「夫君のこと、好きじゃなかったの？」

ルルの問いに、ターラは小首を傾げて斜め上に目を向けた。

「嫌いではありませんでしたね。でも好きかと訊かれて、答えをためらったのは事実です。とにかく尽くし甲斐《がい》のない人、というのが当時の正直な気持ちでしたから」

ターラはぬるくなった茶をひと口含んで唇を湿らせると、切なそうに微笑《ほほえ》んで続けた。

「夫が亡くなったのは、結婚して六年目の雨期。ちょうど今日みたいな天気の日でした」

「え…」

事故死だった。仕事の依頼先に向かう馬車が谷に落ちて。

報《しら》せは届いたが遺体は戻らなかった。谷底から回収するのが不可能だったからだ。

何しろ遺体がないのだ。葬式を出したあとも現実味がなく、それからしばらくの間、ターラは夫がふとした拍子に帰ってくるのではないかと真剣に信じていたという。

それでもひと月も過ぎるとさすがにあきらめがつき、夫が使っていた棚を整理しようと思って引き出しを開けると、絵手紙が出てきた。そこには夫の直筆らしき繊細で精密な絵で、ターラのために遺された財産とその在処《ありか》が記されていた。家と庭と馬車と家畜。そして、床下に隠してある金貨がぎっしり詰まった壺《つぼ》が。

「その絵手紙を見たときに、わたくしは初めて気づいたんです。『ああ…、あの人はわたくしを愛してくれていたんだ』って」

夫を亡くしたターラがその後の暮らしに困らないように。

甘い言葉をささやいたり贈り物で気を引いたりすることもなく、真面目にコツコツ働いて、端から見れば地味で面白味のない毎日をくり返して、必死に貯《た》めた金をターラに遺した。

「それがあの人の、精いっぱいの愛情表現だったたって、亡くなってから気づいたんです」

ターラは目の縁にあふれた涙を袖口でぬぐいながら、泣き笑いを浮かべた。

「そのことに気づいて思い返してみれば、夫はわたくしが作った料理にまずいと文句を言ったことがなかったし、出されたものを残したこともありませんでした。服だって、ろくに礼も言わず喜ぶ素振りも見せなかったけれど、擦り切れるまで繰り返し着てくれましたし。なんて不器用な人だったんだろうって——…失ってから気づきました」

馬鹿でしょう？　生きているうちに気づけたら、もう少しやさしくできたのにと、ターラは笑いながら涙をぬぐった。

ターラは夫が残してくれた遺産と、生家で習い覚えた薬草と呪《まじな》いの知識を元手に小さな薬屋を営み、それがきっかけで孤児院に出入りするようになり、未来の王妃ステラと知り合い親友になった。そしてステラの懐妊に合わせて王宮に呼び寄せられ、今に至る。

「まあそういうわけで。殿方の愛情の示し方と申しますのは、不器用だったり分かりづらいことが多いのですが、目に見える、耳で聞こえる事柄だけで判断すると、悔いが残ることもあるということを申し上げたかったのでございます」

その夜、ルルはなかなか寝つくことができなかった。ザァザァと降り続く雨音が耳についたせいもあるし、ターラの思い出話に胸がざわついたせいもある。夜中まで何度も寝返りを打ち、ようやく訪れた浅い眠りも、奇妙な夢のせいで打ち破られた。

大切な指環をまたなくす夢。

つないでいた手を離してしまい、大切な人とはぐれて二度と巡り逢えない夢。

誰かが自分の名を呼んで、助けを求めている。なのに何もできずうろたえるだけの夢。

上掛けの下で溺れるように藻掻《もが》いて、なんとか目を開けると心臓が痛いほど脈打っている。

外はまだ暗く、雨音と風の激しさは増すばかり。

ルルは寝直そうとしたが叶《かな》わず、結局起き上がって寝衣のまま夏用の薄い寛衣《ガウン》を羽織り、寝室を出てとなりの書斎に入った。小さな明かりを灯《とも》して書机に座り、考案中の簡易文字の作成作業にとりかかる。けれど思考はすぐに、別の事柄に向かってさまよい出す。

『亡くなってから——、失ってから気づきました』

どうしてか、ターラの言葉が何度もよみがえって脳裏を過《よ》ぎる。まるで忠告のように。もしくは警告のように。

そんなふうに考えた瞬間、まるで不吉な符丁のように書斎と寝室をつなぐ扉が叩《たた》かれた。入室許可を与える前に忙《せわ》しなく何度もくり返される強い敲音《こうおん》は、あきらかになんらかの急を報せる合図だ。ルルは「どうぞ」と許可を与えながら椅子から立ち上がり、扉に近づいた。

「リエル…ルル様！　ああ、よかった、どこにいらっしゃったのかと心配いたしました」

また夜も明けやらぬ未明にもかかわらず、すでに侍従のお仕着せに身を包んだ——ところどころ釦が留まりきらなかったり、皺が寄っていたり、衿《えり》が折れていたりはしたけれど——フォニカが、急いで撫でつけて形を整えたらしい髪の乱れを手で押さえながら、息を弾ませている。

「何かあったの？」

「先程、フロスから急使が参りまして」

地名を聞いた瞬間、心臓が誰かににぎられたようにきゅっと痛んだ。

フロス——フロスのナハーシュ鉱山。クラウスが視察に出かけた場所だ。

嫌な予感に血の気がす…っと引いて、手足の感覚が奇妙に生温かくおぼろになる。ルルの顔色に気づいたフォニカが「お気を確かに」と言いながら、手をにぎって耳元でささやいた。

「内密の、極秘の報せです。ナハーシュ鉱山で大きな崩落事故が起きて、視察中だった陛下が…クラウス様が、行方不明になられたそうです――」

まっすぐ立っていたはずなのに、目に映る柱が斜めになる。どうしてだろうと不思議に思っていたら、肩を強くつかまれて「ルル様！　しっかりしてください」と叱咤《しった》された。

柱が斜めになったのではなく、自分が倒れかけたのだと、その場にしゃがみ込んでから気づいた。それからどうやって着替えたのか記憶にないまま、気がついたときには略式ではあるが王侶にふさわしい衣服を身にまとい離宮を出て、王宮主翼棟にある一室――アルベルト・パッカスの執務室に到着していた。部屋にはパッカス以外に司法長官、土地開発長官、軍務長官などの要人たちがすでに詰めており、険しい表情で何かをささやき合っている。

「王侶殿下、ご足労をおかけして申し訳ございません。予断を許さぬ状況ゆえ、この場から離れるわけには参りませなんだゆえ」

自分に向かって深々と頭を下げて非礼を詫びた赤栗毛色のパッカスを見て、謹慎中ではなかったのかと疑問が過ぎったが、周囲で交わされる会話から、未曽有《みぞう》の緊急事態発生にともなって不問に付されたのだと分かった。

ルルはかすれた声で「大丈夫」「気にしないで」と答えたあと「何が起きたんですか」と、震えながら単刀直入に訊ねた。訊ねたあとで、部屋の中央に置かれた椅子に座り込んでいる、びしょ濡《ぬ》れの人間に気づいて視線を向ける。

「彼はフロスからの急使です。ああよい、立ち上がらなくても。殿下、ご無礼かとは思いますが着座のままでお許しください。この者は夜中雨のなかをフロスから馬を飛ばしてきたのです。ノクロア、そのままでいいから王侶殿下に状況をご説明せよ」

ノクロアと呼ばれた急使の、使い古しの蠟《ろう》のように生気のない顔色を見るまでもなく、ルルはうなずいて着座での報告を許可した。おそらくルルが到着するまで、着替えたり休息をとったりするために別室へ下がることもせず、ここで待ってくれていたのだろう。

「崩落事故です。ちょうど陛下が視察のために坑道に入られたときに落盤…崩落…とにかく坑道が崩れて――…。随行していたナトゥーフ卿も巻き込まれてしまったので、卿の水晶盤を利用することもできず。幸いにも側近のイアル・シャルキン様は難を逃れてご無事でしたので、イアル様の指揮の下すべての人員を動員して捜索にあたっておりますが…」

自分が現場を出たときにはまだ見つかっていなかったと、急使は震える息を継いで続けた。

「王は必ず見つかるはずです。ですが…もしも、万が一の…ときは備えるようにパッカス卿と王侶殿下に報せよと、イアル様がわたくしを急使に出したのでございます」

急使は報告を終えると、力尽きたように目を閉じた。アルベルト・パッカスが手を上げて外にいた衛士たちを呼び寄せ、彼を別室に連れて行って休ませるようにと命じる。

それをぼんやりと見聞きしながら、ルルは息苦しさに喉元をまさぐった。

落盤。崩落。地下坑道で。生き埋め。

クラウスが、今この瞬間にも生き埋めになって呼吸すらままならない状態でいたらと思うと、力が抜けて足元からぐずぐずと溶け崩れてしまいそうになる。今すぐ事故現場に飛んで行って助けたい。居ても立ってもいられない衝動で視界が揺れる。

「いや…だ、クラウス……――死なないで…」

息が苦しい。目の前が血の色に染まって何も見えなくなる。約束の指環が嵌まった左手を右手で覆いながら胸元を掻きむしり、ルルは心の底から本音を吐き出した。

「嫌だ…クラウス、死なないで…！」

「ルル様！」

「王侶殿下…！」

気がつくと、床に崩れ落ちた自分を支えて助け起こそうとする人々に囲まれていた。アルベルト・パッカスに腕を支えられ、室内に呼び込まれた護衛騎士――離宮に移り住んだときに配置された副隊長――に抱き上げられ、窓際に置かれた長椅子にそっと下ろされて、ルルはようやく少し落ちついた。

「ごめ…なさい。醜態を、晒《さら》して…」

副隊長は小声で「いいえ」と言い、慰めるようにそっと肩に手を置いてくれた。その手の温かさで正気を取り戻す。

動揺して取り乱している場合じゃない。一刻も早くクラウスを助けなければ。そのために必要なことは何かを考えるんだ。掬鍬《スコップ》を持って駆けつけて土砂を取り除く？　僕ひとりの力なんてたかが知れてる。癒しの力で救助隊の疲労を回復させる？　――違う、もっと根本的な何かがあるはずだ。

ルルは立ち上がろうとしてよろめき、心配した副隊長の手を借りながら執務机に近づいた。パッカスが「大丈夫ですか？」と、気遣わしげな視線を向けてくる。ルルはコクリとうなずいて歯を食いしばった。その表情でルルの覚悟が伝わったのか、パッカスも小さくうなずいて説明を再開した。

「現地ではすでに捜索活動がはじまっています。王都《キーフォス》からも順次隊員と物資を集めて投入予定です。まずは先程、第一陣を出発させました。第二陣は明日早朝に出立予定です」

王城と市街の守りに必要な人員を除いて、最大級の規模で捜索隊が投入される。その人数と物資の種類と量、輸送に必要な馬や馬車などの数が次々報告されてゆく。

それらを聞きながら机上に視線を向けると、詳細な坑内図が目に入る。図に示された坑内の深さと複雑さに、目眩《めまい》にも似た恐怖を感じながら、ルルは震える手足になんとか力を込めて、その場に再びしゃがみ込んだり倒れたりするのを堪《こら》えた。

「――万が一の場合に備えて、ルル様にはこれをお返ししておきます。ルル様？」

肩を軽く揺すられ、目の前で覗き込むように自分の顔を見つめるパッカスに気づいて、ルルは我に返った。

「お顔の色が真っ青だ」

少し休んだ方がいいと言われ、先程座った窓際の長椅子に導かれた。パッカスは侍従らしき人物に「温かい飲み物を」と指示を出している。自分ではしっかり立っていたつもりだが、どうやら半分意識が飛びかけていたらしい。足元もふらふらしている。ルルは素直に長椅子に腰を下ろし、両手をにぎりしめて唇に押し当てた。

「大丈夫ですか？　気をしっかりお持ちになってください」

そう励まされて用意された甘味のある薬湯を飲み干し、なんとかひと心地ついたところで、パッカスがす…っと傍らに膝をつき、目の前に美しい小箱を差し出した。

「ルル様にお渡しするものがございます」

そう言いながら小箱を開いてみせる。

そこには、ルルがクラウスに突き返したはずの章印指環が鎮座していた。

「これ…」

「陛下からお預かりしていたものです。万が一、自分に何かあったときにはルル様にお返しするようにと。そしてルル様がご自分と、叶うことなら民のためにお使いになるようにと」

「僕と…民の…ため？」

執務室には大勢の人間がいて、今も捜索と救出作戦のために議論を交わしているはずだが、ルルは奇妙な静けさのなかにいた。視界が目の前の章印指環だけで埋め尽くされる。気がつけば、震える手を伸ばして指環を摘まみ上げ、自分の中指に嵌めていた。そして、約束の指環と一緒に反対の手でそっと覆って撫でさする。

「クラウスが…僕と、民のために…使えって…？」

では、あのときすんなり受けとったのは、別に離縁の要求を了承したわけではなかったのだ。興奮して混乱しているルルを落ちつかせるため、一時的に受けとっただけだった。

「クラウス…──」

ルルは左手を右手で覆って目を強く閉じた。そうしないと今にも涙が迸《ほとばし》り、この場で泣き出して迷惑をかけそうだったから。

「今、このようなことを申し上げるのはどうかと思いますが…」

と前置きをして、パッカスは父親が子に言い聞かせるような声音で告げた。

「万が一のときにもルル様のご身分と立場はしっかりと護《まも》られております。ルル様名義の私有財産として、土地と金貨八〇〇ディカート、そして離宮の永住権が保証されております。王侶として何かをお命じになりたいときは、文章にしたためてその章印を押せば権限内において効力が生じます。すべてはクラウス様が、ご自身に万が一の事が起きたときルル様に不自由がないようにと、前もって準備をなさっておいたことです」

切々と訴えるパッカスの言葉を聞きながら、ルルはターラの話を思い出した。

自分が先に逝ったとき、残された者が不自由をしないよう準備しておく。そんな愛情表現もあるのだと。

『ああ…、あの人はわたくしを愛してくれていたんだって——…失ってから気づきました』

「…——ばか」

ルルはこらえきれず嗚咽《おえつ》をこぼした。

「ばか…、クラウスの…ば……、あなたが死…んじゃったら、僕だって生きてられないのに」

癒しの力を使わなければ数年は生きられるかもしれない。けれど、滋味を与えてくれる運命の片翼を失ったら長くは生きられない。生き延びるには護樹《まもりぎ》のある聖域に戻るしかない。けれど聖域に戻ったところで、いずれは聖導士たちの餌になる運命だ。

そもそもクラウスを失ったのに、生き延びてどうするのか。

土地や財産を残してもらっても普通の人のように余生を過ごすことなどできないのに。

それでも、数年の余生のためにクラウスが残してくれた数々の特権を知って胸が痛くなる。

「クラウスの馬鹿…っ」

自分だけ生き延びたいなんて思わない。

クラウスがいなければ、僕が生きている意味もないのに…——。

永遠に失ってしまうことと、過去のわだかまりを抱えたままでも一緒に生きる未来。

どちらか一方しか選べないとしたら……。

——僕は、クラウスに生きていて欲しい…！

死んでしまったら文句を言うこともできなくなる。ひとりで考えさせてと、遠ざけて離宮に籠もることだって、クラウスが生きていてくれるからこそできることだったんだ。

僕はまだ、クラウスになにも言ってないのに。言いたいことが山ほどあるのに…！

胸のなかで波打って、今にもあふれんばかりに満ち満ちているもの。それが愛なのか怒りなのかは分からないけど。

ただひとつ確かなのは、クラウスを失いたくないということ。

――僕の恨み言を聞く前に、勝手にひとりで逝くなんて絶対に許さない…！

そう思い至った瞬間、ルルは立ち上がりよろめきながら執務室を出た。

「ルル様！　どちらへ⁉」

「クラウスを助けに行く…！　そのための準備をしに離宮に戻ります！」

追いすがるパッカスの声にそう答えて、ルルは走り出した。離宮へ。ターラの元へ。

ルルは離宮に駆け戻ると、すぐにフォニカとターラを部屋に呼び入れて、旅の準備を命じた。

「最短で用意して！　僕の装備は必要最低限でかまわないから。それからターラ！」

「はい、リエル様」

返事を聞きながらルルは寝室に駆け込み、以前クラウスからもらって大切に仕舞っておいた方位盤をとり出して戻ってくると、ターラに差し出した。

「これに〝導きの灯〟の呪《まじな》いをかけてもらえる？」

「まあ…これは、坊ちゃまの！　ええ、もちろんよろしいですとも」

すでにクラウスが鉱山で行方不明になったことを報されていたのだろう。ターラはすぐに意図を察して準備をはじめてくれた。

居間の緞帳《カーテン》を引いて閉めきり、椅子や卓机を脇に寄せて空間を作った床に、白墨《チョーク》に似た石片で不思議な模様を描くと、七重の円と円の間にそれぞれ特徴のある模様を描き入れ、さらに鉱石や花、金属片、乾燥植物、乾燥した動物の何かを丁寧に配置してゆく。

ルルは南翼棟に赴いてクラウスの私室に入れてもらい、彼にとって縁の深い私物を見繕った。最初は愛用している羽筆《ペン》を手に取ってみたが、ふと壁に飾られていた家宝の盾が視界に入り、吸い寄せられるように近づいた。美しく磨き上げられたその盾には見覚えがある。盾というより、どちらかといえば鍋として使われていたときの印象が強い。

この『鍋』で作った料理を食べさせてもらった記憶が一気によみがえる。黒い毛玉のような鳥の姿で一緒に旅をしていた間の、楽しかった日々とクラウスの笑顔。慈しみに満ちた表情。

「クラウス…――」

思い出すのは大切にしてもらった記憶ばかり。その彼が行方不明だという事実が、にわかに現実味を帯びて足元から這《は》い上ってくる。鉱山の落盤事故。地中深くに穿《うが》たれた穴の底で、土に埋もれたクラウスの姿を思い浮かべかけて、あわてて首を振って嫌な想像を振り払う。

――嫌だ。違う。そんなわけない。クラウスがいなくなるなんて、絶対にありえない…！

ルルは思い出の品をそっと携えて離宮に戻った。

胸には後悔が渦巻いている。

どうして『しばらくひとりにして欲しい』なんて言ったのか。

自分の言動を死ぬほど後悔するというのは、こういう気持ちなのか。クラウスが過去の行いを悔いて苦しんでいた気持ちがまた少し分かった気がする。

じりじりと胸が焼け焦げ、爪先からおろし金で摺《す》り下ろされるような痛みと焦燥に苛《さいな》まれる。

今すぐ飛んで行って謝りたい。謝って許して欲しい。そして以前のような関係に戻りたい。穏やかで楽しくやさしい時間を一緒に過ごし、同じ空を見上げて肩を寄せ合い、同じ料理を分けて食べながら微笑み合いたい。そして夜は同じ褥《しとね》で温《ぬく》もりを伝え合いながら眠りたい。

——神様……！　祖先だという天の翼神よ！　どうかクラウスを助けてください。

ルルは組んだ手に唇を押し当てて深く長く祈りを捧《ささ》げた。

神様。クラウスが助かるなら、僕の寿命が残り一日になってもかまいません。今ある癒しの力のありったけを、今クラウスに届けてください。

クラウスが生きて僕の元に戻ってきてくれたら、僕は彼の過ちを赦します。

だからどうかクラウスを助けてくださいと、ルルは天の翼神に祈り続けた。


その日の正午近く。

すべての準備が調うとターラはルルを伴って円の中心に立ち、足元で香炉を焚《た》いた。香煙が、風もないのに円を描きながら立ち昇るなか、クラウスの盾を手にしたルルはターラが唱える呪文を復唱し続けた。そして最後に、

「――では、汝《なんじ》の真の願いをこの方位盤に込めなさい」

ターラに導かれるまま、ルルは彼女の手のひらにある方位盤を床に置かれたクラウスの盾に重ね、さらに自分の手を重ねて祈りを捧げた。

「聖なる天の恵みの神よ。大地の精霊よ。どうかクラウスのいる場所を、その光で導いてください。この国の王、クラウス・ファルド＝アルシェラタンの居場所をその光で指し示してください。僕の伴侶、僕の運命の片翼、僕の大切な人がいる場所まで、どうか導いてください」

方位盤に灯が点《とも》るまでルルは祈り続けた。

願いが成就して点った灯の色は、クラウスの髪の色によく似た淡い金色。

闇夜を明るく照らす太陽の色だった。


その日のうちにルルはフォニカと、副隊長以下数名の護衛とともにフロスのナハーシュ鉱山に向けて出立した。

雨期に入った空からひっきりなしに降り注ぐ雨のなかの強行軍だったが、ルルは泣き言ひとつ言わずに半日ほどの騎馬行を耐えて、なんとか日没前にナハーシュ鉱山の麓にある小さな町

に到着した。

一行はそこで騎馬から徒歩に装備を変え、山中にある坑夫たちの集落に向かった。ルルの周囲には屈強な護衛兵たちが、水も漏らさぬ鉄壁のような構えで取り囲んでいる。雨にぬかるんだ山道はすべりやすく危険だが、ここでもルルは歯を食いしばって黙々と登り続けた。〝導きの灯〟が点ったということは、目的の人物が生きているという証《あかし》だ。その事実だけが今のルルを支えている。

雨と人の群れで騒然としている山肌を這うように進み、見晴らしの良い場所にたどりついて見下ろすと、小高い山の半分がえぐれたように崩落している無残な姿が見えた。整備された道が何本も敷かれて、中規模の村か町のように見える広い鉱山の一部が、椀《わん》でごっそり掬《すく》い取られたようにえぐれて消えている。

救出隧道《トンネル》の造成が難しいと言っていた意味がわかった。

人の足では容易に近づくことができない状態になっているのだ。

「崩落によって坑道の出入り口はふさがれてしまいましたが、陛下が視察に向かった場所は堅固な主坑道でした。まわりが崩落しても、主坑道まで押し潰されたとは考え難《にく》い。ですから、救出隧道さえ造ることができれば――」

案内のために現れた現場監督は「救出は可能なはずだ」と告げたが、その声はか細く心許《こころもと》ない。それほど目の前に広がる崩落部分の様子は、手の施しようがないほど無残に見えた。

雨期に入ったせいで、毎日降り続く雨も救出作業の困難さに拍車をかけている。

ルルが携えてきた〝導きの灯〟をその場でかざしてみると、光は崩落現場のほぼ中心に向かってちらちらと瞬きながら寄っていく。

「あそこにクラウスがいる……！」

確信した瞬間、ルルは崖縁に駆け寄り、天を仰いで両手を差し伸ばした。

翼が欲しい！

空が飛べたら、今すぐクラウスがいる場所に飛んでいくのに！

僕が翼神の末裔だというなら、天の神々よ、どうかもう一度、僕に翼をください！

祈りながら、大きくえぐれた崩落地点に向かって崖を飛び降りようとして、形相を変えて手を伸ばした護衛騎士たちに引き戻された。

「――……ッ殿下！　危険です！　お止《や》めください。捜索は隊員に任せて……ッ」

「放して！　あそこにクラウスがいるんだ……！」

「わかっています。ですが人の身であそこに直接飛んで行くことはできませ――」

声が途切れて、腕をつかんだ力がゆるむ。――違う。自分の身体《からだ》が溶けてすりぬけたのだ。

「ルル様……――⁉」

フォニカの悲鳴じみた呼び声と、護衛騎士たちの驚愕《きょうがく》に満ちた叫びが遠くなる。彼らを地上に残して、ルルは雨が降りしきる大空に舞い上がった。そのまま泳ぐように両翼を羽ばたか

せながら我が身を見下ろし、自分が鳥の姿に変化したことに気づく。

次の瞬間、眼下に、手からすり抜けてしまった約束の指環と章印指環と導きの灯がチラチラと瞬きながら地上に落ちていくのが見えた。同時に、聖域から逃げ出したとき、どうして指環を失《な》くしたのかも思い出す。そうだ、こんなふうに鳥の姿に変化したとき落としてしまったんだ。冥《くら》くて深い地下洞窟の底に。あのときは逃げることに必死で、指環を失くしたことに気づいたのは聖域からずいぶん離れてからだった。

今度は失くさない！　見失わない……――！

決意を込めて必死に追いかけ、真っ先に約束の指環を、次いで章印指環をパクリと口に含んで嗉嚢《そのう》を模した場所に収めた。次に方位盤の銀鎖を嘴《くちばし》で咥《くわ》える。その瞬間、導きの灯からひと筋の光が洩れ出て、無残に崩れ落ちた大地の一点を指し示した。

まさしく、行く手を導く光の筋だ。

ルルはその光の筋が示す場所に向かって羽ばたき続け、土砂と瓦礫《がれき》の間にできた狭い隙間に飛び込んだのだった――。

あとがき

皆様こんにちは。そして申し訳ありません。初っ端から謝罪ではじまるとは何事かとお思いの方は、たぶんあとがきから先に読む派かと思われます。本文を読み終わったあとここにたどりついた方は『謝罪して当然や！　次はいつになるんや！』と拳を震わせていることでしょう。もう本当にすみません。前回のあとがきで『次巻で完結予定なのでご安心ください』とどの口が言ったのか（書いたのか）その口（指）つまんで市中引き回しの刑に処したい気分ですよね。分かります。ええと、次こそ本当に完結巻になりますのでご安心ください。そして次巻は今回ほどお待たせしないはずです。すでに三分の一くらいは原稿できているので本当です。

ということで、ようやくお届けできる第②巻。今回は様々な謎の種明かしの他に、地の底まで落ちていたクラウスの株価をどう底上げするかがテーマのひとつでしたが、担当さんの鋭いツッコミと愛のムチ（改稿指示）により、初稿に比べてぐぐっと良い男（というかまとも）になったのではないかと思います。次巻では、さらに株価上昇、最高値をつけるべく活躍（もちろんルルも）する予定ですので、楽しみにお待ちいただければ幸いです。

雑誌掲載のときもひどいところで終わっていたし、①巻のラストも『このあとどうなるのー!?』なところで終わってヤキモキさせてしまいましたが、今回はわりと安心できるラストではないでしょうか。え？　全然安心できない？　大丈夫です。だってあのルルが本気を出してクラウスの救出に向かうのですから！　きっと〇〇〇や□□□でムフフな展開になるはず…！　とわくわく想像しながら③巻を楽しみにお待ちいただければ嬉しく思います。今作を気に入ってくださった方には、他社さんの作品ですが【王様と幸福の青い鳥】や【蒼い海に秘めた恋】【騎士と誓いの花】などもお薦めいたします。

ということで次巻はいよいよクライマックス！　待ちに待ったいちゃラブシーンやタイトルにもある王（クラウス）の贖《あがな》いがどうなるか、聖導士たちとの戦いの行方は？　翼神の復活は叶うのか？　ふたりの恋の成就も含めて、ぎゅぎゅっと盛りだくさんの内容でお届けしたいと思います。

今回も稲荷家房之介《いなりやふさのすけ》先生に格好いいクラウスときれいになったリエル（ルル）の装画をご担当いただきました。ありがとうございます！　どんな仕上がりになるかとても楽しみです。次巻もよろしくお願いいたします。そして担当様、編集部の皆様、出版・販売に携わってくださっているすべての皆様に感謝申し上げます。次巻でも何卒よろしくお願いいたします。

令和四年　春　六青《ろくせい》みつみ

＊激遅更新ですが既刊のSSなどが読めます　↓　自サイト http://incarose.sub.jp/

この本を読んでのご意見、ご感想を編集部までお寄せください。

《あて先》〒141-8202　東京都品川区上大崎3-1-1　徳間書店　キャラ編集部気付
「鳴けない小鳥と贖いの王 ～再逢編～」係

【読者アンケートフォーム】
QRコードより作品の感想・アンケートをお送り頂けます。
Chara公式サイト http://www.chara-info.net/

■初出一覧
鳴けない小鳥と贖いの王～再逢編～……書き下ろし

Chara

鳴けない小鳥と贖いの王 ～再逢編～ ……【キャラ文庫】

2022年3月31日　初刷
2023年6月20日　2刷

著　者　六青みつみ

発行者　松下俊也
発行所　株式会社徳間書店
〒141-8202　東京都品川区上大崎3-1-1
電話　049-293-5521（販売部）
03-5403-4348（編集部）
振替　00140-0-44392

印刷・製本　株式会社広済堂ネクスト
カバー・口絵
デザイン　百足屋ユウコ＋タドコロユイ（ムシカゴグラフィクス）

ISBN978-4-19-901061-3

六青みつみの本

好評発売中

「鳴けない小鳥と贖いの王〜彷徨編〜」

イラスト◆稲荷家房之介

何者かに一族を惨殺され、癒しの能力も声も失ってしまった!!　唯一鳥に変化し逃げ延びた、翼神の血を引く少年ルル。瀕死のルルを助けたのは、旅の青年クラウスだ。「俺は命の恩人を探して旅をしている」その言葉で、彼が以前毒矢から命を救った相手だと気付いたルルは驚愕!!『あなたの探し人は僕だよ!!』再会を喜び真実を伝えたいけれど、口がきけない小鳥の姿では、その術がわからず!?

六青みつみの本

好評発売中

［輪廻の花～300年の片恋～］

イラスト✦みずかねりょう

酷い言葉で傷つけ、死に追いやった俺を赦してくれ――愛する人を死なせた前世の記憶を持つ青年貴族レイランド。その前に、想い人と瓜二つの少年・スウェンが現れた！　捜し続けた相手にやっと出会えたのに、なぜか彼の双子の兄・カインから目が離せない。運命の人ではないのに、どうして地味で冴えないカインが気になるんだ⁉　失われた恋を求め輪廻転生する、一途で切ない300年の純愛‼

キャラ文庫既刊

英田サキ
[DEADLOCK] シリーズ全3巻 ill:高階 佑
[SIMPLEX DEADLOCK外伝] ill:高階 佑
[STAY DEADLOCK番外編1]
[AWAY DEADLOCK番外編2]
[AGAIN DEADLOCK番外編3] ill:高階 佑
[OUTLIVE DEADLOCK season 2] ill:高階 佑
[PROMISING DEADLOCK season 2] ill:高階 佑
[BUDDY DEADLOCK season 2] ill:高階 佑
[HARD TIME DEADLOCK外伝] ill:高階 佑
[恋ひめやも] ill:小山田あみ
[ダブル・バインド] 全4巻
[アウトフェイス ダブル・バインド外伝] ill:葛西リカコ
[すべてはこの夜に] ill:笠井あゆみ

秋月こお
[王朝春宵ロマンセ] シリーズ全4巻 ill:唯月 一
[王朝ロマンセ外伝] シリーズ全3巻 ill:唯月 一
[幸村殿、艶にて候] 全7巻 ill:九號
[公爵様の羊飼い] 全3巻 ill:円屋榎英

秋山みち花
[騎士と魔女の養い子] ill:北沢きょう
[略奪王と雇われの騎士] ill:雪路凹子
[虎の王と百人の妃候補] ill:夏河シオリ

犬飼のの
[暴君竜を飼いならせ]
[翼竜王を飼いならせ 暴君竜を飼いならせ2]
[水竜王を飼いならせ 暴君竜を飼いならせ3]
[双竜王を飼いならせ 暴君竜を飼いならせ4]
[卵生竜を飼いならせ 暴君竜を飼いならせ5]
[幼生竜を飼いならせ 暴君竜を飼いならせ6]
[皇帝竜を飼いならせⅠ 暴君竜を飼いならせ7]
[皇帝竜を飼いならせⅡ 暴君竜を飼いならせ8]
[少年竜を飼いならせ 暴君竜を飼いならせ9]
[最愛竜を飼いならせ 暴君竜を飼いならせ10] ill:笠井あゆみ

海野 幸
[ｉｆの世界で恋がはじまる] ill:高久尚子
[匿名希望で立候補させて] ill:高城リョウ
[あなたは三つ数えたら恋に落ちます] ill:湖水きよ

尾上与一
[魔王様の清らかなおつき合い] ill:小椋ムク
[初恋をやりなおすにあたって] ill:木下けい子
[花降る王子の婚礼]
[雪降る王妃と春のめざめ 花降る王子の婚礼2] ill:yoco

音理 雄
[俺がいないとダメでしょう?] ill:榊 空也
[農業男子とスローライフを] ill:高城リョウ

華藤えれな
[人魚姫の真珠 ～海に誓う婚礼～] ill:北沢きょう
[白虎王の蜜月婚] ill:高緒 拾
[オメガの初恋は甘い林檎の香り ～煌めく夜に生まれた子へ～] ill:夏河シオリ

可南さらさ
[先輩とは呼べないけれど] ill:穂波ゆきね
[旦那様の通い婚] ill:高星麻子

かわい恋
[王と獣騎士の聖約] ill:小椋ムク
[異世界で保護竜カフェはじめました] ill:夏河シオリ

川琴ゆい華
[幼なじみクロニクル] ill:Ciel
[ぎんぎつねのお嫁入り] ill:三池ろむこ
[親友だけどキスしてみようか] ill:古澤エノ
[へたくそ王子と深海魚] ill:緒花

神奈木智
[その指だけが知っている] シリーズ全5巻 ill:小田切ほたる
[ダイヤモンドの条件] シリーズ全3巻 ill:須賀邦彦
[守護者がめざめる逢魔が時] シリーズ1～5
[守護者がおちる呪縛の愛 守護者がめざめる逢魔が時6] ill:みずかねりょう

北ミチノ
[好奇心は蝶を殺す] ill:円陣闇丸
[星のない世界でも] ill:高久尚子

久我有加
[寮生諸君!] ill:麻々原絵里依
[獲物を狩るは赤い瞳] ill:金ひかる
[満月に降臨する美男] ill:柳 ゆと

櫛野ゆい
[臆病ウサギと居候先の王子様] ill:石田 要
[興国の花、比翼の鳥] ill:夏河シオリ
[しのぶれど色に出でにけり輪廻の恋] ill:北沢きょう
[王弟殿下とナイルの異邦人] ill:榊 空也

楠田雅紀
[俺の許可なく恋するな] ill:乃一ミクロ
[恋人は、一人のはずですが。] ill:麻々原絵里依
[あの日、あの場所、あの時間へ!] ill:サマミヤアカザ
[海辺のリゾートで殺人を] ill:夏河シオリ

キャラ文庫既刊

[Brave -炎と闘う者たち-] ill:小山田あみ
[恋するヒマもない警察学校24時!!] ill:麻々原絵里依

栗城 偲

[玉の輿ご用意しました]
[玉の輿謹んで返上します 玉の輿ご用意しました2]
[玉の輿新調しました 玉の輿ご用意しました3]
[玉の輿に乗ったその後の話 玉の輿ご用意しました番外編] ill:高緒 拾
[幼なじみマネジメント] ill:暮田マキネ

月東 湊

[親愛なる僕の妖精王へ捧ぐ] ill:みずかねりょう
[旅の道づれは名もなき竜] ill:テクノサマタ
[呪われた黒獅子王の小さな花嫁] ill:円陣闇丸

ごとうしのぶ

[熱情] ill:高久尚子

小中大豆

[妖しい薬屋と見習い狸] ill:高星麻子
[ないものねだりの王子と騎士] ill:北沢きょう
[十六夜月と輪廻の恋] ill:夏河シオリ
[鏡よ鏡、毒リンゴを食べたのは誰?] ill:みずかねりょう
[気難しい王子に捧げる寓話] ill:笠井あゆみ

桜木知沙子

[教え子のち、恋人] ill:高久尚子

沙野風結子

[一滴、もしくはたくさん] ill:湖水きよ
[人喰い鬼は色に狂う] ill:葛西リカコ
[夢を生む男] ill:北沢きょう

[疵物の戀] ill:みずかねりょう
[なれの果ての、その先に] ill:小山田あみ

秀 香穂里

[くちびるに銀の弾丸]シリーズ全2巻 ill:祭河ななを
[他人同士]全3巻 ill:新藤まゆり
[大人同士]全3巻 ill:新藤まゆり
[他人同士 -Encore!-] ill:新藤まゆり
[オメガの純潔] ill:みずかねりょう
[コンビニで拾った恋の顛末] ill:新藤まゆり
[弟の番人] ill:ミドリノエバ
[地味な俺が突然モテて困ってます] ill:Ciel
[魔人が叶えたい三つのお願い] ill:小野浜こわし
[恋に無縁なんてありえない] ill:金ひかる
[高嶺の花を手折るまで] ill:高城リョウ
[ドンペリとトラディショナル] ill:みずかねりょう

愁堂れな

[法医学者と刑事の相性]シリーズ全2巻 ill:高階 佑
[美しき標的] ill:小山田あみ
[ハイブリッド ~愛と正義と極道と~] ill:水名瀬雅良

神香うらら

[恋の吊り橋効果、試しませんか?]
[恋の吊り橋効果、深めませんか? 恋の吊り橋効果、試しませんか?2]
[恋の吊り橋効果、誓いませんか? 恋の吊り橋効果、試しませんか?3] ill:北沢きょう
[伴侶を迎えに来日しました!] ill:高城リョウ

[葡萄畑で蜜月を] ill:みずかねりょう

菅野 彰

[毎日晴天!]シリーズ1~17
[花屋に三人目の店員がきた夏 毎日晴天!18]
[竜頭町三丁目帯刀家の徒然日記 毎日晴天!番外編]
[竜頭町三丁目まだ四年目の夏祭り 毎日晴天!外伝] ill:二宮悦巳
[愛する] ill:高久尚子
[いたいけな彼氏] ill:湖水きよ
[成仏する気はないですか?] ill:田丸マミタ

杉原理生

[星に願いをかけながら] ill:松尾マアタ
[錬金術師と不肖の弟子] ill:yoco
[愛になるまで] ill:小椋ムク

すとう茉莉沙

[触れて感じて、堕ちればいい] ill:みずかねりょう
[営業時間外の冷たい彼] ill:小椋ムク

砂原糖子

[灰とラブストーリー] ill:穂波ゆきね
[猫屋敷先生と縁側の編集者] ill:笠井あゆみ
[小説家先生の犬と春] ill:笠井あゆみ
[アンダーエール!] ill:小椋ムク
[バーテンダーはマティーニがお嫌い?] ill:ミドリノエバ

高尾理一

[鬼の王と契れ]シリーズ全3巻 ill:石田 要

高遠琉加

[神様も知らない]シリーズ全3巻 ill:高階 佑
[天使と悪魔の一週間] ill:麻々原絵里依
[さよならのない国で] ill:葛西リカコ

キャラ文庫既刊

[刑事と灰色の鴉] ill：サマミヤアカザ

月村 奎

[そして恋がはじまる] 全2巻 ill：夢花 李
[アプローチ] ill：夏乃あゆみ
[きみに言えない秘密がある] ill：サマミヤアカザ

遠野春日

[砂楼の花嫁]
[花嫁と誓いの薔薇 砂楼の花嫁2]
[仮装祝祭日の花嫁 砂楼の花嫁3]
[愛と絆と革命の花嫁 砂楼の花嫁4] ill：円陣闇丸
[蜜なる異界の契約] ill：笠井あゆみ
[黒き異界の恋人] ill：笠井あゆみ
[疵と蜜] ill：笠井あゆみ
[恋々 疵と蜜2] ill：笠井あゆみ
[鼎愛－TEIAI－] ill：嵩梨ナオト
[美しい義兄] ill：新藤まゆり
[愛しき年上のオメガ] ill：みずかねりょう
[やんごとなきオメガの婚姻] ill：サマミヤアカザ
[夜間飛行]
[存在証明 夜間飛行2] ill：笠井あゆみ
[百五十年ロマンス] ill：ミドリノエバ

中原一也

[愛と獣－捜査一課の相棒－] ill：みずかねりょう
[魔性の男と言われています] ill：草間さかえ
[花吸い鳥は高音で囀る] ill：笠井あゆみ
[俺が好きなら咬んでみろ] ill：小野浜こわし
[街の赤ずきんと迷える狼] ill：みずかねりょう
[拝啓、百年先の世界のあなたへ]

ill：笠井あゆみ
[幾千の夜を超えて君と] ill：麻々原絵里依

凪良ゆう

[恋愛前夜]
[求愛前夜 恋愛前夜2] ill：穂波ゆきね
[天涯行き] ill：高久尚子
[おやすみなさい、また明日] ill：小山田あみ
[美しい彼]
[憎らしい彼 美しい彼2]
[悩ましい彼 美しい彼3]
[interlude 美しい彼番外編集] ill：葛西リカコ
[ここで待ってる] ill：草間さかえ
[初恋の嵐] ill：木下けい子
[セキュリティ・ブランケット 上・下] ill：ミドリノエバ
[きみが好きだった] ill：宝井理人

夏乃穂足

[飼い犬に手を咬まれるな] ill：笠井あゆみ
[真夜中の寮に君臨せし者] ill：円陣闇丸

成瀬かの

[兄さんの友達] ill：三池ろむこ
[隣の狗人の秘密] ill：サマミヤアカザ
[神獣さまの側仕え] ill：金ひかる

西野 花

[溺愛調教] ill：笠井あゆみ
[陰獣たちの贄] ill：北沢きょう
[獣神の夜伽] ill：穂波ゆきね
[淫妃セラムと千人の男] ill：北沢きょう
[催淫姫] ill：古澤エノ

鳩村衣杏

[学生服の彼氏] ill：金ひかる

[きれいなお兄さんに誘惑されてます] ill：砂河深紅

樋口美沙緒

[八月七日を探して] ill：高久尚子
[他人じゃないけれど] ill：穂波ゆきね
[狗神の花嫁] シリーズ全2巻 ill：高星麻子
[予言者は眠らない] ill：夏乃あゆみ
[パブリックスクール－檻の中の王－]
[パブリックスクール－群れを出た小鳥－]
[パブリックスクール－八年後の王と小鳥－]
[パブリックスクール－ツバメと殉教者－]
[パブリックスクール－ロンドンの蜜月－]
[パブリックスクール－ツバメと監督生たち－] ill：yoco
[ヴァンパイアは我慢できない dessert] ill：夏乃あゆみ
[王を統べる運命の子①～③] ill：麻々原絵里依

火崎 勇

[カウントダウン！] ill：高緒 拾
[俺の知らない俺の恋] ill：木下けい子
[ヒトデナシは惑愛する] ill：小椋ムク
[エリート上司はお子さま!?] ill：金ひかる
[メールの向こうの恋] ill：麻々原絵里依
[契約は悪魔の純愛] ill：高城リョウ

菱沢九月

[小説家は懺悔する] シリーズ全3巻 ill：高久尚子
[年下の彼氏] ill：穂波ゆきね
[好きで子供なわけじゃない] ill：山本小鉄子
[飼い主はなつかない] ill：高星麻子

キャラ文庫既刊

【同い年の弟】 ill：穂波ゆきね

松岡なつき

【WILD WIND】 ill：雪舟 薫
【FLESH&BLOOD①〜㉔】 ill：①〜⑪雪舟 薫／⑫〜彩
【FLESH&BLOOD外伝 ―女王陛下の海賊たち―】 ill：彩
【FLESH&BLOOD外伝２ ―祝福されたる花―】 ill：彩
【H・K《ホンコン》ドラグネット】全4巻 ill：乃一ミクロ
【流沙の記憶】 ill：彩

水原とほる

【ピアノマンは今宵も不機嫌】 ill：ミドリノエバ
【名前も知らず恋に落ちた話】 ill：yoco
【監禁生活十日目】 ill：砂河深紅
【正体不明の紳士と歌姫】 ill：yoco
【彼は優しい雨】 ill：小山田あみ
【月がきれいと言えなくて】 ill：ひなこ
【見初められたはいいけれど】 ill：ミドリノエバ
【小説の登場人物と恋は成立するか？】 ill：サマミヤアカザ

水無月さらら

【人形遊びのお時間】 ill：夏河シオリ
【いたいけな弟子と魔導師さま】 ill：yoco
【海賊上がりの身代わり王女】 ill：サマミヤアカザ
【二度目の人生はハードモードから】 ill：木下けい子
【僭越ながらベビーシッターはじめます】 ill：夏河シオリ

水壬楓子

【桜姫】シリーズ全3巻 ill：長門サイチ
【森羅万象】シリーズ全3巻 ill：新藤まゆり
【王室護衛官を拝命しました】 ill：サマミヤアカザ
【王室護衛官に欠かせない接待】 ill：みずかねりょう

宮緒 葵

【蜜を喰らう獣たち】 ill：笠井あゆみ
【忘却の月に聞け】 ill：水名瀬雅良
【祝福された吸血鬼】 ill：Ciel
【悪食】
【羽化 悪食２】 ill：みずかねりょう
【百年待てたら結婚します】 ill：サマミヤアカザ

夜光 花

【不浄の回廊】
【二人暮らしのユウウツ 不浄の回廊２】
【君と過ごす春夏秋冬 不浄の回廊番外編集】 ill：小山田あみ
【ミステリー作家串田寥生の考察】
【ミステリー作家串田寥生の見解】 ill：高階 佑
【バグ】全3巻 ill：湖水きよ
【式神の名は、鬼】全3巻 ill：笠井あゆみ
【式神見習いの小鬼】 ill：笠井あゆみ

吉原理恵子

【二重螺旋】シリーズ1〜13巻 ill：円陣闇丸
【箱庭ノ雛 二重螺旋14】 ill：円陣闇丸
【灼視線 二重螺旋外伝】 ill：円陣闇丸
【間の楔】全6巻 ill：長門サイチ
【影の館】
【暗闇の封印 ―邂逅の章―】 ill：笠井あゆみ
【暗闇の封印 ―黎明の章―】 ill：笠井あゆみ
【銀の鎮魂歌《レクイエム》】 ill：yoco

六青みつみ

【輪廻の花〜300年の片恋〜】 ill：みずかねりょう
【鳴けない小鳥と贖いの王〜彷徨編〜】
【鳴けない小鳥と贖いの王〜再逢編〜】 ill：稲荷家房之介

渡海奈穂

【河童の恋物語】 ill：北沢きょう
【僕の中の声を殺して】 ill：笠井あゆみ
【狼は闇夜に潜む】 ill：マミタ
【御曹司は獣の王子に溺れる】 ill：夏河シオリ
【憑き物ごと愛してよ】 ill：ミドリノエバ

〈四六判ソフトカバー〉

ごとうしのぶ

【ぼくたちは、本に巣喰う悪魔と恋をする】
【喋らぬ本と、喋りすぎる絵画の麗人】
【ぼくたちは、優しい魔物に抱かれて眠る】
【ぼくたちの愛する悪魔と不滅の庭】 ill：笠井あゆみ

松岡なつき

【王と夜啼鳥《ナイチンゲール》 FLESH&BLOOD外伝】 ill：彩

アンソロジー

【キャラ文庫アンソロジーⅠ 琥珀】
【キャラ文庫アンソロジーⅡ 翡翠】
【キャラ文庫アンソロジーⅢ 瑠璃】 ill：円陣闇丸

〈2022年3月25日現在〉